글누림비서구문학전집

달은, 아니다

月や,あらん

by Sakiyama Tami(崎山多美)

Korean translation copyright ⓒ 2018 by GEULNURIM PUBLISHING CO.

이 책의 한국어판 저작권은 저자 崎山多美와의 직접 계약으로 글누림출판사가 소유합니다.

신저작권법에 의하여 한국 내에서 보호를 받는 저작물이므로 무단 전재 및 무단 복제를 금합니다.

11
글누림비서구문학전집

사키야마 다미 소설선

달은, 아니다

사키야마 다미
조정민 옮김

더듬거리는 말과 기억 속에 남아 있는
어머니의 목소리를 따라

　1954년 나는 일본 오키나와 현(沖繩縣) 가운데서도 천연기념 동식물이 다수 서식하는 이리오모테 섬(西表島)에서 태어났다. 열네 살 때 이리오모테 섬에서 나와, 미야코 섬(宮古島)에서 오키나와 본섬 중부로, 다시 이리오모테 섬으로 돌아갔다가 이시가키 섬(石垣島)을 거쳐 재차 오키나와 본섬 중부로 돌아가는 이동을 이 년 간, 그러니까 열여섯 살까지 하며 지냈다. 불안정한 생활 가운데서도 특히 곤혹스러웠던 건 이동하는 섬마다 말이 달라 의사소통을 제대로 할 수 없었던 점이었다. 하지만 그런 경험이 결국 오늘날의 나로 하여금 쓰는 행위로 나아가게 만든 건 아닌가 싶기도 하다.

　글을 쓰기 시작한 직후부터 나는 다시 언어 표현에 거듭 실패하고 말았다. 의무 교육과정에서 배우고 생활 속에서도 자연스럽게 사용하던 '표준 일본어'에 대한 위화감 때문이었다. 이 위화감은 오키나와가 메이지(明治) 시대의 일본 정부로부터 식민지적 지배를 받고 있을 때 '방언 박멸'과 '일본어' 사용 강요라는 쓰라린 역사적 사정에서 기인하는 것이다. '나의 언어'는 이미 일찍부터 빼앗겨 있었던 것이다.

　'나의 언어'는 무엇일까 하는 의문은 글쓰기의 갈등 속에서 끊임없이 나를 괴롭혔다. 능숙하게 일본어를 제대로 구사하지 못하고 '표준 일본어'에 대한 위화감을 품은 채로 나는 '나의 언어'를 찾는 것에 집착했다. '나의 언어'를 찾는 여행은 수확이 적은 여정이었다. 마치 가늘고 천천히 흐르는 강물처럼 미덥지 못한 여정이었지만, 여러 기억의 목소리가 그 불안한 여정을 지지해주었다.

15년 전에 돌아가신 어머니의 노랫소리와 어머니가 말씀하시던 '위안부'의 목소리도 그중 하나였다. 어머니는 부엌에서 자주 노래를 부르곤 했는데, 나는 섬 노래인 시마우타(シマ唄)에 섞여 흘러나오는 '아리랑'을 어머니의 목소리로 외우게 되었다. 아리랑, 아리랑, 아라리오…… 하고 어머니의 목소리는 가늘고 높았으며, 어린 마음에도 아름답고 애처롭게 느껴졌다. 사실 어머니가 부르던 아리랑은 전시(戰時)하에 조선에서 미야코 섬으로 강제 연행되어 왔던 '위안부' 여성들의 노랫소리를 소녀시절의 어머니가 듣고 외운 것이었다. 말년에 암으로 고생하던 어머니는 당시에 자신이 보고 들은 '위안부' 여성들에 대한 이야기를 나에게 들려주었다. 잊어서는 안 되는 기억을 딸에게 전해주겠다는 듯이 말이다.

어머니의 이야기는 한국이라는 나라를 강렬하게 의식하게 된 계기가 되었다. 어머니가 돌아가신 후, 나는 어머니가 유언처럼 남긴 말을 소설로 써보기로 했지만 '나의 언어'의 갈등은 쉽게 끝나지 않았다. 7년 정도의 세월을 거쳐 겨우 정리한 것이 현재 내 작품 중 가장 긴 소설인 「달은, 아니다(月や、あらん)」이다. 이 작품을 포함한 소설들이 한국어로 번역된다고 한다. 일본어권에서도 좀처럼 읽히지 않는 나의 작품이 한국어로 번역된다는 건 꿈같은 행운이다. 오키나와에서는 환한 기쁨을 나타낼 때 곧잘 이런 비유를 든다. "꽃봉오리가 이슬을 흠뻑 받아 활짝 핀 것 같다(ちぶでぃゆる花ぬ露ちゃたぐとぅ)." 환한 기쁨, 까지는 아니더라도 이슬을 머금고 핀 꽃은 생명의 기쁨으로 넘친다.

한국과의 만남에서 소중한 인연이 되어준 또 한 사람이 있다. 이번에 작품집을 번역해준 조정민 선생님이다. 여간하여서는 독자를 가지기 쉽지 않은 내 작품을 처음으로 평가해주신 분이 규슈대학(九州大學)의 고(故) 하나다 도시노리(花田俊典) 선생님인데, 조 선생님이 하나다 선생님 지도 하에서 문학 공부를 하고 있을 때 우리는 한 번 만난 적이 있었다. 이 만남도 역시 어머니의 죽음을 전후한 해에 일어난 일인데 이번에 조 선생님이 번역해 주신 것도 그런 인연 때문일까 싶어 새삼 감사한 마음이 든다.

끝으로 번역 출판에 많은 도움을 주신 여러 분들께 감사의 인사를 전하며, 한국의 오키나와문학연구회 회원들께도 감사의 말씀을 전하고 싶다.

한국의 독자들이 오키나와 문학에 관심을 갖는데 미약하지만 힘을 보탤 수 있기를 희망하며 새로운 교류의 계기를 만들어 나갈 수 있길 소원한다.

2018년 10월 17일
사키야마 다미

간행사

구미중심적 세계문학에서 지구적 세계문학으로

괴테가 옛 이란인 페르시아에서 아주 유명하였던 시인 하피스의 시를 독일어 번역을 통해 읽고 영감을 받아서 그 유명한 『서동시집』을 창작한 것은 아주 널리 알려진 일이다. 괴테는 비단 하피스 뿐만 아니라 페르시아의 역사 속에 등장하였던 숱한 시인들에 대해서도 공부하고 일일이 설명하는 노고를 그 책에서 아끼지 않을 정도로 동방의 페르시아 문학에 심취하였다. 세계문학이란 어휘를 처음 사용한 괴테는 히브리 문학, 아랍 문학, 페르시아 문학, 인도 문학을 섭렵한 후 마지막으로 중국 문학을 읽고 난 후 비로소 세계문학이란 말을 언급했을 정도로 아시아 문학에 깊이 심취하였다. 괴테는 '동양 르네상스'의 전통 위에 서 있었다. 16세기에 이르러 유럽인들이 고대 그리스 로마의 정신적 유산을 비잔틴과 아랍을 통하여 새로 발견하면서 르네상스라고 불렀던 것을 염두에 두고 동방에서 지적 영감을 얻은 것을 '동양 르네상스'라고 명명했던 것이다. 동방의 오랜 역사 속에 축적된 문학의 가치를 알게 되면서 유럽인들이 좁은 우물에서 벗어나 비로소 인류의 지적 저수지에 합류한 것이다.

그러나 중국에서 생산된 도자기와 비단 등을 수입하던 영국이 정작 수출할 경쟁력 있는 상품이 없다는 것을 깨닫고 인도와 버마 지역에서 재배하던 아편을 수출하며 이를 받아들이라고 중국에 강압적으로 요구하면서 아편전쟁을 벌이던 1840년대에 이르면 사태는 근본적으로 달라졌다. 영국이 산업화에 어느 정도 성공하면서 런던에서 만국 박람회를 열었던 무렵인 1850년대에 이르러서 비로소 유럽이 전 세계를 지배하게 되는 움직임이 시작되었다. 13세기 베네치아 출신의 상인 마르코 폴로와 14세기 모로코 출신의 아랍 학자 이븐 바투타가 각각 자신의 여행기에서 가난한 유럽과 대비하여 지상의 천국이라고 지칭하기도 했던 중국이 유럽 앞에서 무너지는 것을 보면서 예전의 방식은 더 이상 통하지 않게 되었고 새로운 세계상이 만들어져 가기 시작하였다. 유럽인들은 유럽인들이 만들고 싶은 대로 이 세상을 만들려고 하였고, 비유럽인들은 이러한 흐름에 저항한다는 것이 거의 불가능하다는 것을 알아차린 이후에는 유럽의 잣대로 세상을 보는 방식을 배우기 위해 유럽추종에 혼신의 힘을 쏟았다. '동양 르네상스'의 기억은 완전히 사라지고 그 자리에 들어선 것은 '문명의 유럽과 야만의 비유럽'이란 도식이었다. 유럽의 가치와 문학이 표준이 되면서 유럽과의 만남 이전의 풍부한 문학적 유산은 시급히 버려야할 방해물이 되기도 하였다. 처음에는 유럽인들이 이러한 문학적 유산을 경멸하고 무시하였지만 나중에서 비유럽인 스스로 앞을 다투어 자기를 부정하고 유럽을 닮아가려고 하였다. 의식과 무의식 전반에 걸쳐 침전되기 시작한 이 지독한 유럽중심주의는 한 세기 반을 지배하였다. 타고르처럼 유럽의 문학을 전유하면서도 여기에 함몰되지 않고 자신의 전통과의 독특한 종합을 성취했던 이들이 없었던 것은 아니지만 주된 흐름을 바꾸기에는 역부족이었다.

　유럽이 고안한 근대세계가 내부적으로 많은 문제점들을 드러내자 유럽 안팎에서 이에 대한 비판이 이루어졌고 근대를 넘어서려고 하는 노력들이 다방면에 걸쳐 행해졌다. 특히 그동안 유럽의 중압 속에서 허우적거렸던 비유럽의 지식인들이 유럽 근대의 모순을 목격하면서 자신의 과

거를 돌아보는 성찰의 시간을 가지면서 사태는 달라지기 시작하였다. 유럽중심주의를 넘어서려는 이러한 노력은 많은 비유럽의 나라들이 유럽의 제국에서 벗어나는 2차 대전 이후에 이르러 본격화되었다. 정치적 독립에 그치지 않고 정신적 독립을 이루려는 노력이 문학을 중심으로 광범위하게 이루어졌던 것이다. 구미중심주의에 입각하여 구성된 세계문학의 틀을 해체하고 진정한 의미의 지구적 세계문학으로 나아가기 위해서는 두 가지의 인식 전환이 필요하였다. 하나는 기존의 세계문학의 정전이 갖는 구미중심주의를 분석하고 비판하는 것이다. 현재 다양한 세계문학의 선집이나 전집 그리고 문학사들은 19세기 후반 이후 정착된 유럽중심주의의 산물로서 지독한 편견에 젖어 있다. 특히 이 정전들이 구축될 무렵은 유럽이 제국주의 침략을 할 시절이기 때문에 이것은 더욱 심하였다. 아무리 뛰어난 재능을 가진 유럽의 작가라 하더라도 제국주의에서 자유로운 작가는 거의 없기에 그동안 별다른 의심 없이 받아들여졌던 유럽의 세계문학의 정전들을 가차 없이 비판하고 해체하는 작업은 유럽중심주의를 넘어서기 위해서 반드시 거쳐야 할 과정이었다. 하지만 이는 필요조건이지 충분조건은 아니었다. 서구문학의 정전에 대한 비판에 머무르지 않고 비서구 문학의 상호 이해와 소통이 절실하다. 비서구 문학의 상호 소통을 위해서는 비서구 작가들이 서로의 작품을 읽어주고 이 속에서 새로운 담론들을 만들어 내는 것이 필요하다. 기존 정전의 틀을 확대하는 것은 임시방편일 뿐이고 근본적인 전환일 수 없기에 이러한 작업은 지구적 세계문학의 구축을 위해서는 반드시 거쳐야한다. 비서구문학전집은 이러한 인식의 전환을 위한 새로운 출발이다.

글누림비서구문학전집 간행위원회

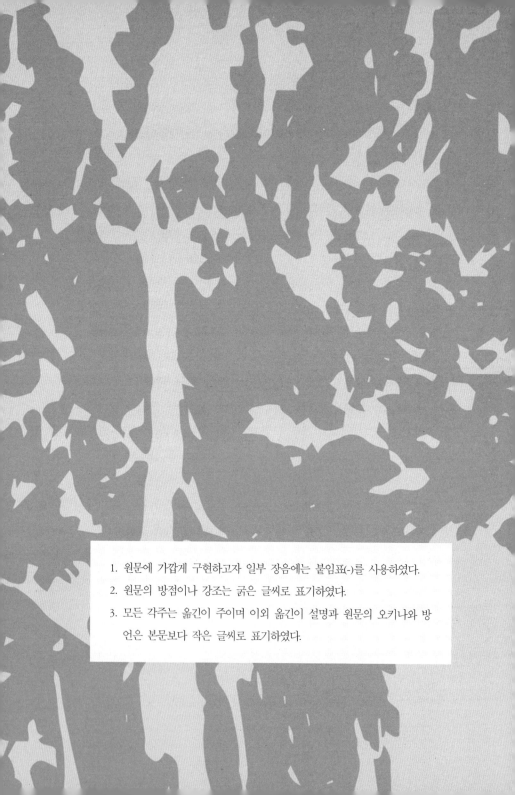

1. 원문에 가깝게 구현하고자 일부 장음에는 붙임표(-)를 사용하였다.
2. 원문의 방점이나 강조는 굵은 글씨로 표기하였다.
3. 모든 각주는 옮긴이 주이며 이외 옮긴이 설명과 원문의 오키나와 방언은 본문보다 작은 글씨로 표기하였다.

차례

수상왕복

水上往還

* 이 소설의 원제는 「水上往還」(『文學界』 1989년 4월호)이며, 번역대본으로는 崎山多美 『くりかえしがえし』(砂子屋書房, 1994)를 사용하였다.

수상왕복

별안간 등 뒤로 빛이 요란해진다. 누군가 물 위를 기어서 쫓아오는 것 같아 움찔하며 뒤돌아본다. 안개가 자욱한 T 섬의 곳에서 거대한 불덩이처럼 눈부시게 빛나는 석양이 시야를 압도한다. 눈동자를 가득 채우던 빛의 입자가 사방으로 흩어진다. 눈을 몇 번 깜박이는 사이에 석양은 이윽고 수면을 붉게 물들이며 물과 하나가 되어 간다.

먼발치에서 보면 해수면은 마치 부드럽게 흔들리는 푸른 양탄자 같지만 뱃전에서 가까이 들여다보면 여러 겹의 산을 만들며 이어지는 파도는 의외로 크고 높다. 겹겹이 이어지는 파도의 산이 하나씩 무너지는 가운데 배는 무거운 바다 위를 헤치며 나아간다.

오후 6시 20분. 작은 어선은 섬 그림자 하나를 멀리하면서 다른 하나에는 가까이 다가가듯 하며 두 섬 그림자 사이를 쉬지도 않고 나아가고 있다. 지붕이 없어 하늘을 곧장 올려다볼 수 있는 어선에

는 아키코明子와 병이 든 긴조金造, 그리고 나이가 많은 뱃사공 카-레 カーレ 세 사람이 타고 있다. 이들이 T 섬의 북부 항구를 떠난 지 1시간 10분이 흘렀다. 사람들의 눈과 강렬한 햇빛을 피할 수 있는 시간을 택하여 O 섬을 향해 출발한 것이다. 기름 냄새와 함께 배에 남아 있는 생선 비린내가 코를 찔러 속을 메스껍게 만든다. 튀어 오르는 바닷물의 포말은 습기를 머금고 있어 끈적끈적하다.

모터 소리가 끊이지 않는 흔들리는 배 때문에 아키코는 구역질이 목구멍까지 밀려 나올 것만 같았다. 바로 그 순간, 긴조의 어깨도 격렬하게 위아래로 흔들리기 시작한다. 항구를 떠난 이후 한 번도 바다를 쳐다보지 않고 배 밑바닥만 응시하며 마치 못 박힌 듯 한자리에 앉아 있던 그였다. 아키코를 바라보는 긴조의 눈에는 온갖 부정으로 가득 차 있는 듯 했고 일그러진 얼굴에는 반점과 같은 검버섯이 온통 퍼져 있어 검푸르게 보였다. 아키코는 가방을 열고 수건을 꺼내 긴조의 어깨 위로 가져갔다.

"아빠, 괜찮아요?"

아키코는 다시 찾아온 메스꺼움을 간신히 참아가며 긴조의 등을 쓸어내리려 했다. 눈꼬리에는 눈물이 맺혀 있다. 그러자 긴조가 아키코를 내친다. 시선은 여전히 바닥에 고정되어 있다. 그녀는 심호흡하며 긴조가 바라보고 있는 곳에 자신의 시선을 옮겨본다. 비스듬히 마주 앉은 긴조와 아키코의 시선이 묘하게 흔들리며 교차하는 가운데 두 사람의 눈은 한 곳에 머물렀다.

"긴조 상, 얼마 안 남았어. 조금만 참게. 곧 니시노ニシ/ 해변이야. 봐봐, 벌써 저기 보이지?"

배꼬리에서 키를 잡고 있는 카·레 할아버지가 말을 건다. 카·레 할아버지가 턱으로 가리키는 방향을 보니 옆으로 쓰러져 찌부러진 크림색 항아리처럼 생긴 O 섬의 북쪽 해변 모래사장이 희끗하게 떠 있다. 배는 그곳을 향하고 있는 것이다.

열흘 전, 긴조는 제사 지내는 가족도 없이 방치된 할머니의 위패를 다른 사람 손에 맡긴 채 십칠 년이란 세월이 흘러버렸다며, O 섬으로 가서 그것을 직접 찾아오겠노라 말했다. 대가 끊긴 집안의 유일한 자손인 자신이 손수 할머니의 위패를 옮겨야 한다고 긴조 스스로 말했던 것이다. 그것은 제안이라기보다 선언이나 마찬가지였다.

"몸도 성치 않은 사람이, 그건 무리에요"

옆에 있던 아키코의 어머니가 눈을 치뜨며 말렸지만 긴조는 그 설득에 귀도 기울이지 않았다. 결국 아키코의 어머니는 밤낮으로 O 섬으로 건너갈 계획만 세우던 병든 남편에게 손을 들고 말았다.

"한 번 말을 뱉고 나면 주워 담는 일이 없다니까. 얼마나 고집이 센지. 평생 안 변해. 그건 할머니ㅅㅅ에게서 물려받은 것이지."

아키코의 어머니는 눈살을 찌푸리며 한숨을 쉬었다. 그러면서 네가 아버지와 함께 가주면 좋겠구나, 라고 도움을 청하듯 아키코를 바라보았다.

시간도 때우고 소소한 용돈을 벌겠다는 마음으로 일하던 우체국 임시직을 그만 둔 지 2년이 지났다. 방 안에 틀어박혀 지내는 날이 길어졌고 긴조의 병간호와 그다지 많지도 않은 집안일을 거드는 것이 일과가 되어버린 아키코는 어머니의 부탁을 거절할 이유를 딱히 찾을 수 없었다. 긴조의 폐쇄적인 성격은 최근 몇 년 동안 점점 악화되었다. 환자의 몸으로 불편하게 지내는 날이 길어지다 보니 그리 된 탓이라고 단순하게 여기기에는 그의 완고함이나 집요함은 도를 넘어서 있었고, 그로 인해 주변 사람마저도 마음이 무거워질 지경이었다.

지금까지 긴조는 일족이 멸하더라도 O 섬 사람들과는 절대 만나지 않겠다고 굳게 마음을 먹고 있었다. 그러던 중 긴조는 O 섬으로 가기 위한 하나의 방편으로 카-레 할아버지를 떠올리게 되었다. 할아버지는 현재 O 섬에서 T 섬으로 이주해 와 가까운 바다에서 어패류를 잡으며 생활하고 있는데, 긴조는 그의 배를 전세 내듯이 빌려 O 섬을 잠깐 다녀오자고 생각했던 것이다. 이렇게 하면 정기 배편을 이용할 때처럼 아는 사람들과 마주칠 염려도 없다. 십수 년 동안 사회로부터 격리된 생활을 해온 환자 긴조가 이런 계획을 세웠다는 것은 좀 우습기도 한 일이었다. 그럼에도 불구하고 아키코가 긴조와 동행하기로 결심한 것은 아버지의 마음속에 잠겨 있는 어떤 응어리의 대상이 아무 일 없이 지내는 아키코 자신과도 관계가 있는 것처럼 느껴지기 시작했기 때문이다.

배에 오른 뒤부터 긴조는 거의 말이 없다. 조금이라도 입을 열면 당장에라도 격렬한 고통의 덩어리가 입 밖으로 튀어나올 것이라고 여기는 듯 좀처럼 입을 열지 않는다.

흩어지는 물방울이 더욱 높이 튀어 오른다. 조금 거칠어진 바람은 맞바람으로 바뀌었다.

"카-레 할아버지, 거의 다 왔다고 하지 않았어요? 대체 얼마나 더 가야 니시노 해변에 도착하는 거죠? 아까부터 니시노 해변이 보인다고 했잖아요."

말랐지만 검게 그을려 고집스레 보이는 카-레 할아버지를 아키코는 올려다본다. 할아버지는 그것이 습관이 되어버린 양 잠시도 앉으려 하지 않고 등을 둥글게 말고서 노를 지키고 있다.

"글쎄. 음. 앞으로 이삼십 분 안에 도착할 거야."

그는 다시 턱으로 니시노 해변을 가리킨다. 바다에 비친 노을이 반사되어 할아버지의 얼굴이 붉어져 있다. 할아버지는 아까부터 가까워지고 있는지 멀어지고 있는지 모를 O 섬의 끝자락을 응시하고 있다. 감정을 죄다 떨쳐버린 납작한 표정은 예전과 다를 바 없다고 아키코는 문득 생각한다. 그러고 보니 먼 옛날의 할아버지의 모습은 배 주변에 날리는 바다의 포말과도 닮아 있었던 것 같다. 이런 기분은 순식간에 부풀어 올라 아키코의 가슴을 찌른다.

그것은 정말 뜻밖의 감정이었다. 아키코는 지금 건너고 있는 O 섬과 T 섬 사이의 거리가 마치 강으로 나뉘어져 있던 O 섬 내부의 옛 마을과 새 마을 사이의 거리와도 같아 보였다.

할아버지는 O 섬 중앙을 동북쪽으로 흐르는 U 강의 나룻배 사공이다. 예나 지금이나 할아버지는 등을 깊이 숙인 모양으로 노를 젓는다. 작은 키에 어울리지 않는 긴 다리와 오그라든 상반신은 마치 꼽추처럼 보인다. 강둑에 오두막집을 짓고 사는 할아버지는 강 건너 편이나 이쪽 편이나 사람들과 깊은 관계를 가지지 않고 오로지 흐르는 강물만을 바라보며 사는 것 같았다. 누가 먼저 시작했는지 강川이라는 뜻의 오키나와 말 '카-라'를 빌려 그를 '카-레 할아버지'라 부르게 되었다.

섬을 온전히 태워버릴 듯한 아열대 기후의 더위가 주춤해질 무렵, 강 건넛마을에서는 계절의 변화를 알리는 축제가 열린다. 첫 날은 엄숙하게 지내지만 둘째 날에는 차고 넘칠 만큼의 각종 행사가 야단스럽게 열려 부산스럽다. 전통 축제 같은 것이 거의 열리지 않는 개척 마을에서 자란 아키코는 바닷가에서 열리는 배 경주가 보고 싶어 친구들을 데리고 강을 건넌다. 이 시합은 축제의 클라이맥스나 마찬가지였기 때문이다. 이렇게 매년 같은 계절이 돌아오면 단조롭게 살아가던 개척 마을에도 건넛마을의 떠들썩한 잔치 기운이 강을 건너 전해지고 있었다.

"카-레 할아버지. 강 건너고 싶어요"

아이들이 할아버지 오두막집 앞에서 소리를 지르면 꼽추 할아버지는 아무런 말도 없이 모습을 드러낸다. 건넛마을까지는 배로 십분이면 족하지만, 강물의 흐름에 따라 배가 우왕좌왕하면 꽤 오랜 시간 동안 물 위를 떠다니는 느낌이 든다. 강바닥을 짚은 장대가 크게 반원을 그리며 허공을 가를 때마다 머리 위로는 포말들이 흩어지며 떨어진다. 배가 쿵 소리를 내며 강바닥에 닿는다. 이렇게 건넛마을에 도착해도 할아버지는 도착했다는 말을 해주지 않는다. 물에 젖지 않도록 치마 자락이나 바짓단을 걷어 올리고 신발을 겨드랑이에 끼운 아이들은 떠들썩하게 배에서 내린다. 아이들이 모두 내릴 때까지 할아버지는 장대를 쥔 채 내내 서 있다.

"할아버지. 나중에 집에 갈 때 또 봐요"

먼저 내린 아키코와 친구들은 뒤따라오는 친구들을 기다리지도 않고 논길을 따라 달려간다. 할아버지는 배 머리를 천천히 돌리며 다시 오두막으로 향한다. 아키코는 달리며 뒤를 돌아본다. 커다란 혹을 등에 짊어진 것 같은 몸이 흔들리는 배를 따라 움직인다. 강물에도 그 그림자가 비친다.

들리는 소문으로는 꼽추처럼 보이는 할아버지의 몸은 선천적인 것이 아니라 아주 젊었을 때부터 오랫동안 탄광에서 석탄 캐는 일을 했기 때문이라고 한다.

배가 갑자기 크게 선회한다. 한동안 바다에서 눈을 떼고 있는 사이에 바다 위에는 어슴푸레 어둠이 내리고 니시노 해변은 상상도 못할 넓이를 보이며 눈앞을 엄습해 오고 있다. 해변에서 일단 멀어진 배는 물가에 솟은 바위 그늘로 숨듯이 들어간다.

"해변 주변에 사람이 있는 건 아닌지 먼저 내려서 확인해주지 않겠습니까? 카-레 할아버지?"

조금도 긴장을 풀 수 없다는 듯 긴조가 말한다. 무슨 일이 있더라도 섬 사람들과 마주쳐서는 안 된다는 고집만큼은 여전하다. 고개를 끄덕이며 시동을 끈 할아버지가 배에서 내린다. 가슴께부터 하반신까지 흠뻑 젖은 할아버지는 바위를 따라 걸음을 옮긴다. 해변에서 떨기나무 덤불숲으로 들어가는 할아버지의 굽은 작은 뒷모습이 어둠 속으로 녹아든다.

아키코와 긴조만 남은 배는 바위 그림자 위에 떠 있다. 그렇게 뜨거웠던 해도 완전히 모습을 감추었다. 잔광도 이미 사라져 섬은 흐릿한 흑백 영화처럼 허무해 보인다. 섬의 한쪽 구석에 접해 있는 탓인지 시야가 좁아져 확인할 수 있는 것이라곤 좁은 배 안에서 마주 보고 있는 긴조와 아키코의 자리뿐이다. 그러나 그 공간조차도 불안정하게 흔들린다. 주변을 에워싸고 있는 물은 모두 어둠 속으로 떨어져 깊고 깊은 곳에 모여 있다.

아키코는 천천히 얼굴을 들고 가는 눈을 떠본다. 이렇게 가까이 와 있으면서도 아직 들어가지 못하는 마을 분위기를 훔쳐보려는 듯 몸을 앞으로 내민다.

카-레 할아버지가 빠져 나간 덤불에서 구불구불 이어지는 수풀 길을 약 100미터 정도 걷다 보면 아키코 가족이 살던 옛 집이 나올 터이다. 마지못해 가족을 따라 다른 마을로 이주한 할머니는 한 달이 채 못 돼 이런 곳에선 살 수 없다며 섬으로 되돌아와 예순 여섯의 나이로 세상을 떠날 때까지 약 2년 동안 홀로 여기서 살았다. 할머니는 감기가 덧난 것이 화가 되어 참으로 어이없는 죽음을 맞이하고 말았다.

할머니의 죽음을 듣고 부랴부랴 섬으로 들어간 가족은 몸 전체가 풀색으로 변해버린 할머니의 유해 앞에서 멍하니 서 있을 뿐이었다. 마을 사람들은 가족을 대신해 사망 신고 절차를 대충한 뒤 매장하는 일만 남겨두고 있었다. 이는 섬에 할머니만 남겨둔 가족들에 대한 섬 사람들의 지탄과도 같은 것이었다. 가족들은 오지랖 넓게 나서는 마을 사람들에게 이렇다 저렇다 말도 하지 못하고 몸 둘 바를 몰라 하며 우물쭈물하고 있었다. 남달리 건강했던 할머니의 죽음은 누가 보더라도 갑작스러운 일이었다. 장례식에서는 자신을 섬에 홀로 남겨두고 돌보지도 않는 자손들을 벌하기 위해 할머니가 죽은 척하는 것이다 하는 분위기로 술렁거렸고 ,때문에 가족들은 고개를 숙이지 않을 수 없었다. 할머니가 세상을 뜨고 일 년이 지난 뒤 긴조는 원인을 알 수 없이 교원병으로 쓰러지고 말았다.

점차 짙어가는 어둠이 어디서부턴가 끝을 알 수 없는 불안감을 몰고 오는 듯했다. 아키코는 아버지 긴조에게 무슨 말이라도 걸지 않으면 두 사람 모두 어둠 속으로 사라질 것만 같았다. 아버지 어깨에 걸쳐진 수건을 살펴보기 위해 아키코는 손을 뻗는다. 그러자 갑자기 배가 휘청한다. 위험하다. 순간적으로 배 가장자리를 잡았다. 배 밑바닥에 다리를 버티고 한쪽 손으로는 긴조의 팔을 움켜쥐어 본다. 긴조에게 다가가려는 몸은 균형을 잃고 오히려 반대쪽 배 난간으로 넘어지고 말았다. 다시 배가 출렁하고 움직이더니 제자리로 돌아온다.

"아키코……"

납죽 엎드린 모양으로 긴조가 신음하듯이 부른다. 도움을 청하는 목소리라고 여긴 아키코는 긴조의 팔을 더욱 세게 잡아 보았다.

"왜요? 어떻게 해 줄까요?"

그러나 긴조는 아키코의 손을 뿌리친다. 긴조의 손은 마치 가늘고 부드러운 살결을 가진 여자 손 같다. 그 표정에는 네 이름을 부른 건 자신의 의지가 아니라는 거절의 기운이 진하게 배어 있다.

"카-레 할아버지가 늦는구나. 누군가와 마주친 게 분명해."

일그러진 입술을 더욱 굳게 악물며 그렇게 말한다. 참으로 완고하다. 비집고 들어갈 틈이 없다. 아키코는 어머니가 평소에 보였던 반응을 떠올리며 자신도 질렸다는 듯 한숨을 쉰다. 그러나 곧장 그런 긴조의 본성을 자신도 물려받았다는 생각이 들어 몰래 쓴웃음을 짓는다.

특별히 이루어 놓은 일도 없이 이미 아키코는 20대 후반이 되어 있었다. 남들도 다 겪는 일이지만, 다른 사람들과의 감정 차이나 생활의 이질감이 집단이나 조직 속에서 어떤 것을 선택하고 행동하려는 아키코를 늘 가로막았다. 사람들과의 갈등을 계속 피하는 사이, 홀로 자신만의 공간 안에 숨고 싶다는 욕망에 사로잡힌 그녀는 타인과의 모든 관계로부터 도망치기 시작했다. 아키코의 부모는 딸의 상황과 가족이 직면한 어두운 처지를 할머니의 유언과 얼마간 연관 지어 생각하기도 했다.

아키코는 고개를 들고 긴조의 가늘고 굽은 몸을 바라본다.

"저기, 아빠. 마을에 들어가면 적어도 나카모리 하쓰中森ハツ 할머니한테만이라도 우리 둘이 온 것을 알려야 해요. 아무리 숨겨봤자 우리가 섬에 온 건 언젠가 알려질 거예요."

아버지가 거절할 걸 알고 있지만 일부러 일러둔다. 역시 예상대로 긴조는 무시무시한 눈초리로 아키코를 쏘아본다. 아키코는 개의치 않고 말을 이어간다.

"나카모리 할머니는 마지막까지 우리 할머니를 돌봐준 분이잖아요. 십 년이 훨씬 지나 이제야 할머니의 위패를 가지러 온 건데, 이렇게 섬에 왔으면서도 얼굴도 한 번 보지 않고 돌아가는 건 좀……"

더 이상 듣고 있을 수 없다는 듯이 긴조는 어깨에 걸치고 있던 수건을 내던져 버린다. 말문이 막혀버린 아키코는 도리 없이 배 난간에 걸쳐진 수건을 조용히 줍는다.

나카모리 하쓰 할머니와는 오래 전에 섬에서 살 때부터 가까이 지내왔다. 할머니가 혼자 섬에서 생활하게 되었을 때에도 하쓰 할머니는 가족을 대신해 할머니를 보살펴 주기도 했다. 사실 아키코의 어머니는 긴조 일행이 출발하기 전에 하쓰 할머니에게 미리 연락해 긴조가 섬을 방문할 것이라고 언질을 주었다. 이번 여행에서 하쓰 할머니와 긴조를 자연스럽게 만나도록 하는 건 아키코의 임무이자 역할이기도 했다. 할머니의 장례식과 첫 제사 때 섬에 잠시 들른 것을 제외하고, 아버지 긴조는 물론 어머니와 아키코, 그리고 시집 간 두 언니들은 단 한 번도 섬을 찾지 않았다. 긴조가 병으로 쓰러지고 난 이후 할머니에 대한 심리적 부담이 긴조를 더욱 옭아매 섬에 들어가는 일도 섬 사람들을 만나는 일도 절대 없을 거라는 그의 생각은 더욱 강경해졌다. 가족들은 그의 말을 따르지 않을 수 없었다.

한편, 할머니는 유골이나 위패를 섬 밖으로 가지고 나가서는 안 된다는 유언을 하쓰 할머니에게 남겼다. 죽은 사람과 한 약속은 말이야, 어떠한 일이 있어도 지켜야 해, 그러지 않으면 산 사람이 얼마나 불안하다고, 이렇게 말하던 하쓰 할머니는 17년 동안 매년 돌아오는 할머니 제삿날에 공양을 바쳐 왔다. 그런 하쓰 할머니도 이제는 일흔을 훨씬 넘긴 노인이 되어버렸다.

할머니의 유언은 섬을 떠나 사는 가족들에게 일종의 위협이 되었다. 가족들이 O 섬으로 돌아가지 않는 한 어떤 일도 해결될 수 없었다. 그러나 이제 와서 가족들이 섬으로 돌아간다 한들 거기에서 살아갈 방법은 어디에도 없다. 돌아가지 않는다면 이미 많이 늦기는 했지만 어떤 결단을 내려야만 한다.

"절대 안 만난다고 분명히 말 했을 텐데!"

병상에서 줄기차게 이야기했던 것을 새삼 강조하듯 긴조가 내뱉는다. 그것은 섬에서 나와 사는 것을 택한 긴조가 자신의 뜻을 관철시키기 위해 스스로에게 거는 주문과도 같은 것이었다.

카-레 할아버지가 좀처럼 돌아오지 않는 게 신경 쓰인다. 오랜 시간이 흘렀다고 느끼는 것은 단지 마음이 불안한 탓만은 아닐 것이다. 시간은 벌써 8시를 지났고 구름이 많은 9월 하늘엔 희미한 빛조차 보이지 않는다. 어둠이 주변을 완전히 장악하고 있는 것이다.

오늘 아침에 집을 나섰지만, 아키코는 이 익숙지 않은 여행 때문에 몇 날 며칠을 여기에서 보낸 것 같은 기분이 든다. 긴조와 둘이서 오래도록 물 위를 표류하고 있는 느낌인 것이다. 과연 두 사람은 섬에 발을 들여 놓을 수 있을까? 아니면 이대로 어디론가 흘러가 버리는 걸까? 긴조가 마을 사람들과 만나려 하지 않는 이상, 카-레 할아버지가 돌아오지 않으면 배를 다루지 못하는 환자인 아버지와 그의 딸이 갈 수 있는 곳이란 어둠 속의 바다밖에 없다. 깊이 생각하지도 않고 긴조의 계획에 따라 무턱대고 이런 곳으로 와버린 것이 후회가 된다. 자괴감마저 든다. O 섬을 눈앞에 두고 있는 지금, T 섬으로 되돌아가는 건 더욱 어렵다.

배가 작게 흔들린다. 맞물리지 않는 긴조의 턱은 소리를 내고 있다.

"아빠, 추워요?"

긴조는 아니라고 답하면서도 또 머리를 흔든다. 그러나 그의 떨림은 더욱 심해졌고 급기야 바닥에 쓰러져 발버둥을 치며 두 주먹으로 바닥을 때리기 시작한다. 아키코의 등줄기가 서늘해진다. 역시 발작이 일어난 것이다.

주치의 허락도 없이 집을 나온 게 결국 사달이 났다. 병원에서 받은 일주일분의 약을 전부 가지고 오기는 했지만 평소에는 8시간마다 먹는 약을 아버지가 마음대로 6시간마다, 게다가 한 알 더 많이 먹고 있다. 발작은 일종의 금단 현상으로 병의 진행과 통증을 억제하기 위해 먹는 스테로이드 약물의 효과가 끊길 때마다 일어난다. 원인을 알 수 없는 이 기괴한 병은 근본적으로 치료할 방법이 없다. T 섬 바닷가 마을에서 카레 할아버지와 함께 배를 타고 나가기 3시간 전에 약을 먹었기 때문에 지금 약효가 떨어졌을 리는 없다. 그러나 10년 동안 병원과 집 사이만 왕복하며 제한된 범위 내에서 생활해 오던 긴조에게 비행기와 차를 갈아타고 게다가 작은 어선으로 이동한다는 것은 역시 부담스러운 일이었을 것이다. 예정된 투약 시간보다는 다소 빠른 감이 있지만 아키코는 약 봉지를 꺼내 들었다. 떨림이 멈추지 않는 손으로 프레드니존 세 알을 받아 든 긴조는 물도 없이 약을 삼킨다. 긴조가 경련으로 몸부림을 칠 때마다 배 난간은 마치 해수면에 닿을 듯 기웃기웃한다.

몸 구석구석에 나타났다 사라지는 반점이나 부종은 마치 화상 자국을 연상시켰고 증상이 심해질 때면 긴조는 온 방 안을 나뒹굴 정도로 고통에 몸부림쳤다. 두통과 떨림, 구토, 이명, 발열, 마비 등,

상상할 수 있는 온갖 증상이 긴조의 몸에 연일 엄습해 밤낮없이 그를 고통스럽게 만들었지만 최근 일 년 사이에는 섬으로 갈 계획을 세울 수 있을 정도로 얼마간 진정된 면이 있었다.

한 번 발작이 일어나면 약효가 나타날 때까지 긴조의 고통도 이어질 수밖에 없다. 아키코는 흔들리는 배의 균형이 깨질까 신경을 쓰면서도 긴조의 등을 간간히 쓸어 준다.

그때 아키코는 물을 할퀴는 소리를 들었다. 정신을 놓고 있던 그녀의 마음에 긴장감이 흐른다. 이윽고 고개를 든 채 양 팔을 좌우 날개처럼 너풀거리며 검은 물속을 헤치고 다가오는 카-레 할아버지의 짙은 그림자가 보인다.

"어머! 카-레 할아버지가 돌아왔어요!"

할아버지를 보고 안도한 아키코는 자기도 모르게 엎드려 누운 긴조를 양 손으로 일으켰다.

맨발로 모래사장에 내려서자 모래가 발바닥을 파고든다. 잡목림 숲에 올려놓은 배 앞에서 아키코는 할아버지가 준비한 손전등을 한 바퀴 돌려본다. 난잡하게 자란 목마황木麻黄 나무의 가는 둥치가 아무렇게나 솟아 있고 해풍에 흔들리는 나뭇가지는 어둠을 마구 휘젓는다. 20년 전의 모습이 그대로 남아 있는 것 같은 착각이 들 정도로 눈앞에서 아련한 풍경이 스쳐 지나간다. 아키코의 가슴은 바싹 조여 오면서도 감정이 요동친다.

이 때 아키코는 우습게도 긴조의 계획, 그러니까 용의주도하게 시간을 안배한 긴조의 계획을 감사하게 여겼다. 섬에 도착하는 시각이 태양이 작열하는 한낮이었다면 아마도 섬은 이런 풍경을 하고 있지 않았을 터였다. 거침없는 강한 햇빛과 하얗게 바랜 풍경 앞에서 아키코는 분명 눈을 둘 곳을 찾지 못해 당황했을 것이다.

그들은 마을의 중심을 향해 부드럽게 굽이치는 길을 따라 갔다. 마을 한중간 즈음에서 길은 다른 방향으로 이어진다. 하얀 모래사장이 흙바닥으로 이어지기 직전에 60평 남짓 되는 집이 불상화佛桑花 담에 둘러싸여 있다. 담 안쪽에는 나무판자를 세로로 쪼개 만든 오래된 민가 나카구스쿠가 볼품없이 자리하고 있고, 열어젖혀진 문으로 들어가자 가장자리에 있는 방 니반자二番座에는 불단이 보인다. 그 오른쪽에는 객실 도코노마床の間가 있고 왼쪽에는 산반자三番座 즉 거실과 부엌이 나란히 있으며 그 뒤편으로는 우라자裏座라 불리는 뒷공간이 있다. 판자가 덧대어 있지 않은 천장 때문에 각 방의 맨 윗부분은 서로 통하게 되어 있다. 그을음으로 뒤덮인 들보도 그대로 보인다. 강한 햇볕 아래 검게 그을린 초라한 집의 모양새는 거기에 살던 사람들의 관계를 분명하게 보여주고 있다.

바다 위에 머리만 드러낸 듯이 자리한 주변의 작은 섬에 비해 O 섬은 상대적으로 큰 편이다. 섬 중앙 산기슭에서 북쪽 바다로 이어지는 넓은 U 강은 섬을 두 군데로 나누듯 흐르고 있다. 강 서쪽에는 옛 마을이 자리하고 있는데 섬 중간을 가로지르는 U 강이 전염성 말라리아를 차단시키는 바람에 피해를 입지 않은 마을이다. 이

에 반해 동쪽은 말라리아로 완전히 황폐해졌고 이후에는 이주자들
이 모여 사는 새로운 개척 마을로 탈바꿈했다.

섬은 지난 십여 년 동안 가속도가 붙은 것처럼 쇠락해 갔다. 섬
이 적적해진 가장 직접적인 원인은 자연 풍광을 개발하기 위해 땅
을 온통 사들인 대기업 관광업자들에게 있었다. 개발 분위기를 타
고 섬 사람들이 아무 저항 없이 달려든 것도 문제가 되었다. 겨우
손에 넣은 개간지를 업자에게 넘겨주고 현금을 쥔 사람들은 섬 밖
으로 나가 새로운 생활의 터전을 구하는 것이 유행인 것처럼 섬을
빠져나갔다. 관광업자들로 인해 한때 섬은 성황을 이루는 것처럼
보였지만 다시 적적해져 갔다. 섬 밖으로 나가는 유행을 제일 먼저
탄 사람은 긴조였다. 20년 전, 긴조는 섬에 남아 여전히 가난하게
생활하는 사람들의 비난 섞인 눈초리를 느끼면서도 그것을 섬 밖의
생활에 대한 기대감으로 차단하듯이 잘라버렸고, 끝까지 섬에서 나
가기 싫다고 버티던 할머니를 억지로 데리고 나오고 말았다.

느릿느릿한 긴조의 발걸음 때문에 카-레 할아버지와 아키코는 여
러 번 걸음을 멈추어야 했다. 긴조는 헐떡이는 숨을 고르고 몸집이
작은 할아버지의 어깨에 기대며 수십 발자국을 더 걸어갔지만 이내
멈추어 서고 만다. 가방을 들고 앞장서서 길을 비추던 아키코는 뒷
사람들의 걸음이 멈출 때마다 뒤를 돌아보지 않을 수 없다.

"저기, 좀 앉았다 갑시다."

긴조는 할아버지의 팔을 밀어젖히고 잡초 위에 풀썩 주저앉는다.

꺾인 나뭇가지 같은 두 다리를 내던지듯 하고 그 사이에 얼굴을 떨어뜨린다. 할아버지는 긴조의 등을 감싸듯 쪼그리고 앉아 천진한 소년과 같은 말투로 말을 건넨다.

"저기, 긴조 상, 난 말이야, 오늘 안에 T 섬으로 되돌아간다는 건, 그러니까 자네 계획은 말이야, 다시 생각해야 하지 않을까 싶어."

긴조의 몸이 흠칫 떨린다. 돌아보는 그의 얼굴이 할아버지와 부딪힐 것 같은 위치에서 멈춘다.

"뭘 생각해볼 필요가 있다는 겁니까. 그게 내 몸 때문이라면 아무 신경 쓸 필요가 없어요. 조금도 힘들지 않으니까."

"자네 몸이 문제라서만은 아니야……"

"하루 만에 다녀올 수 있다고 약속했잖습니까. 그래서 난 할아버지에게 부탁을 한 거라고요."

할아버지가 꼼짝 못하도록, 그리고 절반쯤은 애원하는 목소리로 긴조가 말한다. 할아버지는 천천히 고개를 끄덕이며 마음속으로 생각했던 것을 되짚어보듯이 낮은 목소리로 이야기한다.

"이 바다를 건너는 것, 그러니까 지금부터 T 섬으로 돌아가는 건 말이야, 몇 년이고 강과 바다를 배로 건너다녔던 나에게는 큰일도 아냐. 물론 자네 의지가 강하다는 건 잘 알고 있네. 하지만 긴조 상, 자네는 마카토ㄱㅏㄱㅏㅏ 할머니의 위패를 그 집에서 갖고 나오기만 하겠다고 하지만, 자네가 그렇게 정했으니 그렇게 해도 좋을 테지만, 나 역시 그렇게 해도 된다고 생각하긴 하지만, 공양도 없이 위패만

덜렁 갖고 나온다는 건 정말 괜찮은 일일까, 하는 생각이 든다네."

긴조는 어둠 속의 허공을 응시하고 있다. 할아버지의 말이 긴조의 마음 깊은 곳에 다다르고 있는 모양이다.

섬 밖으로 위패를 가지고 나올 때엔 공양을 반드시 올려야 한다, 급한 사정이 있다면 간단한 절차라도 밟아야 한다, 남편 긴조가 마을에서 하룻밤 묵는 것을 정 거부한다면 시간이 걸리는 건 생략하고 가벼운 절차만큼은 할 필요가 있다, 이렇게 생각한 어머니는 미리 나카모리 하쓰 할머니에게 연락해 공양 준비를 부탁해둔 상태였다. 긴조와 함께 길을 나선 아키코에게는 도중에 긴조를 설득하는 임무가 주어져 있었다. 나카모리 하쓰 할머니와는 8시 즈음 옛날 할머니 집에서 만나기로 약속을 해둔 상황이었다.

"이제 와서 죽은 사람의 마음을 헤아린다 한들 무슨 소용이 있겠나. 살아있는 사람에게도 어쩔 수 없는 사정이란 게 있기 마련이지. 하지만 마카토 할머니의 마음은 유일한 자식인 자네가 알아주어야 하지 않겠어?"

긴조에게 말하던 할아버지는 시든 표정으로 아키코를 바라본다.

"이렇게 여기까지 따라 온 아키코도, 손녀로서, 할 수 있는 건 다 해야지."

과묵하고 인상이 강한 할아버지의 분명한 말투는 아키코에게 이해하기 힘든 희한한 사건과도 같은 것이었다. 아키코는 긴조를 설득하는 일을 할아버지에게 맡기는 편이 좋겠다고 생각했다.

"공양 준비 따위 아무 것도 해두지 않았단 말예요. 그런 건 위패를 가지고 나가 T 섬에서 해도 되잖습니까."

긴조는 내뱉듯이 말하지만 당황한 기색이 역력하다. 그의 목소리는 떨리고 있다.

"물론 그렇게 해도 상관은 없지만, 마카토 할머니의 영혼은 이 섬에서 떠나고 싶어 하지 않잖아. 할머니 마음은 그 누구보다도 자네가 제일 잘 알지 않는가. 위패를 모시고 간다 해도 영혼은 따라가지 않을 걸세. 제대로 된 절차를 밟으면서 허락을 구해야지."

할아버지의 말 한마디 한마디가 긴조의 가슴을 찌른다. 할아버지의 말에 반응하듯 긴조의 몸은 다시 조금씩 떨리기 시작한다. 두 주먹을 땅에 대고 어깨를 굳게 버틴다.

"나 같은 환자에게 대체 뭘 어찌하라는 겁니까? 섬 사람들에게 이런 꼴을 보이긴 싫다고요. 난 단지 섬 사람들을 만나지 않고 조용히 돌아가고 싶을 뿐입니다. 그게 내 생각이에요. 만약 공양을 하게 되면 유타그夕, 오키나와 및 아마미 군도 등에서 활동하는 민간 영매사, 무당에게 부탁해야 하잖아요. 그 사람들이 이제 와서 제 부탁을 흔쾌히 들어줄 리 만무해요."

"나카모리 하쓰 할머니가 계시잖아. 제대로 된 공양은 아니더라도 간단히는 올릴 수 있을 걸세. 난 그런 이야기를 이미 들었다네."

긴조는 굳은 얼굴로 할아버지와 아키코를 번갈아 보다가 의심이 담긴 비겁한 눈을 아래로 떨구며 다시 입을 다문다. 오랫동안 침묵이 이어진다. 한참 동안 반응을 보이지 않자 할아버지는 긴조의 팔을 잡고 부축한다.

"자, 긴조 상, 자네 집이 바로 저기에 있어."

걸음을 옮길 때마다 목을 가누지 못하는 긴조의 고개가 흔들린다.

어둠이 희끗희끗 갈라지는 공간에 할머니가 살던 옛날 집이 보이자 아키코는 시선을 고정한 채 걸음을 재촉한다. 울창하게 자란 불상화 담을 지난다. 열어젖혀진 입구에서는 냄새가 흐르는 것처럼 빛이 새어 나오고 있다. 희미한 불빛을 따라 덧문에 다다르자 안쪽에서 사람 그림자가 움직인다. 순간 뒷걸음친 아키코의 눈앞에 통통한 할머니의 모습이 나타난다.

"아키 쨩!……"

턱 선이 두꺼운 둥근 얼굴에 촉촉이 젖은 눈을 가늘게 뜨며 다가오는 사람은 나카모리 하쓰 할머니였다. 아키코의 등 뒤로 카-레 할아버지를 따라 긴조가 들어오자 하쓰 할머니의 얼굴이 갑자기 일그러진다. 할머니는 주름이 깊은 두 손으로 긴조의 양 볼을 감쌌다.

집 안은 온통 거미줄로 뒤덮여 있었고 말 그대로 쓰레기 천지였다. 그러나 기둥은 조금도 뒤틀어지지 않았고 멀쩡했으며 안에서 올려다보면 지붕을 새로 이었나 싶을 정도로 어디 하나 흐트러진 곳이 없었다. 어지럽게 널린 쓰레기와 몇 군데 벗겨진 벽을 제외하면 집은 거의 예전 모습 그대로였다. 입구 근처의 니반자만큼은 깨끗하게 청소를 해둔 상태였다. 하쓰 할머니가 그곳만큼은 특별히 청소를 하고 있는 모양이었다. 불단 중앙에는 위패가 모셔져 있다. 집 안을 밝히고 있는 건 불단과 방 안에 놓인 초 몇 자루. 탁자 위에는 과일과 과자 등 각종 공물을 담은 쟁반이 놓여 있다. 황폐한 집 안에서 그곳만 유일하게 알록달록한 모양을 하고 있어 느낌이 이상하다.

하쓰 할머니가 긴조를 불전 앞으로 데리고 간다. 그 옆에 아키코를 앉힌다. 카-레 할아버지는 두 사람 뒤에 무릎을 꿇고 앉는다.

피어오르는 향 연기는 갈라진 판자 사이로 불어오는 바람에 실려 네 사람 주변을 머물다가 바깥으로 빠져 나간다. 완전히 나이가 들어버린 하쓰 할머니는 굽은 허리를 바닥에 납작 엎드린다. 마치 둥글게 웅크리고 있는 것 같다. 하쓰 할머니는 무릎에 모은 두 손을 작게 흔들며 고개를 깊이 숙이다 천천히 다시 들어 올린다. 그리곤 위패를 바라보며 대화 하듯 엄숙한 목소리로 말하기 시작한다.

우-토-토- 아-토-토
하늘에 계신 신이시여, 조상님이시여! 신령님을 보내주소서.
오늘처럼 좋은 날에, 이 황금같이 좋은 날에 보내주시옵소서.

토-토우- 토-토우
자손들이 한자리에 모여 간절히 청하나이다.

이 성스러운 공물과 향기로운 향을 당신께 바치며 청하나이다.
신성한 술도 은쟁반에 받쳐 올리며 비옵나이다.

하쓰 할머니의 주문은 몇 번이나 반복되었다. 할머니가 준비한
예식이 끝나려면 꽤 오랜 시간이 걸릴 듯 했다. 주문을 세 번 되풀
이한 하쓰 할머니가 땀에 젖은 얼굴을 들어올린다. 할머니는 마치
자신의 읊조림에 도취된 듯이 눈을 가늘게 뜨며 긴조를 바라본다.
"긴조, 편히 쉬어, 편히 있으라고 할머니가 용서했어."
하쓰 할머니는 이미 할머니의 영혼과 접신한 것 같았다. 긴조는
하쓰 할머니의 말에 따라 몸을 옆으로 누인다. 마치 하쓰 할머니의
말이 곧 할머니의 말이라고 믿는 듯하다.
중얼거림으로 시작된 하쓰 할머니의 목소리는 점점 높아지고 뚜
렷해졌으며 그 울림은 주변의 공기를 압도했다. 이윽고 하쓰 할머
니는 상반신을 크게 흔들기 시작한다. 목덜미에 둥글게 묶여 있던
머리도 저절로 풀려 흐트러진다.
바다가 울고 있다. 워엉- 하고 신음소리를 내더니 이내 다시 워
엉 하고 운다. 고막을 스치는 하쓰 할머니의 목소리와 해명이 만나
일으킨 울림으로 인해 아키코는 옛날 기억을 떠올리게 되었다. 온
몸이 욱신거리기 시작하더니 점점 고통이 심해진다. 아키코는 이
모든 것에 자신을 맡기고서 가만히 눈을 감는다. 그러자 통증 가운
데서 둥- 둥- 하며 꼬리가 긴 연쇄음이 들려온다. 소리는 멀리 사라

지다가 다시 다가오더니 이내 큰 소리가 되어 귀를 사로잡는다. 둥-둥-. 가만히 귀를 기울여보니 집 밖에서 아키코를 부르는 소리 같기도 하다.

마비되었던 다리가 무너진다. 정신을 차려보니 아키코는 하얗게 향 연기가 피어나는 할머니의 집에서 나와 있었다.

정원을 빠져나오자 주변에는 낮은 키의 덤불이, 예전에 사람들이 이 길을 지나다녔음을 알 수 있게 하는 덤불이 바닷가에서 할머니의 옛집까지 이어져 있다. 마을 중심에서 벗어나 있는 집 주변에는 원래 네다섯 채의 민가가 드문드문 있었는데 지금은 그 형태조차 찾아볼 수 없다. 떨기나무 덤불을 헤치고 나아가자 어디선가 달빛이 들어온다. 아키코는 달빛에 의지하며 조용히 걷는다.

돌연 거대한 그림자가 아키코의 시야를 가로 막는다. 올려다보니 검은 숲이 울렁이듯 나부끼고 있다. 아키코를 가로막은 것은 하늘 높이 비친 산 파초나무 숲의 검은 그림자였던 것이다. 높다랗게 자란 나무는 나뭇잎이 서로 층을 이룰 정도로 울창한 숲을 이루고 있었다.

소리가 숲 근처에서 멈추었다고 느낀 순간, 아키코는 그 소리가 누구의 것인지 단박에 알아차렸다. 아마추어지만 유타나 다름없는 하쓰 할머니가 예기치 않은 강한 영적 힘으로 오랜 시간 동안 맴돌고 있던 존재를 불러들인 것이다. 숲 앞에 사뿐히 펼쳐진 창백한 공간 속에 땅바닥에 앉은 마카토 할머니의 모습이 보인다. 마카토 할머니는 동강이 난 산 파초나무를 손에 들고 껍질을 벗기고 있다. 그 옆에는 네다섯 살로 보이는 유독 작은 얼굴을 한 소녀가 마카토 할머니의 손놀림을 따라 하고 있다. 아이의 얼굴을 보자 마카토 할머니의 무뚝뚝한 표정이 부드러워지며 눈가에도 주름이 잡힌다.

아키, 엄마 아빠나 다른 사람들처럼 이 할멈을 놀리진 말아다오 넌 내 말을 잘 들어야 한다……

마카토 할머니는 손놀림에 맞추어 자신이 하고 싶은 말 한마디 한마디를 신중하게 음미하며 내뱉는다. 소녀는 응, 응 하고 고개를 끄덕이며 할머니 말을 듣고 있다. 소녀가 마카토 할머니의 깊은 뜻을 아는지 모르는지는 알 수 없다. 그 소녀에게 아키코가 말을 걸려고 한 바로 그 찰나, 두 사람의 그림자는 숲 속으로 빨려 들어가 자취를 감추고 말았다.

매년 초여름이 되면 마카토 할머니는 산 파초가 울창한 숲으로 들어가 열매가 맺히기 전의 어린 파초를 베어 내곤 했다. 둥- 둥 하는 소리는 할머니가 잘라내는 파초 나무가 하나씩 땅에 쓰러질 때 나는 소리임에 틀림없다. 껍질을 벗긴 파초를 다시 세로로 가늘게 찢어 그것을 나뭇재 물에 조려 씻어 말리면 탁한 황색으로 물든 섬유가 된다. 마카토 할머니가 어린 산 파초나무를 베어내는 이유는 그 섬유로 어떻게든 천을 짜고자 했기 때문이다. 그것은 아무 것도 없는 폐허와도 같은 마을에서 살아가기 위해 마카토 할머니가 소일거리로 고안해낸 작업이었다.

원래부터 파초 천芭蕉布, 파초 섬유로 짠 천으로 오키나와의 특산물은 야생에서 자라는 파초나무로 만들 수 있는 게 아니다. 이토イ卜 파초라 불리는 재배 품종이라야 좋은 질의 파초 실을 뽑을 수 있다. 산파초 실은 너무 뻣뻣해서 아무리 조심스럽게 다루어도 금방 끊어지고 만다. 도무지 천을 짤 수 없는 것이다. 그럼에도 불구하고 마카토 할머니는 몇 년이고 같은 시도를 계속하다 어느 틈엔가 그것도 그만두고 말았다. 분명 헛간 한 구석에는 실 뭉치가 가득 쌓여 있을 것이다.

아키코는 훌쩍 덤불 속으로 들어간다. 찌는 듯한 더위가 아직 남아 있는 계절이지만 이곳은 쌀쌀한 냉기가 온 몸을 감싼다. 숲 전체가 하나의 큰 자루처럼 아키코의 몸을 감싸 안고 부풀어 오른다.

이 파초나무들은 처음부터 숲을 이룰 정도로 무성하지는 않았을 것이다. 들에 자생하는 산 파초는 드문드문 나 있을 뿐 보통 이렇게 큰 덤불을 만들지 않는다. 할머니는 천을 짤 만큼의 실을 얻기 위해 꾸준히 파초나무를 심었고 그게 이렇게 큰 숲을 만들어 놓은 것 같다. 파초가 어른 키 정도로 자라나면 아키코는 나무 밑동 주변의 마른 잎을 벗겨내는 작업을 도왔다. 결실을 맺을 리 없는 할머니의 작업이 아키코의 부모님과 언니들의 입을 다물게 만들고 마을 사람들에게도 비웃음거리가 되고 있다는 걸 아키코는 한참 후에야 알게 되었다.

철부지 어린 손녀 아키코 외에는 누구에게도 이야기를 붙일 수 없었던 할머니의 심정이 지금 아키코의 가슴에서 되살아난다.

얼마 동안 서 있었던 것일까. 고개를 들어보니 숲이 한층 더 크게 흔들리고 있다. 아키코는 점차 부풀어 오르는 숲에 안기어 이대로 얼마간 웅크려 앉아있고 싶은 기분이었다. 그러나 한 번 앉으면 이곳에서 절대로 빠져 나갈 수 없을 것 같기도 했다. 아키코는 들어 왔던 덤불 입구를 뒤돌아보았다.

할머니의 옛날 집 정원으로 돌아가자 진한 향냄새가 온몸을 감싼다. 할머니의 영혼을 인도하기 위해 입구 두 구석에는 소금과 향을 쌓아두었다. 집 안에서는 긴조와 카-레 할아버지가 함께 식사를 하는 중이었고 하쓰 할머니는 더듬더듬 무언가를 이야기하고 있었다. 제정신으로 돌아온 하쓰 할머니는 다소 피곤해 보였지만 입구에 선 아키코를 보자 온화하고 둥근 얼굴엔 다시 미소가 번졌다.

아키코를 사이에 두고 왼편에는 카-레 할아버지가 오른 편에는 하쓰 할머니가 앉았다. 맞은편에는 긴조가 앉아 있다. 네 자루의 초가 각자의 등 뒤에서 빛을 비추고 있어 서로의 얼굴에는 그림자가 짙게 드리워져 있다. 네 사람이 조용히 앉은 모양새는 엄숙한 의식이라도 거행하는 듯한 분위기를 자아낸다. 이런 기운은 폐가의 난잡한 분위기와 오히려 더 잘 어울린다.

일이 일단락되었다고 여긴 하쓰 할머니가 일어나 불단에서 위패를 가지고 온다. 나머지 세 사람은 불단 쪽을 바라본다. 하쓰 할머니는 칙칙한 보라색 보자기를 정성스레 펼치고서 두 손으로 건져 올리듯 위패를 들어서는 보자기 위에 놓는다. 마치 갓 태어난 아기를 다루는 모습이다. 위패를 보자기에 뉘여 싸려고 하는 하쓰 할머니 옆으로 아키코의 손이 불쑥 들어온다. 위패를 들어 보니 겨우 30센티 정도의 검게 변색된 나무판자에 지나지 않는다. 그 뒤에는 이렇게 쓰여 있다.

이름 나카마 마카토仲間マカト
사망일 1965년 10월 2일
향년 67세

위패에 적힌 날짜를 보자 어떤 생각을 떠올릴 겨를도 없이 갑자기 공기가 흐트러지기 시작한다. 긴조는 일어나 이불을 갠다. 처음처럼 긴장한 표정이 역력한 긴조 때문에 주변 사람들도 압박감을 느낀다.

"에구, 긴조, 기다려. 기다리라고. 밤 파도가 얼마나 거친데 그 작은 배를 타고 지금 간단 말이냐."

하쓰 할머니가 이런 저런 말로 구슬려보지만 이미 긴조는 다른 사람의 말을 들으려 하지 않는다.

"긴조 상, 꼭 그래야 한다면 지금 출발하겠지만……. 마을 사람들이 일어나기 전에 이 섬을 떠난다 하더라도 지금 곧장 나설 필요는 없다고 생각하네."

바삐 움직이면서도 불안하기 짝이 없는 긴조의 움직임이 멈춘다.

"잠시 집에서 쉬었다가 날이 밝기 전에 배를 타고 나가면 네가 원하는 대로 마을 사람들과 마주치지 않고 떠날 수 있어. 마카토 할머니에게 이 섬과 작별할 시간을 잠깐이라도 주는 게 도리지 않겠냐."

긴조에게 충고하는 할아버지와 맞장구치는 하쓰 할머니 사이에서 긴조는 어찌할 바를 몰라 멍하니 서 있다. 극도의 통증과 피곤이 긴조의 마음을 흔들리게 만든 모양이다.

"섬 사람들과 마주치지 않는다면야······"

체념한 듯 긴조가 말한다.

결국 긴조와 아키코는 할머니 집에서 하룻밤 묵으며 할머니의 넋을 위로하기로 했다. 일이 이렇게 되자 하쓰 할머니는 미리 준비해 둔 침구를 방구석에서 꺼내기 시작한다. 이부자리를 하나하나 살피며 환자와 그의 딸을 이런 곳에 남겨두고 가는 게 영 신경 쓰이는지 우물쭈물했지만 더 이상 있어봤자 소용이 없다는 듯 하쓰 할머니는 자리에서 일어난다. 아키코의 팔을 한번 꼭 붙잡아보고는 어둠 속에서 집으로 돌아갔던 것이다. 카-레 할아버지는 약속한 시간에 두 사람을 데리러 오겠다는 말을 남기고 배로 돌아갔다.

아키코는 멀리서 그리고 가까이에서 집을 향해 몰려드는 바닷바람 소리에 몸을 맡기며 약 기운에 잠이 든 긴조와 함께 나란히 누웠다. 팔다리와 어깨 신경의 긴장이 풀리며 노곤해진다. 몰려오는 졸음에 눈꺼풀은 무겁지만 머릿속은 맑다. 등을 대고 누워 낡은 천장을 올려다보니 집 외벽을 감싸고 있는 짙은 어둠의 적막이 조금씩 다가오는 것 같다. 바닥으로 기어와 그녀를 엄습하는 끝 모를 어둠에 놀란 그녀는 그만 잠자리에서 일어나고 만다. 긴조의 숨소리는 규칙적으로 바뀌었다. 아키코는 곤히 잠든 긴조를 한번 힐끗 쳐다보고서 다시 조용히 집을 빠져 나온다.

눈을 둘 곳 없는 그 막막한 공간 속에서 그녀는 니시노 해변을 향해 걷기 시작한다. 바람에 이끌려 해안으로 나간 그녀는 썰물이 된 바닷물 위로 하늘에는 보이지 않는 달빛이 뒷걸음질 치듯 희미하게 반사되어 퍼져 있는 것을 보았다. 바닷가 근처 바위 그늘에 정박한 카-레 할아버지의 배는 마치 웅덩이에 떠 있는 장난감 배처럼 흔들리지도 않는다. 움직이는 그 어떤 것의 침입도 거절하는 양 가만히 앉은 배의 모습을 보자 아키코의 마음은 흥분되면서 무언가가 가슴 속에서 치밀어 오르기 시작한다. 그것은 그칠 줄 모르도록 흘러넘쳐 그녀를 무너뜨렸다.

"할아버지, 카-레 할아버지!"

자신의 목소리에 놀란 아키코는 더욱 힘껏 할아버지를 부른다. 배 위에서 할아버지의 그림자가 일어난다. 아키코는 바다로 들어간다. 미끄덩한 모래와 자갈, 바위 위를 걸으며 물을 헤치고 앞으로 나아간다. 배 앞에 도착한 그녀를 할아버지가 배 위로 끌어올린다.

완전히 젖은 속옷과 청바지가 몸에 달라붙어 있다. 눈을 끔뻑거리며 아키코를 처다보던 할아버지의 얼굴이 납죽해지며 곤란한 듯 미소를 짓는다.

"내가 멍청한 짓을 했구나. 너 같은 아가씨가 그런 집에서 제대로 잠이 들 리 없지." 한밤중에 집을 나온 아키코를 할아버지는 그렇게 이해한 모양이다. 할아버지는 자신이 덮고 있던 생선 비린내가 배인 카키색 모포를 감싸 안고 어찌할 바를 몰라 하다가 어색한 모양으로 바닷물에 젖은 아키코를 모포로 덮어준다.

무슨 생각이 떠올랐는지 할아버지는 닻을 올리고 엔진을 킨다.

"아키코, 아무 것도 보지 않고 이대로 섬을 떠나는 건 섭섭하잖아. 동쪽으로 세 곳을 지나면 U 강을 볼 수 있어. 한 바퀴 돌아보겠니?"

아키코가 고개를 끄덕이자 배의 엔진 소리가 더욱 요란해지더니 시원하게 바위 그늘에서 벗어난다. 파도를 가르는 배의 움직임이 적막함을 어지럽히듯 깨운다. 바람은 거침없이 세차게 바다 내음을 몰고 온다.

아키코는 배 난간에서 손을 뻗어 물을 만져본다. 두터운 물결이 살갗으로 전해 온다. 손바닥이 빨려 들어갈 것 같다. 차가운 물은 마치 아키코의 지친 신경들을 위로하는 듯하다.

배는 썰물이 된 해안가와 얼마간 거리를 유지하며 달리고 있다. 첫 번째 곳을 돌 무렵, 어둠에 익숙해진 아키코의 눈은 조금씩 시야를 확보하기 시작했다. 육지처럼 보이는 바위와 모래밭, 곳, 숲이 멀찌감치 보인다. 육지는 한참 깊숙한 저편에 있는 것 같다.

니시노 해변과 U 강 사이에는 해안을 따라 세 개의 마을이 점재하고 있다. 그것은 산업기반이 불안정한 이곳에 패전 후에 새로 들어온 사람들이 만든 개척 마을이었다. 이들 마을은 모두 재차 폐촌이 되는 건 아닐까 걱정될 정도로 불안정했다. 일단 섬을 떠났다가 다시 돌아온 사람들, 아니면 어딘가에서 흘러들어와 줄곧 여기에서 살게 된 사람들에 의해 마을은 겨우 유지되고 있었던 것이다.

시커먼 풍경 속에서 희미한 불빛이 보인다. 주변이 어두운 탓에 한층 더 쓸쓸하게 느껴진다. 아키코는 작게 빛나는 그 공간에 시선을 멈추어 본다. 예전에 탄광에서 일하던 광부들이 모여 만든 부락임에 틀림없다.

"할아버지, 저쪽은 S 마을이죠?"

카-레 할아버지는 아키코가 가리키는 곳을 보고 천천히 고개를 끄덕인다. 그곳은 할아버지가 강가 오두막으로 옮기기 전에 살던 곳이기도 하다.

"저기엔 아직까지 사람이 사는군요."

할아버지에게 하는 말도 아니고 자신에게 하는 말도 아니다. 아키코는 혼자 중얼거렸다.

"거기에 살던 사람들은 다 나가고 없지만, 돈벌이가 되는 일 정도는 아직 있을 거야."

할아버지의 말보다도 그 젖은 눈가에 대답하듯이 아키코는 고개를 끄덕인다. 그때 마을 주변을 보고 있던 할아버지가 고개를 옆으로 크게 휘젓는다. 움푹 꺼진 입가를 더욱 오므리더니 주름투성이가 된 입술을 조금씩 움직이며 이렇게 말한다.

"저 마을 탄광에서 같이 일하던 사람 중에 살아있는 사람은 단 한 명도 없어."

할아버지는 어둡게 가라앉은 눈으로 아키코를 본다.

"내가 이 섬에서 나오기 직전에 유일한 옛 동료가 한 사람 있었는데, 그만 바보 같은 죽음을 맞고 말았단다. 그래서 이제는 아무도 없지."

분노 서린 말투로 이야기하는 할아버지를 아키코는 올려다보았다. 할아버지는 오므린 입술을 혀로 한번 핥은 다음 천천히 말을 이어나갔다.

"마쓰오松尾라는 남자였어. 나보다 스물네 살이나 어린 청년이었지. 나와는 달리 그에게는 가족이 있었단다. 아이들이 다섯 명이나 있었던 모양이야. 그 남자는 석탄 캐는 일 말고는 할 수 있는 게 아무 것도 없었어. 난 그 청년이 몇 년이나 이 섬에서 살면서도 밭을 갈거나 바다로 나가는 걸 한 번도 보지 못했단다. 그러면서도 그 남자는 뭐든 말만 많았지……"

아키코는 자신의 기억 속에 남아 있는 마쓰오 가족의 모습을 어슴푸레하게 떠올릴 수 있었다.

마을에는 사람들이 공동으로 운영하는 매점이 한 곳씩 있었는데 그곳에서는 주로 생필품을 취급하고 있었다. 그러나 마쓰오는 개인적으로 상품을 구입해 판매하는 개인 가게를 운영하고 있었다. 당시이 섬은 전쟁 전부터 본토 투자자들이 들어와 벌인 석탄 산업이 붕괴된 지 이미 수년이나 흐른 뒤였기 때문에 일용직 노동자들을 제외한 나머지 광부들은 모두 섬을 빠져나간 상태였다. 광부들이 떠난빈 집에는 새로 들어온 사람들이 차지해 살았다. 그러다보니 기존주민과 이주민은 한동안 섞여 지내게 되었고, 시간이 지남에 따라강한 단결력으로 세력을 형성한 이주민들이 섬에 남아 있던 광부들을 배척하기 시작한 것을 아키코는 어렴풋이 기억하고 있다. 그런상황 속에서 섬에 남아야 했던 마쓰오는 결국 마을 질서가 닿지 않는 곳에서 생활하는 것을 택했다. 그러나 아키코는 마쓰오와 카-레할아버지와의 관계를 생각할 만한 단서를 전혀 찾을 수 없었다.

"마쓰오가 섬에 남았던 건 부인이 섬사람이었기 때문이야. 언젠가 섬을 떠나게 되리라 생각했지만 계속 아이가 생기는 바람에 몸을 움직일 수 없어 하는 수 없이 남게 된 거지. 다섯 명이나 되는아이를 키우느라 부인이 참으로 애를 많이 먹었어. 마쓰오는 첫째아이가 섬에서 나가고 난 뒤 이맘때에 목을 매 죽고 말았단다."

마치 마쓰오와 자신과의 관계를 끊어버리려는 듯이 할아버지는입을 다문다. 할아버지의 시선이 수면 위로 떨어졌다. 할아버지를따라 아키코도 시선을 옮긴다. 별안간 긴조의 일그러진 얼굴이 물결 속에 흔들리듯 비친다. 갑자기 어떤 상념이 치밀어 오른 아키코는 황급히 그걸 지우려 한다.

바로 그때 배 밑에서 쿵하고 둔탁한 소리가 난다. 어떤 물체와 부딪친 것이다. 순간 배가 떠오르더니 수면과 세게 부딪치며 떨어진다. 배는 지그재그로 마구 흔들렸다. 좌우로 출렁이는 배에서 내다보니 먼 곳 가까운 곳 할 것 없이 작은 물결이 연쇄적으로 일어난다. 조수가 빠져나가 산호초가 몸을 드러낸 곳에 배가 부딪친 모양이었다. 아득히 먼 옛 생각에 젖어 방심하는 사이에 사고가 일어나자 할아버지는 당황했지만 이내 배를 수심이 좀 더 깊은 곳으로 몰고 갔다. 이어 두 번째 곶이 보였고 S 마을의 희미한 불빛도 어둠에 묻혀 사라지고 말았다.

시선을 육지에서 바다로 옮긴 아키코는 눈앞에 펼쳐진 광경에 자신도 모르게 크게 눈을 떴다. 섬의 구릉과 숲, 곶, 모래사장이 멀리서 작게 오므라들더니 섬을 둘러싼 암초가 마치 살아있는 생물처럼 수면 위로 몸을 내밀며 다가왔기 때문이다. 출렁이던 바닷물은 순식간에 사라지고 상상도 못한 광대한 암초 밭이 드러났다. 섬 전체를 둘러싼 암초의 푸르께한 빛이 육지와 연결되어 있다. 지난 날 섬에서 지낼 때 몇 번이나 보았을 터인 이 썰물의 모습을 이렇게 바다에서 바라보고 있자니 바다 깊은 곳에서는 섬과 육지가 맞닿아있다는 것을 새삼 느낄 수 있었다.

"우와! 바닷물이 이렇게 빨리 밀려나가기도 하는군요"

아키코가 한숨을 쉬듯이 내뱉는다.

"이럴 때엔 배를 움직이는 것도 쉽지가 않아서 깜빡 길을 잘못 들면 좌초하고 만다니까."

키를 잡은 할아버지의 얼굴이 얼마간 긴장되어 보인다. 아키코는 검은 바닷물의 흐름을 바라보려 했다. 그러나 바다 표면 위로 올라온 암초 외에는 아무 것도 눈에 들어오지 않는다. 깊은 물구덩이만 보일 뿐이다.

끝없이 이어지는 얕은 파도를 건너자 배는 암초 밭을 마치 섬이라고 착각할 만한 위치로까지 나아가 있었다. 제대로 항로를 찾은 것이다. 바다에 떠 있는 작은 무인도를 하나 지나 두 번째 곶도 뒤로 한다. 한때 산 주변에도 개척 마을이 있었지만 지금은 희미한 불빛조차 보이지 않는다. 마을이 아직 남아 있는지 없는지 알 길이 없다.

아키코는 구릉 기슭에서 눈을 돌려 해변과 숲의 경계에 가로로 가늘게 이어지는 모래사장을 바라보았다. 전체적으로 어두운 윤곽 속에 모래사장만큼은 희뿌옇게 쓸쓸히 떠 있다. 있는지 없는지 알 수 없는 마을의 불안한 풍경이 그곳에 부유하고 있는 것이다.

아키코는 문득 자신이 밤바다를 돌아다니며 섬을 응시하고 있다는 걸 깨달았다. 섬의 풍경이 마을에서 상상하던 것과는 완전히 거꾸로 된 모습을 하고 있는 걸 알아차린 것이다. 최근 방 안에 틀어박혀 지내왔던 아키코는 섬으로 가기만 하면 거기엔 분명히 예전과 같은 모습의 섬이 존재할 거라고 굳게 믿고 있었다. 기억의 윤곽을 더듬듯 그려보았던 섬의 모습을 막상 이렇게 눈앞에 두고 보니, 섬은 부분과 전체 할 것 없이 상상 속의 섬 그림자처럼 더욱 불확실해져 가고 있었다. 몇 시간 전 니시노 해변에 서서 빼곡하게 늘어선 나무들과 만났을 때의 감동이나 구원을 비는 하쓰 할머니의 노래, 파초 숲에서 본 마카토 할머니와 소녀의 모습은 죄다 그림자 속에서 본 환영에 지나지 않는 건 아닐까 하는 생각이 들었다.

아련한 섬의 모습을 배의 파동에 싣고 다음 곳으로 이동하는 것을 아키코는 줄곧 지켜보고 있다. 바다인지 육지인지 분별할 수 없는 지점으로 시선을 가져가자 아키코의 가슴속의 풍경은 그만 정지해버리고 동쪽을 향해 이동하는 배의 움직임만이 남는다. 불분명한 것을 줄곧 바라보는 사이에 그것에 익숙해져버린 눈은 결국 섬을 그저 불명료한 어떤 형태로만 남기고 말았다.

새벽 바다가 밝아지기 시작할 무렵, 눈앞에서 이는 파도는 탁하고 검은 녹색을 띤다. 끝을 알 수 없을 정도로 층을 이룬 깊은 물은 작은 배를 당장이라도 집어삼킬 듯 깊은 심연을 드러내고 있다. 마침 바로 눈앞에 드러난 산호초가 수심을 나누고 있다. 한쪽은 얕고 한쪽은 깊다. 얕은 곳의 바닷물이 떨어지자 이내 파도가 크게 일더니 섬 주변에서 큰 소용돌이를 일으킨다. 수심을 경계 짓는 산호초를 눈으로 당장 확인할 수는 없을까. 아키코는 돌연 그런 충동에 휩싸였다. 자신도 모르게 그녀는 배 난간 바깥으로 목을 내밀어 깊숙이 숙였다.

"위험해, 아키코. 어서 일어나. 아무리 들여다보아도 아무 것도 보이지 않을 거야. 그냥 바닷물이 계속 이어질 뿐이라니까."

할아버지의 낮고 예리한 경고가 물의 유혹으로부터 아키코를 끌어낸다.

할아버지는 배가 나아가는 방향의 바다만 응시하고 있다. 썰물이 이어지고 있기 때문에 잠시라도 방심하면 배가 다시 암초에 걸려 밤바다에 갇히고 만다는 것을 아키코도 이제는 알고 있다.

세 번째 곶을 돌자 배는 속도를 낮춘다. 엔진 소리도 약해진다. 몸을 휘감던 바람도 잦아들고 흠뻑 젖었던 아키코의 바지도 말라간다.

배는 강을 오르기 시작한다. 숲에 둘러싸인 상류에는 바람도 불지 않는다. 빗물 냄새가 공기 중에 배어 있는 것 같다. 평평하게 이어지는 강은 울창한 숲을 두 갈래로 나누며 안쪽까지 이어진다. 강폭이 점점 좁아진다. 물은 나뭇잎의 그늘을 적실 정도로 깊다. 섬을 관통하며 흐르는 강물이 배를 안쪽으로 인도한다. 어느새 이렇게 잡목림 한가운데를 지나며 상류로 올라가고 있는 것이다. 아키코는 몽롱하게 잠에서 깨어 꿈의 조각들을 찾고 있는 것 같다. 바다에서부터 섬을 쪼개듯 관통하는 수로에 이끌려 끝없이 이어지는 가늘고 긴 강을 하염없이 표류했던 기억이 아키코를 사로잡는다. 그것은 마치 오래 전 경험 같기도 하고 먼 저편에서 자신의 몸 안으로 몰려들어와 살고 있는 기억 같기도 하다.

별안간 아키코는 긴조의 강박적인 행동의 전모를 알고 싶어졌다. 스스로를 강력하게 옥죄며 마카토 할머니의 유언에 얽매어있던 긴조가 왜 지금에 와서 이 섬으로부터 해방되려 하는 것일까.

배는 어느새 멈추어 서 있다. 조용히 빛나는 강물 위에 유독 일렁이는 곳이 눈이 들어온다. 아키코는 뒤엉키어 풀리지 않는 상념을 일순간 잊어버리게 되었다. 아키코가 타고 온 배 때문에 잠에서 깨어난 것인지 물고기가 뛰어 오른다. 물고기가 일으킨 파장이 강물에서 나무숲 쪽으로 천천히 퍼져나간다. 그 모양을 바라보던 할아버지는 느닷없이 입을 열기 시작한다.

"마쓰오는 이 숲에서 목을 맸단다. 저쪽을 보렴. 저 안쪽 키가 큰 나무에서 목숨을 끊었어."

할아버지는 낮은 목소리로 중얼거렸지만 검게 솟은 숲은 할아버지의 말을 듣고 천천히 흔들리는 듯 했다.

"그를 발견한 것은 나였어. 여기에 녀석을 데리고 온 것도 나였고……"

할아버지의 말에 아키코가 움찔한다.

"그날따라 마츠오는 아주 기분이 좋은 얼굴로 강을 오르고 싶다며 배를 태워 달라고 했어. 탄광에서 같이 일하던 때처럼 아주 친근하게 굴었지. 그래서 아무 의심도 못 했던 거야. 기분전환삼아 멧돼지 덫을 놓아야겠다며 까불거리는 그를 나는 여기까지 데리고 왔어. 일단 그를 내려 두고 약속한 시간에 데리러 오겠다고 말하며 나는 되돌아갔지. 그런데 약속한 시간이 한참 지났는데도 나타나지 않는 거야. 나타날 리가 없지. 그 시간에 녀석은 이미 나무에 목을 매달고 죽었으니까……"

할아버지는 그렇게 말하면서도 눈은 계속 숲 쪽을 응시하고 있다. 마쓰오가 목을 맸다는 그 나무 주변을 보고 있는지도 몰랐다. 아키코는 할아버지의 이야기를 쫓아간다. 아까부터 풀리지 않는 상념의 실마리를 어쩌면 할아버지 이야기 속에서 찾을 수 있을지 모른다는 기분이 들었기 때문이다.

"이 정도만 보고 돌아갈까. 날이 밝기 전에 섬을 떠나기로 한 긴조와의 약속을 지켜야 하니까."

말투를 완전히 바꾼 할아버지의 목소리가 강물을 늠연하게 긴장시킨다. 아키코는 반사적으로 고개를 끄덕인다.

드넓게 보이던 산호초 밭이 바닷물 아래로 숨는다. 어슴푸레한 새벽녘의 어둠이 바다 위로 엷게 퍼진다. 해가 뜨기까지는 아직 시간이 있다. 이런 새벽의 검보라색 어둠은 순식간에 하얗게 변하고 만다. 아키코는 긴조를 혼자 집에 남겨둔 것이 후회가 되었다. 돌아가는 길은 밀물이다. 앞바다로 밀려드는 파도가 보인다. 바람은 올 때보다는 약해져 있다. 배의 속도를 올려 서쪽을 향해 나아간다.

니시노 해변에 도착하자마자 아키코는 모래사장을 가로질러 서둘러 집으로 향한다. 마당으로 달려 들어가 가쁜 숨을 몰아쉬며 문을 열어젖힌다. 긴조는 이미 나설 준비를 마치고 기다리고 있었다. 얼굴은 예상 밖으로 침착했다. 아, 역시 그건 환영이었구나, 털썩 주저앉을 정도로 아키코는 안도했다. 긴조는 어제 저녁부터 줄곧 이런 고정된 자세였던 것은 아닐까 싶을 정도로 반듯하게 앉아 있다. 책상다리를 하고 가지런히 모은 그의 두 손에는 마카토 할머니의 위패가 쥐어져 있다. 집밖에서 뛰어 들어온 아키코에게 어떻게 된 일인지 설명을 요구하지도 않고 마침 기다리고 있었다는 듯 자리에서 일어선다.

"곧 날이 밝을 거야."

짧게 내뱉으며 긴조가 먼저 문을 나선다. 서둘러 가방을 챙긴 아키코도 그 뒤를 따른다.

짙은 어둠 속에서 긴조가 고개를 들고 걷는다. 불안하고 가냘픈 움직임은 여전하지만 걸음만큼은 분명해져 있는 것 같다. 아키코는 그 뒷모습을 기묘한 표정으로 지켜본다.

아침 5시 40분. 배는 다시 바위 그림자에서 벗어나 바다로 향한다. 니시노 해변을 남겨두고 바다로 나아간다. 섬 내부를 자욱하게 메우던 어둠이 물과 공기 사이에서 녹기 시작하더니 연기로 피어오른다. 주변을 물들이고 있던 엷은 감색의 막을 뚫고 지나는 것처럼 세 사람을 태운 작은 배는 그 사이를 지난다.

긴조는 마카토 할머니의 위패를 손에 쥔 채 눈을 가늘게 뜨고 있다. 아직 단념하지 못한 어떤 생각을 품고 있는 표정이기도 하고 자신의 생각을 하쓰 할머니를 통해 마카토 할머니에게 전했다고 믿는 표정이기도 하다. 그러나 여전히 입을 다문 긴조의 표정에서는 분명한 감정이 드러나지 않는다. 긴조의 표정에 돌아 온 기묘한 안도감만이 오히려 아키코를 불안하게 만든다.

이렇게 마카토 할머니의 위패를 가지고 돌아가기는 하지만, 그럼에도 앞으로 긴조를 기다리고 있는 건 지독한 병고와 약에 찌든 일상일 것이다. 지금까지 십수 년 동안 지속되어온, 산 것도 죽은 것도 아닌 정체된 시간 속에 다시 내던져질 뿐인 것이다. 이런 생활 때문에 긴조는 이번 섬 여행을 결심한 것은 아닐까. 아키코는 머리를 내저었다. 아무튼 긴조가 T 섬에 도착하여 비행기를 타기만 하면 오늘 오후 늦게는 집에 도착할 수 있을 터이다. 이것으로 아키코의 무거운 역할도 끝이 난다. 아키코는 한시라도 빨리 평온함을 찾고 싶었다.

그러나 배가 점점 O 섬과 멀어지자 꺼림칙한 무언가가 솟구치며 소용돌이를 일으킨다. 그 소용돌이의 중심에는 동굴이 입을 크게 벌리고 서 있는 것 같다. 아키코는 그 동굴과 마주 서는 것처럼 긴조를 똑바로 쳐다보고 있다. 아키코에게는 눈을 감은 긴조와 그가 손에 쥐고 있는 마카토 할머니의 위패가 겹쳐 보인다. 바로 그때 아키코는 긴조가 조용히 결심한 일의 전모를 깨닫게 된 것 같았다. 긴조가 손에 든 마카토 할머니의 위패는 마치 긴조의 계획을 허락하는 증거처럼 아키코에게 보였다.

멀리 내다본다. 아직 해가 뜰 기미가 보이지 않는다. 바다는 여전히 푸르게하게 하얗다. 이윽고 배는 산호초 밭을 지난다. 앞바다가

회색으로 바뀌어 가고 있다. 바로 그때, 아키코는 일어나 상반신을 배꼬리 쪽으로 돌렸다. 그러자 자욱해진 새벽 기운 속에서 섬을 둘러싼 끝없는 물의 심연이 흔들리더니 마치 땅바닥과 이어진 검은 벽처럼 아키코를 향해 우뚝 서 있는 것 같은 기분이 든다.

어느새 아키코의 손에는 긴조의 손에서 빼앗은 마카토 할머니의 위패가 쥐어져 있었다. 그녀는 그것을 깊은 물속으로 크게 내던져 버린다. 위패는 포물선을 그리며 파도가 이는 바다로 조용히 빠져 들어 갔다.

무슨 일이 벌어진 것인지 단숨에 알아채지 못한 긴조는 위패가 던져진 바다를 망연하게 바라볼 뿐이다. 그는 제대로 일어서지도 못한다. 양 팔을 벌리고 긴조에게 다가간 아키코는 자신이 아닌 다른 누군가의 의지로 말하는 것처럼 옥죄이는 목소리로 외쳤다.

"이게 할머니의 마음이란다. 그 어떤 공양보다도 내가 원하는 건 바로 이런 거야."

정신을 차린 긴조가 배꼬리에 매달린다. 물속으로 완전히 사라진 위패를 다시 불러내려는 듯 그는 몇 번이고 손을 내뻗는다. 아키코는 긴조가 바다 속으로 뛰어들까 두려워 그를 뒤에서 감싸 안는다.

배가 심하게 기운다. 난간이 거의 물속으로 빠질 듯 기울어진 채 배는 T 섬을 향해 나아가고 있다.

바람과 물의 이야기

風水譚

이 소설의 원제는 「風水譚」(『へるめす』 1997년 1월호)이며, 번역대본으로는 岡本惠德·高橋敏夫, 『沖繩文學選-日本文學のエッジからの問い』(勉誠出版, 2003)를 사용하였다.

바람과 물의 이야기

위태롭게 휘어져 발돋움하듯, 그리 높지도 가지런하지도 않은 성냥갑을 아무렇게나 세워 놓은 것처럼 보이는 빌딩 숲 사이로 바닷바람은 너울거리며 불어온다. 정박한 몇 척의 대형 여객선과 화물선, 작은 고깃배, 페리보트의 네모진 그림자들을 쓸어 올리고는 인기척이 끊어진 선착장을 스치듯 빠져나와 시커멓게 늘어선 창고 지붕을 넘어 항구 번화가에 다다른다. 그곳은 열기로 데워진 지면 위로 자욱한 한낮의 사람들의 훈기를 내부에 머금고는 지금 고요히 잠들어 있다.

거기까지 불어온 바람은 등을 구부린 듯 동그란 모습을 하고 있는 마을 주택가에도 슬쩍 침입해 들어온다. 때때로 사람들의 깊고 평온한 잠을 방해하기 위해서.

소금 냄새를 머금은 습기 찬 바다의 촉수 때문에 한밤중에 눈을 뜨는 것은 마치 예정된 일인 양 찾아온다. 자동으로 벌떡 일어나 몽롱한 정신으로 입고 있던 것을 벗기 시작한다. 벗은 옷을 대충 말아 머리맡에 던진 손은 좁은 방의 한쪽 벽으로 뻗어가 옷걸이에 걸린 얇은 폴로셔츠와 청바지를 낚아챈다. 엉킨 청바지 속으로 발을 집어넣어 옷을 다 입을 즈음이면 그렇게 행동하고 있는 자신의 모습을 겨우 의식하기 시작한다.

침상을 빠져나올 때, 옆에서 웅크려 누운 사토サ의 몸이 움찔했다. 그것은 잠에서 깨는 육체의 반응이 아니다. 무의식 속에 있는 여자의 본능이 경련을 일으켜 나를 비난하는 것이다. 그렇게 말하는 것 같다. 사토는 깊은 잠에 막 빠진 것 같은 호흡을 하고 있다. 집 밖의 은밀한 바람의 속삭임에 이끌린 나는 시트에 감긴 채 웅크리고 있는 사토의 몸을 내버려두고 한밤중에 시내로 나간다.

토요일 밤. 정확하게는 이미 2시간 정도 전에 일요일이 시작된 시각이다.

시가지를 빠져나가는 데는 걸어서 고작 12, 3분 정도 부두로 나가기 전에 다리 입구가 나타났다. 가장 최신의 기술을 구사하여 준공한 것으로 소문이 자자한 이 다리는 전장이 1km가 넘는 대교다. 육지로 파고든 만을 가로지르는 강철 물체는 어두운 허공에 매달려 있지만 안개에 싸인 어둠 때문에 그 사이가 끊어져 보인다. 가로막는 것 하나 없는 망막한 공간의 조망이란 기묘한 모양으로 비틀리고 부푼다.

시내 상공에 바람이 휘몰아친다. 희미하게 낀 푸른 안개가 비단실처럼 나부낀다.

바람의 난무다. 사아 사아 사아, 소 소 소, 귀를 간질이는 소리처럼 그것은 전해 온다. 머리 위를 지나는 바람 소리는 가끔 사토가 흥얼거리는 섬 노래 시마우타島唄, 아마미奄美와 오키나와 등 남서제도에서 류큐 음계에 따라 부르는 민요의 선율과도 닮은 것 같다. 우물거리듯이 내뱉으면서도 사아- 수- 리- 하고 저 멀리까지 던져지는 우타의 반주음처럼 말이다.

자동차가 끊긴 밤길을 걷고 또 걷는다. 한편에서는 바다가, 다른 한편에서는 시내 불빛이 멀리 내려다보이는 다리 위다. 발길을 멈추자 끊임없이 불어오던 바람 소리가 허공에 날리고 주변의 모든 소리도 사라지고 만다.

소리 없는 밤이 어둠에 잠긴다.

허무하게 흩어지기 시작한 시내 불빛을 뒤로 하고 어두운 바다를 내려다본다. 바람이 일으킨 파도의 잔물결은 마치 잘게 썬 내장이 뒤집어진 모양을 하고 있다. 바닷바람으로 끈적끈적한 난간 손잡이에 턱을 걸치듯 기대어 섰다. 검고 깊은 물 위에 나는 서 있다.

별안간 바람이 누그러진다. 등 뒤의 따뜻한 바람이 만든 옴폭한 구멍 속으로 빨려 들어간다. 고개를 돌리자 언제 가까이 왔는지 모르는, 어디선가 느닷없이 나타난 것 같은 가냘픈 한 여자가 바람에 떠밀려 이쪽으로 걸어오고 있다. 여자는 희미한 웃음을 머금고 똑바로 나를 쳐다보며 조금씩 다가서는 모양으로 걸어온다. 둥그스름한 얼굴에 흰 피부를 가지고 있어 붉은 입술이 어둠 속에도 또렷이 드러난다. 대충 늘어트린 머리카락이 바람에 흩날려 괴이쩍게 부풀어 오른다. 사토. 하마터면 그렇게 부를 뻔했다. 고개를 젓는다. 그럴 리 없다. 그녀를 내버려 둔 채 나온 터이다. 사토는 지금쯤 깊은 수면의 바다 속에 있을 것이다.

여자가 멈추어 섰다. 그녀의 목적이 분명히 전해졌다. 조용히 뒷걸음질 치면서 나는 다시 한 번 크게 고개를 저었다. 여자는 여전히 웃으며 가늘고 흰 팔을 흔들어 내민다. 나는 난간에 등을 붙이고 섰다. 바로 그 순간 웃음을 거둔 여자의 표정은 딱딱하게 굳어졌고 그녀는 얼굴을 떨구며 조용히 등을 돌렸다. 잘록한 여자의 모습이 어둠과 뒤섞인다.

갑자기 발밑에서 끝을 알 수 없는 동굴이 느껴졌다. 당시 사토가 보았던 바다도 이런 색이었다. 자신 안에 뻥 뚫린 구멍으로 검은 물이 그칠 줄 모르게 흘러들어가는 것을 응시하듯 사토는 그렇게 서 있었다.

즉흥적으로 밤배를 탔을 때, 어둑한 갑판에 서서 바다를 내려다보는 한 여자가 보였다.

바람에 날아오르는 머리칼의 흐름을 거스르는 여자의 상반신이 난간에서 넘어질듯이 흔들리고 있었다. 잠깐, 하고 나는 큰 소리로 외치며 등 뒤에서 그 여자를 느닷없이 꽉 껴안았다. 경직된 여자의

몸이 무턱대고 힘을 준 내 팔 안에서 녹아내릴 듯이 비슬거렸다. 그
대로 눈 녹듯 무너지는, 바닷바람 냄새에 물든 여자의 머리칼을 나
도 모르게 끌어안고 있었다. 저항하지 않는 여자의 부드러운 몸에
오히려 내가 빠져들어 갈 것 같았을 때, 그녀는 몸을 움츠린 채로
이상한 사람이야, 하고 말을 내뱉었다. 그 앳되고 밝은 목소리 때문
에 나는 내가 착각했다는 것을 알아챌 수 있었다. 당황한 나는 그녀
를 놓아주며 후훗 하고 웃음을 흘렸다. 죽으려고 했던 게 아니라고
요 난. 이렇게 말하며 들어 올리는 얼굴을 보고 흠칫 놀랐다. 푸른
눈이다. 어둠에 젖은 그 고양이 눈이 나를 쏘아본다. 여자의 얼굴이
나 목덜미가 어둠 속에서 하얗게 떠올랐던 건 등불 탓만은 아니었
던 모양이다. 아이노코あいのこ, 혼혈아를 뜻하는 말. 내 안에서 습하고
무지근한 통증을 동반하는 그 단어가 떠올랐다. 이 섬에서 자주 보
는, 희거나 검은 피부색의 인종과 섬 여자들 사이에서 태어난 혼합
된 사람들이다. 날렵한 콧날이 애처롭게 나를 올려다보고 있다.

— 야마토 사람이죠?

갑작스런 질문이다. 말투에 가시가 있는 것은 아니지만 야마토
사람인 나를 멀리 쫓아 보내는 듯한 말투라고 그냥 느껴진다.

— 어떻게 알았지?

— 그거 봐요, 그 말씨무늬이. 코가 멘 소리로 건조하게 말하잖아요

듣고 보니 이 섬의 사람들은 숨을 세게 내던지듯이 말한다. 말을
할 때 숨이 귀를 스치듯이 때리는 것이다. 여자의 말투는 더욱 세다

고 느꼈다.

―섬으로 돌아가는 거야?

―맞아요. 돌아간다고나 할까, 할머니아나가 위독하다고 하니 마지막으로 얼굴 보러 가는 거예요. 잡다한 일이 끝나면 다시 시내로 돌아올 작정이지만.

그 할머니라는 사람이 여자에게 유일하게 가까운 육친이자 그녀를 키운 부모나 마찬가지라는 것을 나는 나중에야 알았다. 아버지를 알 수 없는 아이를 낳은 어머니는 푸른 눈의 아이를 버렸지만 그 아이에게 사토라는 이름을 지어준 사람 역시 할머니라는 사실도 뒤늦게 알게 되었다.

―섬에 갈 때는 항상 이렇게 밤배로 가는 거야?

여자는 또 웃었다. 이번에는 소리를 내지 않고.

―요즘 사람들은 어디를 가더라도 배 같은 건 타지 않아요. 나같이 돈 없는 사람들이라면 모를까. 게다가 밤배를 타면 낮에 일을 쉬지 않아도 되니 하루를 버는 셈으로 타곤 해요.

마음을 터놓은 말투다. 웃는 얼굴로 바다를 바라보는 그녀의 옆모습에서는 알 수 없는 슬픔이 느껴졌지만, 그것은 감상적인 내 시선 탓일 뿐 특별히 여자 때문에 느껴지는 건 아닌 것 같다. 목소리가 곧고 밝다. 나는 그게 이 여자의 마음 전부일 거라 착각하고 있었다. 묘하게 밝은 목소리는 깊은 바다 어딘가와 연결되어 있을 거라고 말이다.

일본 열도의 꼬리라고 일컬어지는, 바라보면 역시 그런 모습으로 점재하는 남서제도의 어느 한 도시에 살게 된 이후 다섯 해가 지났다. 나는 원래 이 지역과는 인연도 연고도 없는 남자였다. 그런 내가 여기에 이렇게 살고 있는 것은 회사가 발령을 내린 곳이 뜻하지 않게도 여기였기 때문이다. 전국에 정보망이 퍼져있는 한 중앙 신문의 지방 파견 기자 자격으로 말이다. 내가 자원한 것도 아니었지만 남쪽 지방으로 발령을 받았을 때, 직업 특성상 이 지역에 대한 정보는 넘칠 정도로 가지고 있었다. 그러나 섬은 어딘가 알 수 없는 이국의 땅처럼 느껴졌고 작열하는 섬의 우울한 이미지가 나를 풀죽게 만들기도 했다. 그렇다고 회사의 제안을 거절할 정도로 용기가 있는 편도 아니어서 바다 한가운데 떠 있는 미개지로 귀양 가는 심정으로 이렇게 오게 된 것이다.

비행기가 하강할 때 기내 창문에서는 구름 사이로 섬들이 내려다보였다. 섬을 휘감듯 소용돌이치는 바닷물의 어마어마한 양과 넓이는 나를 압도하기에 충분했다. 가벼운 현기증을 느끼며 바라본 섬들의 모습은 희미하고 평평했으며 얼마간 일그러진 타원이나 깔쭉깔쭉한 삼각, 사각 모양으로 수면 위에 흔들흔들 떠 있었다.

비행기에서 내려서 보니 섬 내부는 미개지는커녕 도심과 다름없는 두세 개의 소도시를 갖고 있었고, 주민들도 도시 모양새에 걸맞게 몇 단계나 진보한 세련된 차림으로 일반적인 일본인을 연출하고 있는 듯이 보였다. 혹은 불합리한 역사의 난제로부터 눈을 돌리는 것이 이 섬에서 살아가는 유일한 방법이라고 말하고 싶은 듯이 보이기도 했다. 무사태평한 그리고 의외로 촌티가 나지 않는 사람들의 표정 때문에 남도에 대한 우울함은 해소되었지만, 남몰래 품고 있던 이국정취에 대한 기대가 빗나가자 나의 섬 생활은 처음부터 힘이 빠진 상태로 시작되고 말았다.

혼자서 여러 사람의 몫을 소화해야 하는 지방 근무의 잡무가 복아치는 가운데, 어딘가 모르게 느린 속도로 진행되는 섬 사람들의 느슨한 생활 리듬은 조바심을 일으켰지만 이러한 초조함도 일 년을 보내고 나니 타협의 경지에 이를 수 있었다. 생각을 둔하게 만드는 한여름의 찌는 듯한 더위도 계절의 정취를 읊는 시처럼 느껴지고, 계절마다 찾아오는 태풍의 횡포도 한바탕 흐드러지게 피는 꽃도 그저 투명하기만 한 하늘과 바다의 넓이도 일상 속에서는 내 눈과 몸을 스치는 하나의 풍경에 지나지 않게 되었다.

비교적 서로의 사정을 속속들이 아는 현지 기자들과의 술자리도 잦아져 저녁 시간 대부분을 그렇게 보냈다. 처음에는 정보교환이 목적이었지만 그것도 얼마 가지 않아 부담스러운 습관이 되고 말았다. 늘 만나던 기자들과 술집 한 구석을 차지하고 있다 보면 이따금 논쟁이 벌어지기도 했고, 만취한 그들이 '너 같은 야마토 사람이 뭘 알겠냐잇타·야마톤츈, 누-누와카이'며 거리감을 드러낼 때에는 그 자리에서 모든 것이 끝나버리곤 했다. 그들의 시선은 역사의 무게에 억눌려 말도 깊숙한 곳에 꽁꽁 틀어박혀 있는 것 같았다.

취재 도중에 이 역시 업무라 생각하며 시내 안팎을 배회하거나 작은 낙도로 훌쩍 발을 옮기는 일도 있었다. 무심코 산책을 하다보면 섬은 몇 겹이나 두르고 있던 표층의 역사의 옷을 하나씩 벗기 시작하고, 어느새 새카만 피부를 드러내며 본래의 모습을 드러내 보인다. 섬을 바라보는 나의 시선에 특별한 변화가 일어난 것은 아니다. 섬 사람들의 거칠고 들러붙는 것 같은 억양. 짙은 눈썹과 크고 검은 눈. 일 년 내내 열기를 품은 공기. 질리지도 않는 듯이 반복되는 특이하고 다양한 연중행사. 그러한 모습들이 나에게 이러한 감정을 품게 만든 것도 아니었다.

오히려 거꾸로 되어버린 것이다. 보는 측과 보이는 측의 위치가. 섬의 시선에 내가 붙들려 있는 것이다. 아무 말도 하지 않는 바위굴 형상의 섬이 나를 지켜보고 있다. 그러한 기분에서 벗어날 수 없게 되었다.

내가 원하기만 하면 그해 봄에는 본사로 복귀할 수 있을 터였다. 마흔을 넘긴 나는 가족과 떨어져 지방에서 혼자 지내는 생활에 슬슬 한계를 느끼기 시작했다. 그렇게 생각하기 시작하면서 두 번째 여름을 맞았을 때, 내 마음에 말뚝을 박는 것처럼 사토가 들어왔다.

그해 여름의 끝자락. 얼마간은 누그러진 햇볕에 안도하며 하룻밤 일정으로 낙도 여행에 나섰다. 여객기가 하루 네 편 정기적으로 왕복하고 여객선도 다니는 비교적 교통편이 좋은 M섬으로.

특별히 취재 목적이 있었던 것도 아니었다. 이제 와서 관광객 기분을 내보려는 것도 아니었다. 예정에도 없던 연휴로 혼자만의 시간이 생기자 그것은 눈앞에서 끝없이 퍼져가는 하얀 공간이 되어 나를 급습했다. 그 탓에 난 누군가에게 쫓기듯이 M섬 행을 결정하고 말았다. 안내인 없이 처음으로 가는 섬 여행이었지만 정보만큼은 족히 갖고 있었기에 즉흥적인 생각을 곧장 실행에 옮길 수 있었다. 이것저것 공식적인 이벤트나 축제는 모두 끝나 혼자 훌쩍 떠나기엔 절호의 시기라는 생각에 마음이 동한 사정도 있었다.

하늘 길보다는 바다 길로 가자 싶었다. 혼자만의 여행을 문득 떠올린 오후 8시, M섬을 향해 출항하는 배편에 몸을 실었다. 밤새 바다를 건너 다음 날 새벽에 항구에 도착하는 배편이었다. 배 밑은 끊임없이 진동하고 있었다. 이 익숙지 않은 소리에 멀미가 나는 듯했다. 해가 완전히 저문 뒤에 밤바람으로 기분을 달래 보려고 갑판 위로 올라갔을 때, 나는 검은 바다로 몸을 내밀듯이 구부리고 있는 여자의 흐늘거리는 그림자를 보고 말았다.

느슨해진 바람이 다시 소리를 낸다. 사아 사아 사아, 소 소 소.

문득 시선을 아래로 떨어트리자 물 위를 재빠르게 흐르는 푸르게 한 그림자가 보인다. 돌연 크게 부풀어 올라 꾸물거리며 가늘고 길게 잘크라지더니 갑자기 물속으로 떨어져 간다. 놀란 나는 움찔하며 어이, 하고 목구멍이 죄어드는 소리를 무심결에 지르고 말았다. 몸은 뒤로 물러나 있었다. 천천히 긴장을 풀었다. 환영이구나, 이것은. 다리 저편으로 무너져 내리듯 떨어지는 거대한 그림자의 움직임이 실제 사람일 리 없다. 나는 또 보고야 만 것이다. 밤바다를 헤매는 사토의 혼을.

당시 부둥켜안은 사토의 몸은 허물에 불과하다. 진짜 사토는 역시 저 깊은 바다에 빠져 버린 것이다. 오늘밤처럼 미지근한 바람이 부는 밤에는 그런 사토가 나를 유혹한다. 농밀한 관계 뒤에 잠이 든 사토의 육체와 서로 교대하듯이 밤바다를 방황하는 사토가 나를 잠에서 깨우기 위해 다가오는 것이다. 그런 생각에서 나는 벗어날 수가 없다. 이런 밤중에 배회하는 것도 사토와 만나면서부터 시작된 나쁜 습관이다.

바람의 노래가 사토의 목소리에 포개진다.

3년 전 초저녁의 한 시내.

어느 밤거리의 번화가에서 나는 사토의 통통 튀는 목소리를 들었다. 항상 자리를 같이하던 동료의 권유로 찾아간 시마우타 민요 클럽에서 푸른 눈의 아가씨가 북채를 휘두르고 있었던 것이다. 그녀는 삿사, 삿사, 하, 이야, 하, 이야 이야 하고 날이 선 칼처럼 차진 박자로 북소리 사이사이에 소리를 내지르고 있었다. 한없이 밝고 높이 올라가는 사토의 목소리를 측은하게 느끼는 내 표정을 무대 위에 선 그녀가 순간적으로 포착한 듯 했다. 우연한 재회였다. 그렇지만 그 만남을 우연이라고 단정할 수는 없을 것이다. 나는 다루기 힘든 감정을 품은 채 사토에게로 다가갔다. 낮에는 커피숍에서 아르바이트를 하고 주말 저녁에는 여기에서 북을 치고 있다며, 사토는 무대 사이의 휴식 시간에 이야기해주었다. 기분전환 삼아 섬 예능을 시작했는데 실력이 붙어버린 것이다.

—이런 눈동자와 피부색을 하고 있으니, 손님들이 흥미를 갖는 부분도 있긴 해요…….

환한 얼굴로 그렇게 말하며 내가 내민 명함을 보고는

—야마토 신문기자로군요, 당신은, 예상대로.

라고 시원스레 말한다. 예상대로라는 것은 무슨 뜻이냐고 나는 되물었다. 사토는 조금 입을 오므리며 다시 반짝거리기 시작한 눈을 곧장 아래로 떨군다. 예상대로라니, 대체 무슨 뜻일까. 바닥으로 떨어진 사토의 시선이 마음에 걸려 이야기 도중에 다시 한 번 더 물어보았다. 집요하게 구는 내가 머쓱해질 정도로 그녀는 특별한 의미는 없다고 낮은 소리로 대꾸했지만 푸르고 맑은 눈을 크게 뜨며 이렇게 말했다.

—당신은 이 섬의 구석구석을 염치도 없이 빤히 쳐다보는 그런 눈을 하고 있어요. 조용히 살아가려는 섬 사람을 더럽히는 눈이에요. 최근에 많아지긴 했죠. 그런 눈 말이에요. 섬 곳곳에 눈알들만 어정버정 굴러다니고 있다니까. 낮이나 밤이나.

늘 그렇듯 나는 그 빤히 쳐다보는 눈으로 하얗게 화장한 날 선 윤곽의 사토의 얼굴을 가만히 들여다보고 있었을 것이다. 내 기분이 상했다는 것을 분명히 알아차린 사토는 건너편 의자에 앉아 희미하고 깊은 미소를 나에게 보냈다.

그대로 돌아갈 수는 없었다. 일단 동료 세 사람과는 헤어졌다. 그리곤 가게 문을 닫기 직전에 뒷문으로 가 사토를 기다렸다. 새벽 두 시를 넘긴 시각이었다. 검고 큰 가방을 어깨에 메고 민낯에 포니테일을 한 장신의 사토가 급한 걸음으로 나왔다. 그런 그녀를 막아서듯이 나는 몸을 가까이 가져갔다. 어머나, 당신은. 놀란 얼굴을 바로 누그러트린 사토는 아무 말 없이 나와 걸음을 같이 했다. 두 달 전 밤배에서 나에게 안겨 녹아내릴 듯했던 여자의 몸에 다가가자 이번에는 반대로 그녀의 몸이 몰아치는 큰 파도의 물결처럼 나를 집어삼켰다. 남쪽 지방의 겨울밤에 어울리는 바람이 드디어 불기 시작한 때였다.

이후 나는 주말 밤을 사토의 좁은 아파트 방에서 지내는 생활을 하게 되었다. 본사로 돌아간다는 이야기는 거듭 연기되었고 주변의 수상쩍은 시선을 받으면서도 5년째 지방부임을 이어가는 신기록을 세우고 말았다. 선임자들의 부임기간은 이미 훌쩍 넘긴 상태다. 최근에 구입한 도심의 맨션에 남겨둔 아내와 두 아이에게는 달리 변명할 여지가 없었다. 가족들과의 관계가 완전히 식어버린 지도 오래되었고, 간다 한들 그곳에 내가 있을 자리는 어디에도 없을 것이다.

사토가 나를 이 섬에 묶어두려 한다고 변명하는 건 아니다. 주말 밤에 가지는 관계 외에 사토가 나에게 따로 무언가를 요구하는 일은 없다. 그녀가 제 발로 나의 집에 찾아오는 일조차 없다. 오히려 내가 그녀의 아파트를 찾아가는 생활이 3년이나 이어졌다. 야마토로, 야마토로 돌아가는 편이 좋아요. 그래야 성불할 수 있다니까요. 웃음을 머금은 목소리로 사토는 그렇게 말한다. 난 피부색도 눈동 자도 다르지만 섬사람시만츄이라 그런지 섬에서 사는 게 가장 편해 요. 당신을 쫓아다니는 일은 없을 거야. 돌아가야 할 때 슬슬 돌아 가야죠. 당신도.

나를 염려하여 억지로 하는 말도 아니며 나에게 싫증이 나서 하 는 말도 아닌 것 같다. 남자에 대한 체념과 같은 것이 사토에게는 처음부터 있었다. 내가 당신을 따라 야마토로 가는 일은 없어요, 라 고 말하는 사토의 말투에는 낳은 지 얼마 안 된 갓난아이에게 이름 도 지어주지 않고 주둔 미군 병사를 따라 미국으로 떠나 버린 어머 니에 대한 복잡한 심경이 숨어 있었다. 이제는 할머니마저 세상을 떠나 의지할 곳도 믿을 만한 곳도 없다. 스물여섯 여자의 마음을 지 탱하고 있는 건 어머니의 전철을 밟지 않겠다는 굳은 결의뿐이다. 천애 고아의 처지를 아무런 거리낌 없이 내뱉기는 하지만 그렇다고 사토의 마음을 모두 다 알 수는 없다. 어째서 사토는 남자에게 기대 지 않고 끝 모를 허무함을 달래며 살아가려 하는 것일까.

할머니가 나에게 남긴 유품과도 같은 노래인데요, 라며 사토가 흥얼거리는 노래가 있다. "하나노 가지마야花のカジマヤ"라는 노래로 하나는 꽃을, 가지마야는 풍차를 뜻하니까 꽃 풍차라는 제목의 노 가 되는 셈이다. 스리, 바람을 데리고 돌아간다. 친둔덴둔, 만친 탄……. 아름다운 풍차가 바람에 돌아간다. 뱅글뱅글 돌면서 바람을

부른다……. 이 섬의 사람이라면 누구나 알고 있다는 섬 노래다. 영문도 모르게 울어대기만 하는 어린 손녀를 할머니는 바닷가로 데리고 나가 가시를 없앤 아단 잎으로 풍차를 만들어 돌리며 그렇게 노래를 불렀다고 한다.

— 할머니는 약간 음치였어요. 노래는 정말 어설폈어. 아이가 들어도 알 수 있을 정도였다고요. 하지만 할머니가 그 노래를 부르면 정말로 바람이 불어와서는 풍차를 뱅글뱅글 돌리는 거야. 진짜로.

어린아이처럼 말하는 자신을 스스로 놀리듯 사토는 과장되게 표정을 일그러트렸다.

— 웃어도 좋아요. 꼭 아이와라바 같죠?

사토의 밝은 목소리에 이끌려 나도 모르게 웃음으로 답했지만, 그러나 나는 웃고 있지 않았다. 사토 속에 남아 있는 무구한 어떤 것의 뿌리를 그때 목격한 것 같은 생각이 들었다. 한낮의 여름 바닷가 저편에서 불어오는 밝은 남쪽 바람이 사토 안에서 계속 불고 있다는 게 느껴졌던 것이다. 그것을 왜 나는 어두운 밤바다에 휘몰아치는 뜨뜻미지근한 바람과 중첩시켜 버리는 것일까.

그 사람 말이에요, 문득 사토가 어머니 이야기를 꺼낸 적이 있었다. 역시 미국에서 제대로 살지 못하고 곧바로 이 도시로 돌아온 모양인데, 가난한 섬 집에 버려둔 눈 색깔이 다른 딸자식을 만나러 오는 일은 결국 없었어요. 아, 그걸 원망하고 있다는 뜻은 아녜요. 정말, 정말로. 그 사람인들 분명 필사적이지 않았겠어요? 사는 게 말이에요. 그런 말을 할 때도 사토의 목소리는 꾸밈이 없고 천진했다. 그녀의 목소리에 그늘이 있었던 건 아니지만 표정만큼은 묘하게 무언가를 깨달은 듯했다.

이 정도 나이가 되면 말이죠, 이십대 중반의 아가씨가 휙 팔짱을 끼며 말한다. 세상 사람들이 뭐라 해도 나는 그 사람의 행동이 대단하다고 느껴지기도 한단 말예요. 버림받은 딸이 이런 말을 하는 건 좀 이상하지만요. 딸을 버린 어머니를 대단하다고 말하는 것은 무슨 의미일까. 그렇게 묻지도 못하고 있는 나를 올려다보면서 사토는 대면조차 한 적이 없는 그 사람의 얼굴이 기억나는 것인지, 눈꺼풀 안에 뭔가 상이 떠오르는 것인지, 저 멀리 있는 어머니를 그리워하는 눈이 된다. 그러나 그 상념을 딱 잘라 없애듯이 곧장 마른 눈이 되고 만다.

인생이 고통 그 자체였던 연약한 전쟁미망인은 아버지도 알지 못하는 아이를 낳아 할머니에게 미루었다. 그리고는 단 한 번도 뒤돌아보지 않고 앞만 보며 살아갔다. 굳게 타오르는 남녘 여자의 붉은 정념. 나는 이런 것을 상상했다. 어머니 속에 있던 그런 불씨를 어쩌면 사토는 자신 안에서 응시하고 있는지도 몰랐다. 그런 것 때문에 오히려 사토가 긴장하고 있다는 걸 느낄 때가 있다. 빤히 쳐다보는 눈을 억누르지 못한 나는 알지도 못하는 이국의 아버지에 대한 마음을 사토에게 물어본 적이 있었다. 없는 것은 없는 거야. 그건 매우 단순한 거예요. 어리석은 질문을 하는 나를 일갈하듯 사토는 말한다. 처음부터 없던 걸 바라는 건 거짓을 찾아 헤매는 거나 마찬가지예요. 거짓이 중요할 때도 있지만 그것을 찾아다닌다면 더 중요한 것을 잃어버리게 돼요. 그게 더 힘든 일이야. 그러니까, 나는, 그런 일은, 절대 안 해요. 사토의 대답은 북 소리의 큰 울림과 리듬으로 되돌아온다.

결락감, 그 자체가 사람의 마음을 지탱한다고 말하고 싶은 것인지, 시원시원한 사토의 말투에 나의 감상적인 마음이 개입할 여지는 없었다.

소곤소곤하는 속삭임이 들려와 뒤를 돌아보니 다리 난간 여기저기에 어깨를 맞대고 서 있는 몇 쌍의 남녀가 보인다. 연인들의 자동차가 서로 적당한 거리를 유지하며 서 있고, 소- 소- 소 하고 바람이 날아오르고 있다. 비밀스런 이야기 소리가 그 바람에 실려 온다. 요란한 웃음소리도 섞여 있다. 젊은 커플의 웃음이다. 그런 분간을 할 수 있을 정도로 다리 위는 희한하게 적막하다. 시야가 불안정하게 흔들리고 주변 풍경이 점점 옅은 그림자로 바뀌어 간다. 난간 손잡이에서 멀어져 다리 중앙으로 걸어 나가려 하던 바로 그때다.

─저기, 여보세요.

떨림이 있는 달콤한 목소리가 나를 불러 세웠다. 쳐다보니 아까 그 여자다. 한껏 목을 쭉 빼고 여자는 나를 올려다보고 있다. 방금 전까지는 그다지 느끼지 못했지만 참으로 작은 여자다. 내가 평균 남성의 키보다 약간 큰 정도니까 이렇게 눈 아래에 머리가 오는 여자라면, 여자라기보다 성장기를 막 지난 소녀일지도 모르겠다. 나의 당혹함에는 아랑곳하지 않고 새빨간 입술을 가늘게 벌린 여자는 나를 애원하듯이 바라보고 있다. 그리고 그 자세를 흩트리지 않는다. 희미해지기 시작한 시선을 다시 모아 나도 그녀를 바라보아야만 했다. 자세히 보니 여자가 어려 보이는 것은 작은 키 탓인 것을 알 수 있었다. 키에 어울리지 않게 풍만한 가슴과 안정감 있는 차진 허리, 께느른한 표정은 젊은 소녀의 것이 아닌 것 같았다. 적어도 사토보다는 나이가 많게 느껴진다.

어떻게 반응해야 좋을지 모르는 나는 여자를 내려다보고만 있다. 그러나 애원하는 듯한, 이 섬의 여자라면 반드시 가지고 있는 굴곡이 뚜렷한 얼굴의 깊은 눈빛으로부터 도망칠 수 없을 것 같은 예감이 든다. 이 섬에서 살기 시작하면서부터다. 이런 기색 안에 자신을 가두게 된 것은. 섬 내부에 잠재하는, 눈에 보이지 않는 왜곡된 공간의 움푹 팬 곳에서 불시에 뿜어 나오는 사람의 짙은 기색으로 인해 현실에 대한 시선이 구겨지고 몸이 그쪽으로 이끌려 간다.

여자의 작고 애처로운 머리가 바람에 날려 흔들흔들 움직인다. 응, 응, 하고 보채는 듯한 움직임이다. 나는 고개를 끄덕였다. 사뿐히 여자가 웃는다.

—아이 좋아라, 당신이라면 분명히 어떻게든 될 거라 생각했어요

귀가 고통스러울 정도로 어설프게 그리고 요염하게 여자는 말했다. 순간, 그녀의 얼굴에서는 웃음기가 싹 거두어졌다. 여자는 나에

게 집적거린다기보다 재촉하는 눈초리를 보이며 앞장서 걸어간다.

다리의 중앙선을 여자는 흔들거리며 걸어간다. 바람에 한차례 유혹당한 듯이 여자 뒤를 따라 다리를 건넌다. 걸어온 방향과는 반대로 시 외곽 해안을 향해.

도리다리를 받치기 위해 건너지르게 세운 것 아래 해안선을 따라 길을 걸었다. 다리 길이를 생각해보면 나는 꽤 많은 시간을 걸었을 터였다. 그러나 안개 낀 밤에 잘록한 허리를 가진 여자 뒤를 따르다보니 다리 위가 아닌 구름 사이를 건너는 것 같고 시간 감각도 무뎌지고 말았다.

어수선한 수상 점포가 늘어선 언저리로 여자는 안내했다. 낭떠러지를 간신히 한 발 앞둔 곳에 묶어 둔 네모진 배가 흔들리는 물 위로 떠 있다. 대부분이 야간에 운영하는 가게들이다. 자가 발전을 하는 엔진 소리가 울려 퍼진다. 이런 시간에도 아직 영업 중인 가게가 있는 모양이다. 희미하게 켜진 등불 아래로 사람 그림자가 보였다가 사라지는 몇 개의 배를 지나, 거의 등불이 없는 어느 한 가게로 여자는 들어간다. 나무로 만든 위험해 보이는 사다리에 여자가 걸음을 옮기자 삐걱삐걱 소리가 난다. 어떻게 이런 곳에! 겁을 먹은 내가 걸음을 멈추자 여자는 천천히 뒤돌아보며 작고 가는 손목을 흔든다. 여자의 손짓을 거부하는 것은 이미 불가능하다. 부유물처럼 몸을 이끌고 나도 삐걱거리는 사다리를 건넜다. 미닫이문 같은 것이 열리자 반짝 하고 등이 켜졌다.

갓을 씌우지 않은 전구에 칙칙한 불이 들어온 곳은 다다미 3장 정도의 넓이가 될 듯 말 듯한 네모진 밀실이다. 전구 빛 탓인지 바닥의 양탄자가 짙은 오렌지색으로 비친다. 구석에 개어져 있는 이불을 여자가 질질 끌고 와 펼치더니 드러눕는다. 그렇게 이불의 일부가 된 여자는 내 쪽으로 손을 내민다. 역시 꽤 장시간 걸었던 모양이다. 몸의 중심을 잡지 못한 채 걸음이 무너져 그만 무릎을 찧고 말았다. 여자가 일어나 내 어깨를 위로하듯이 감싼다. 무게가 느껴지지 않는 사뿐한 느낌이었지만 묘한 느낌으로 목을 끈끈하게 휘감는다. 여자의 팔을 나는 뿌리쳤다. 여자가 무표정하게 나를 바라본다.

—사실은 말이야. 오늘은 그다지 하고 싶지 않아. 그러니까 잠시 이렇게 놔두었으면 해.

여자는 고개를 끄덕이고는 두 무릎을 나란히 모아 무릎걸음으로 뒷걸음질 치며 몸을 옮겼다. 안도한 것인지 아니면 상처를 입은 것인지 알 수 없는 눈이다. 그 정지된 눈매가 여자를 점점 더 알 수 없게 만든다. 두껍게 화장을 칠한 희고 동그란 얼굴에 그늘진 눈매, 그 외에는 특별함을 느낄 수 없는 단순한 윤곽을 가지고 있다. 이런 직업에 완전히 물든 사람의 얼굴인지, 아니면 직업에 맞게 만들어진 것인지도 알 수가 없다. 아무 말을 하지 않는 여자와 좁은 밀실에 있으니 숨이 막히고 폐색감도 점차 깊어져 간다. 나를 유혹할 때의 간절한 표정도 여자의 얼굴에서 더 이상 찾아볼 수 없으며, 여기로 나를 데리고 온 이후 그녀는 퉁명스러워졌다. 이야기를 하면서 나의 기분을 풀어주려고도 하지 않고 마실 것을 준비하거나 선풍기나 부채를 내놓으려고도 하지 않는다. 그런 서비스를 위한 공간이 아니라는 것은 둘러보면 알 수야 있지만, 계속 바람을 쐰 탓인지 몸에서는 땀이 나기 시작했다.

　— 덥죠아치산야?

　미안한 듯이 여자가 말한다. 일어서서 한쪽 벽에 있는 창을 열려고 한다. 막대기를 판자문에 받히자 앉은 상태에서도 검게 흔들리는 바닷물이 보였다. 바닷가에서 볼 때에는 마치 물에 떠 있는 배처럼 보였는데 실은 이곳은 배 안이 아닌 모양이다. 물속에 기둥을 박은 작은 방이 바다를 파고들어 있을 뿐, 방이 흔들리는 일도 없었다.

　여닫이 창문으로 들어오는 바람이 땀이 밴 살갗을 스치고 지나간다. 여자의 얼굴에도 조금씩 표정이 돌아와, 눈이 마주치자 빙그레 웃어 보인다. 이렇게 여자와 가까이 있는데도 나는 여전히 여자의 나이를 짐작할 수 없다. 도대체 이런 일은 몇 살 정도까지 할 수 있는 것일까. 자세히 쳐다보니 여자의 목덜미에는 깊게 패인 주름이 겹겹이 있다. 그 주름을 펴기라도 하듯이 여자는 턱을 치켜들고 나를 본다.

　— 당신, 왜 따라온 거예요? 여자가 필요한 것도 아니면서.

　— 그런 질문이 어디에 있어. 꾀어 놓고는.

　여자의 큰 눈은 피곤한 얼굴과는 대조적으로 아이처럼 물기가 어려 있다.

—그렇죠. 내가, 끈질기게 유혹했으니까. 그렇지만 거절할 수도 있었잖아요?

—거절할 수 있었다. 그러나 거절하지 않았다. 그런 이유로는 납득이 가지 않는다는 건가?

—납득이 가고 안 가고, 그런 걸 말할 수 있는 입장이 아니잖아요. 나는.

부드러워진 여자의 말투가 어딘가 사토와 닮은 것 같다. 여자는 사토와 같은 섬 출신일지도 모른다고 문득 생각해보았지만 금세 사람을 빤히 쳐다보고야마는 나의 시선도 더 이상은 여자에게 머물지 않았다.

어떤 기색을 알아차리는 것만으로도 충분하다. 요즘 나는 그렇게 생각하고 있다. 막다른 골목으로 치닫는 생활 속에서 어떻게든 앞을 보려고 발버둥 치면, 돌연 섬의 진한 기색이 내 눈 앞에서 감돌 때가 있다. 그 기색을 외면하지 않고 가만히 몸을 낮추고 있다 보면 텅 빈 내 몸이 어쩐지 가득 차는 걸 느낄 때가 있다. 그럴 때는 야마토 사람은 야마토로 돌아가야 성불할 수 있어요, 라는 사토의 말을 섬의 기색이라는 안개 속에 녹여버릴 수 있지 않을까 생각해 보기도 한다. 신문기자의 습성처럼 눈앞의 여자가 어떤 역사를 짊어지고 여기에 이러고 있는지 묻거나 하는 일은 그만 두자. 여자인들 말하고 싶은 이야기가 아닐 것이다. 겨우 남자를 데리고 왔더니 기분 나쁘게 거절당하고 그저 데면데면하게 아무 일도 없는 듯 있어

야 하는 여자의 처지야말로 섬의 역사 그 자체인 것 같은 생각이
든다.

해가 지기 시작할 무렵 바닷가에 선 바위 그림자를 멀리서 바라
보는 눈으로 나는 멍하니 여자를 본다. 그런 나의 눈도 거북하게 느
껴지는지 여자는 몸을 비틀 듯이 흔든다.

—좀 벗을게요. 더우니까.

이렇게 말하며 하반신을 감싸고 있던 플레어스커트를 미끄러뜨
리듯 벗는다. 작은 몸집이지만 얇은 슬립 아래의 탄력 있는 허벅지
가 부푼 모양으로 드러난다. 소매가 없는 상의는 벗지 않는다. 나를
유혹하는 건 아닌 모양이다. 여자는 정말 더운 것 같다. 후-하고 숨
을 내뱉는다. 두꺼운 허리와 허벅다리와는 대조적으로 발목이 가늘
고 야무져 보인다. 여자는 창가 쪽으로 다가가 허리를 한 번 비틀고
는 나에게 말한다.

—아무렇지도 않은 모양이군요. 이런 곳에서 아무 것도 하지 않
고 가만히 있다니.

나도 모르게 터져 나오려는 웃음을 참았다. 이런 곳에 데리고 온
것은 그쪽이지 않은가, 하는 말도 하지 못한 채.

—무척, 덥군.

하고 말하며 나도 일어섰다. 일어서 보니 머리가 천장을 뚫을 것
만 같다. 약간 몸을 앞으로 구부려 걸었다. 걷는다고 해도 겨우 세
걸음 정도다. 다시 바닥에 앉아 벽을 도려낸 것 같은 여닫이 창문

밖으로 고개를 내밀어 본다. 검은 어둠을 품은 물결이 얼굴에 닿는다. 미끈미끈한 점착력이 있는 검은 액체가 얼굴을 쓰다듬는 기분이 들어 고개를 들어 올리자, 내 옆으로 바짝 다가 선 여자의 허리가 눈에 들어온다.

—바깥은 바람이 한창.

부드러운 눈으로 나를 내려다보는 여자의 얼굴에는 이상한 표정이 떠돈다. 역시 여자의 나이를 알 수 없다. 서투른 말투만 들었을 때는 꽤 젊은 것처럼 여겨지지만 나른한 표정의 얼굴과 느긋한 몸동작은 나보다 열두 살, 아니 스물네 살이나 많게 느껴진다. 또다시 여자를 캐묻기 시작하는 시선을 거두려고 나는 여자의 허리에 손을 뻗었다. 아이, 하고 소리를 내며 여자는 허리를 숙인다. 여자의 작은 몸집이 양반다리를 한 내 다리 안으로 쏙 들어온다. 여자는 내쪽이 아니라 창가 쪽으로 상반신을 가지고 가더니 거기에 턱을 올린다. 마치 어린아이 같은 행동이다. 여자에게 무언가를 강요할 생각은 전혀 없었기에 어중간하게 파마를 한 붉은 머리칼을 천천히 쓰다듬기만 했다. 손의 움직임에 따라 여자의 상체가 흔들린다. 싸구려 샴푸 냄새가 부스스한 머릿결에 떠돈다. 그리고 있자니 여자보다 훨씬 체격이 좋은 사토를 이렇게 다리 안에 안고 있는 듯한 기분이 들어 감정이 묘해진다.

—오늘 같은 밤은 말예요, 끝내고 난 뒤 여기 물속으로 뛰어드는 사람도 있어요.

후훗, 입 안에서 우물거리는 여자의 목소리가 물속으로 떨어진다. 나도 모르게 목을 내밀어 수면 위를 보았다. 굽이굽이 넘실대는 물결이 먼발치의 시내 불빛을 받아 흔들리며 잘게 비친다. 수면 위는 마치 여자의 복부와 같이 울렁울렁 농염하게 보인다.

갑자기 물속에서 소리가 흘러나오는 것 같다. 친 둔 덴 둔…… 만친단…… 여자의 얼굴을 쳐다보았다. 여자는 멍하니 수면 위를 내려다볼 뿐 입술은 움직이지 않는다. 그러나 분명하게 들린다. 친 둔 덴 둔…… 이것은 할머니가 사토에게 불러주었다는 그 '하나노 가지마야'가 아닌가. 목소리의 여운은 사토의 것이 아니다. 소리는 분명 물속에서 전해져 온다. 사토가 아니라면 할머니의 목소리임에 틀림없다. 사토를 달래던 할머니의 노래를 이 일렁이는 물결이 옮겨다준 것이다. 그런데 어째서 나는 먼 옛날의 노랫소리를 지금 듣고 있는 것처럼 느끼는 것일까.

순간, 어떤 생각이 스친다. 무릎 위에 웅크리고 있던 여자의 몸에서 다리를 물렀다. 여자의 허리를 안고 있던 손을 떼고는 입고 있던 옷가지들을 벗기 시작한다. 청바지도 셔츠도 속옷도 모두. 여자는 목만 돌려 나를 쳐다본다. 무언가에 홀린 듯한 나를 수상쩍게 여기는 얼굴이었지만 특별히 말을 하지는 않는다. 자신도 그래야 한다고 생각했는지 여자도 몸에 남아 있던 옷들을 모조리 벗어버린다. 서로의 시선을 가리듯이 여자와 나는 조금 엉켜 붙어 있었다. 그러고 나서 나는 베개를 안듯이 여자를 들어 올려 허리를 숙이고는 가랑이를 크게 벌려 창가로 걸음을 옮겼다. 물에 잠긴 위태로운 판자 베란다가 보인다. 조금이라도 힘을 빼면 손에서 미끄러져 떨어질 것 같은 여자를 안은 채 물속으로 들어갔다.

그러자 여자는 나에게서 도망쳐 물속으로 사라져 간다. 나도 여자를 쫓아 물속으로 들어가 잠긴다. 발끝이 닿지 않는 깊은 물속이다. 버둥대는 손과 발의 움직임을 멈출 수 없다. 어딘가에서 들어오는 빛 때문에 물속은 의외로 시계가 밝다. 작은 여자의 몸은 마치 큰 해파리 같다. 크게 허우적대는 손발이 터무니없는 거대한 연체동물을 연상시키는 것이다. 여자에게 다가갔다. 바로 상체를 부상시킨다. 물 밖으로 얼굴을 내밀어도 여자는 사람처럼 보이지 않는다. 젖은 머리를 한번 크게 털고는 앞바다를 향해 헤엄치기 시작한다. 놀랄 정도로 빠르다. 당황한 나는 그 뒤를 쫓는다. 무언가를 생각한다는 의식이 더 이상 나에게는 없다. 해파리 같은 여자를 따라 물속을 허우적대는 내 알몸의 반응만이 나를 지배하고 나를 밀어낸다. 그러나 몸에 밀착되어 압박하는 물의 단층이 무거운 탓에 내 손발은 여자처럼 재빠르게 움직이지 않는다. 여자는 마치 오랫동안 바다에 살던 생물처럼 마음대로 물의 흐름을 따라간다. 여자가 향하고 있는 어두운 바다 저 끝에는 아무 것도 없다. 순식간에 물을 만난 물고기처럼 변해버린 여자의 한결같은 헤엄에는 무언가 숨은 의도가 있는 것 같다. 여자가 조금씩 멀어져갔지만 그녀를 잃지 않으려고 나는 물속에서 끊임없이 버둥거렸다.

갑자기 여자가 사라졌다. 여자를 쫓기 위해 버둥거리던 양팔과 상반신에 가벼운 피로를 느껴 앞으로 나아가는 움직임을 그만두었을 때, 나는 내가 밤바다 위에 홀로 떠 있다는 사실을 알아차렸다. 여자는 대체 어디로 간 걸까. 발을 딛고 서서 헤엄을 치면서 한 바퀴 빙 둘러보았지만 시계가 닿는 범위 그 어디에도 여자의 모습은 보이지 않는다. 마치 처음부터 여자 따위는 없었던 것 같다. 다시금 여자는 물 밑바닥에 잠겨버린 것일까. 설마 이변이 일어나 물에 빠져 가라앉은 것은 아니겠지. 여자가 바다 어딘가에 모습을 감추고 내가 발견해주기만을 가만히 기다린다 해도, 이 어두운 바다를 돌아다닐 기력이 더 이상 나에게는 남아있지 않다.

앞으로 나아가는 동작을 멈추자 검푸른 밤바다는 희한할 정도로 평평하게 펼쳐져 있다. 분명 바람은 있지만 두꺼운 어둠을 삼킨 바다 위는 멀리까지 잠잠하다. 앞바다는 완만하게 부풀어 있고 넘실대며 하얗게 뒤집어지는 파도의 아랫배가 보인다. 다시 한 번 눈을 돌려보니 왼쪽에는 큰 바다에 박힌 검은 바위 그림자가, 오른쪽에는 희미하게 깜박이는 시내의 등불이 눈에 들어왔다.

적막 한가운데 혼자 남아 있다. 물 위로 머리만 내밀고서.

특별히 쓸쓸하다고 느끼지 않았는데, 갑자기 어디선가 끓어오른 슬픔이 내 속을 가득 채웠다. 이 바닷물이야말로 슬픔의 진액으로 만들어진 것 같은 감정이 몸 구석구석까지 스며든다. 나를 가득 채운 슬픔의 중력이 검은 바다 밑으로 몸을 끌어내리고 있다고 느낀 순간, 물 밑의 유혹에 저항하려는 의지가 일어났다. 배에 힘을 주고 몸을 뒤로 젖히며 천천히 하늘을 보고 누웠다. 복부의 중심점과 얼굴의 표면만이 물 위에 떠 있다. 바닷물의 부력은 나를 들어 올리는 데 충분했다. 위태로운 균형이 깨지지 않게 가만히 양 손과 발을 펼치고 감고 있던 눈을 조용히 떠보았다.

기묘한 풍경이다. 풍경이라기보다 시야에 들어오는 게 하나도 없다. 어느새 두꺼운 구름으로 뒤덮인 하늘에는 별과 달의 흔적이 모조리 사라져 있다. 잔뜩 흐린, 무거운 층층 구름에 짓눌린 검고 또 검은 밤. 소리도 들리지 않는다. 물에 잠긴 귀에는 식별이 가능한 소리가 다다르지 않는 것이다. 무언가를 듣고 있으면서도 사실은 아무것도 들리지 않는다. 다리 위에서 그렇게 나를 엄습하던 바람 소리는 지금 어디로 사라진 것일까.

그러나 세이렌의 노래 소리처럼, 그것은 들려왔다. 친 둔 텐 둔 만친단…… 이라고 스치듯, 그야말로 할머니가 부르는 것 같지만 어딘가 맑고 밝은 구석이 있는 노래 소리가 물에 젖은 내 귀로 들려온다. 친 둔…… 만친단…… 우니타리스누메- 우미가키레-…… 박자가 이어지고 있다. 사토의 노래인지 할머니의 노래인지, 그 장단과 박자 사이에 뷰루루…… 큐루루…… 휴루루…… 하는, 바다 소리라고밖에 형용할 수 없는 이상한 음이 섞인다. 그런 소리들이 내 안에 가득 차 있던 슬픔 덩어리를 스치듯 다가온다. 바로 그때, 무언가가 덥석 내 발목을 잡았다. 나는 물속으로 푹 잠겨 버린다.

여자다. 언제까지 기다려도 쫓아오지 않는 나를 참다못해 여자가 못된 장난을 치러 돌아온 것이다. 그런 것 같다. 부드럽게 죄어드는 손의 근육이 내 오른 발목을 잡고 있다. 나는 물속으로 이끌려 들어가 버렸다. 이번에는 갑자기 거센 힘으로 손목을 잡는다. 굉장한 힘이다. 나는 그 대단한 기세에 휘둘려 엉겁결에 바닷물을 마시고 말았다. 가슴이 막혀온다. 괴롭다. 거품을 뱉으면서도 물속에서 마구 휘둘리고 있다. 숨이 막혀 발버둥을 쳤다. 버둥거리던 끝에 간신히 물 위로 떠올랐지만 호흡을 돌리자 다시 발목을 붙잡히고 말았다. 뷰루루, 큐루루 하는 소용돌이치는 물소리가, 후훗 하고 웃는 여자의 목소리가 들린다. 여자가 하는 짓인지 물귀신의 장난인지 모르겠다. 아마도 이것은 예정되어 있던 이니시에이션initiation일 터이다. 온전히 섬 세계로 들어가기 위한 이니시에이션 말이다. 순간 세차게 몸이 흔들리며 뒤집히더니 기괴한 쾌락으로 떨리기 시작한다. 고통과 쾌락이 교대로 나를 엄습한다. 이해할 수 없는 세계로 빠져드는 감각의 꿈틀거림에 저절로 사로잡힌다. 느닷없이 사토의 목소리가 들린다. 삿사, 하, 이야이야이야, 하고 그 리듬에 깨어 난 나는 양발로 힘껏 물을 차올렸다.

물 위로 떠올라 보니 무겁고 낮게 깔린 어둠이 옅게 흩어지기 시작하고 물 위의 시계도 어느 정도는 밝아지기 시작했다. 멀고 가깝게, 잘고 크게 울렁이는 파도의 산들이 몇 겹이나 층을 만들어 그 넓이를 과시하고 있다. 호흡을 진정시키고 잠시 여자가 나타나기를 기다리기로 했다.

그러나 언제까지 기다려도 여자는 모습을 나타나지 않는다. 이미 여자는 물속의 생물이 되어 여자라는 인간으로 돌아오는 방법을 잊어버린 것일까. 이번에는 내 쪽이 인내심의 한계를 느꼈다. 체력의 소모가 신경 쓰였다. 별안간 물에 대한 공포가 인다. 이대로 물속에 있으면 나는 물귀신의 계략에 빠지게 된다.

멀리 바라보니 물 위의 네모진 방들의 열린 창문 틈 사이로 어렴풋한 불빛이 새어나와 그 정체를 확인시켜 준다. 여기서 보면 꽤 멀리 있는 것처럼 느껴지지만 생각보다 먼 거리는 아닌 것 같다. 물에 떠내려갈 듯 물가에 겨우 붙어 앉아 있는 네모진 방들의 그림자가 잘 보인다. 그쪽을 향해 내 몸을 옮겼다.

만조가 된 바다는 네모진 방의 창문 근처까지 나를 데려다 주었다. 어느새 바닷물은 창문까지 차 있었다.

도착해보니 이미 여자는 방에 돌아와 있었다. 방금 전까지 물에 잠겨 있던 여자가 창문 사이로 흰 얼굴을 들이밀고서 내다보고 있었단 것이다. 여자가 뻗은 양손을 잡았다. 물속에서 엄청난 힘으로 나를 휘두르던 힘은 온데간데없고 부드러운 여자의 손 근육이 나를 애처롭게 여기듯 깊이 파고든다. 그것은 정말 여자가 부린 조화였을까. 립스틱이 지워진 여자의 얼굴은 밋밋하고 창백하다. 아직도 수생동물의 자취가 남아 있다. 나를 작은 방으로 데리고 온 뒤에도 아무 말을 하지 않는다. 젖은 몸을 찰싹하고 밀어붙인다. 헤어짐의 인사처럼 우리는 다시 서로의 몸을 휘감는다. 그 움직임 사이로 여자는 이불 위로 시트를 가져와 나의 머리와 등에서 떨어지는 물기를 닦아준다.

내가 완전히 옷을 다 입고 난 후에도 여자는 알몸이다. 털이 없는 하얀 몸이다. 여자는 표정 없이 거기에 우두커니 있다. 나는 어색함을 느끼면서도 반드시 그렇게 해야 한다는 의무감에서 청바지 뒷주머니에서 지갑을 꺼내 열고는 그 속에 있던 지폐를 모조리 여자 옆에 두었다. 여자가 희미한 웃음을 보이는 것 같다.

여자에게 무언가 확인해야겠다는 기분이 든다. 그러나 그것이 무엇인지 나 자신도 잘 알지 못한다. 여자는 어떠한 움직임도 보이지 않는다. 돈을 내민 나로서는 더 이상 여자 곁에 머물 수 없게 되었다. 나는 그냥 등을 굽힌 채로 방을 나섰다.

— 저기, 여봐요

여자의 목소리에 뒤를 돌아보았다. 바로 그때다. 무언가가 쩍하고 등에 들러붙었다. 갑자기 그것은 목덜미 주변으로 기어오르더니 점점 누름돌처럼 무거워진다. 상반신이 굳어 가는 느낌이다. 무슨 일이 일어난 걸까. 천장의 높이에 맞춰 허리를 계속 숙이고 있던 등근육이 갑자기 경련을 일으키기 시작한다. 아니, 그런 것보다 등에 악령 같은 게 덮친 것 같은 감촉이 진하게 전해진다. 뒤를 돌아보려 했지만 목이 돌아가지 않는다. 여자의 목소리만 들릴 뿐이다.

— 당신에게 하고 싶은 이야기가 하나 있어요, 나에겐.

내 등을 직접 덮친 것은 여자의 영혼도 아닌 모양이다. 목소리는 거리감이 느껴지는 벽에서 울리고 있다. 그렇다 하더라도 무겁다. 뭐라 표현할 수 없는 중압감이 느껴진다. 쓰윽- 하고 앞으로 허리를 숙인 자세로 나는 여자의 이야기가 이어지기를 기다리고 있었다. 여자는 왜 내가 이런 자세를 하도록 만든 것일까. 게다가 돌아가려는 참에 나에게 하고 싶다는 이야기란 대체 무엇이란 말인가. 그러나 여자는 좀처럼 말을 꺼내지 않는다. 진득한 시간이 등 뒤에서 나를 감싸고 있다. 그러자 기괴한 울림이 엄습한다. ■●△□× ◎…… 붕괴감이 있는 요란한 불협화음이다. 소리는 늘어나고 오므라들며 뒤죽박죽으로 파열한다. 여자가 부서진 것이다. 나는 그렇게 생각했다. 나에게 무슨 이야기를 하려던 여자의 목소리가 무언가로부터 습격을 받아 비명을 지르고 있는 듯하다. 소리의 정체를 확인해야겠다고 생각했다. 나는 깊숙이 고개를 떨어뜨린 채 다리만 뒤쪽으로 옮기고자 했다. 그러자,

—돌아보지 마.

심하게 떨리는 목소리로 여자가 부르짖는다.

다리의 움직임을 멈추었다.

—물거품이 되고 싶지 않거든.

여자는 아직 여자인 채로 있는 것이다. 떨리는 발성이지만 말은 요염하고 애절하게 들려온다. 물거품 따위가 되고 싶진 않지만 이대로라면 바위의 혹이 될지도 모른다. 게다가 내가 이해할 수 있는

목소리로 여자가 말하는 동안 그녀가 전하려는 이야기를 어떻게든 들어야만 한다.

둥글게 구부린 등을 더욱 둥글게 만들었다. 양쪽 다리를 조금씩 옆으로 옮겨가 다리를 크게 벌리고 그 사이로 얼굴을 들이밀어 보았다. 순간 기우뚱하고 마루와 천장이 뒤바뀐다. 거꾸로 된 것이 방인지 나인지 모르겠다. 다시 파열하는 부조화음이 들렸다. 판자문에 부딪친 나는 열린 문 사이로 그만 굴러 떨어지고 말았다.

싸늘해진 지면에 웅크리고 있던 몸을 일으켜 세웠다. 걸음은 휘청거렸지만 등 뒤의 무거움은 사라져 아주 자연스럽게 뒤를 돌아 바다를 바라볼 수 있었다. 바닷가에 들러붙어 있는 여러 수상 점포 어디에도 등불이 켜진 곳은 없다. 그 그림자의 윤곽조차 밤바다에 녹아들어 시계에 들어오지 않는다.

바다 위로 바람이 지나간다.

만조의 해수면을 가로지르는 다리가 저편에 뚜렷하게 떠올라 있다. 새벽이 올 때까지 앞으로 얼마나 시간이 남았을까. 사토가 잠에서 깨기 전에 어떻게든 돌아가야 한다고 생각하며 다리 입구로 걸음을 옮겼다.

유라티쿠
유리티쿠

ゆらていく
ゆりていく

이 소설의 원제는 「ゆらてぃくゆりてぃく」이며 번역대본으로는 崎山
多美, 『ゆらてぃくゆりてぃく』(講談社, 2003)를 사용하였다.

유라티쿠 유리티쿠

　호타라保多良 섬에서는 사람이 죽으면 하룻밤을 지샌 뒤 시체를 화장하거나 매장하지 않고 부겐빌레아 덩굴로 감아 해가 뜨기 직전에 바다로 흘려보낸다.

　시체는 아침 해로 물들기 시작한 바다 위를 둥둥 떠다니거나, 어떤 때에는 이웃한 섬 부근의 해구海溝 깊숙한 바닥에 가라앉기도 한다. 물속에 완전히 잠기기에는 몸무게가 모자란 여자나 아이, 그리고 병자들의 시체는 일단 먼 바다까지 흘러나가기는 하지만, 해구를 조금 벗어난 곳에서 소용돌이를 일으키며 호타라 섬 북부 해안으로 역류하는 파도에 휩쓸려 다시 호타라 섬으로 되돌아오기도 한다. 바닷물에 불어 문덕문덕해진 시체는 물고기 밥이 되거나 눈알이 빠지거나 손발 하나가 없어진 무참한 모습으로 해안가로 되돌아오는데, 그런 시체들은 해변에 버려져 그대로 말라 풍화되고 나중에는 골수마저도 모래와 뒤섞이게 된다. 호타라 섬에선 그런 일이 일어난다고들 한다.

그 탓에 호타라 섬에는 묘지가 없다. 굳이 묘지라고 말할 것 같으면 시체가 가라앉아 쌓이는 북부 해안 정도를 꼽을 수 있을 것이다. 죽은 자들 가운데 일부가 바다를 떠돌다 마지막에 표착하는 북부 해변을 호타라 사람들은 '니라이파마ニライパマ'라 부른다.

한편 죽은 이의 몸을 떠난 영혼은 꼬박 49일을 보내고 난 뒤에야 바닷물과 하나가 된다. 때문에 호타라 섬에선 승천한다거나 성불한다거나 삼십삼 기三十三忌를 지낸 뒤에 신이 된다거나 하는 일은 있을 수가 없다. 호타라 섬에서는 사람이 죽은 뒤에도 그 영혼은 영원히 물속을 떠다닐 뿐이라고 믿고 있다. 호타라 섬에선 그렇다고 한다.

누군가가 죽을 때마다 반복되는 이런 의식 때문에 호타라 섬 주변 바다는 죽은 이들의 영혼이 자기 자리를 찾느라 밀치락달치락하며 시끌벅적하다. 어떤 특별한 방식으로 계산된 결과에 따르면, 호타라 섬 주변의 수 킬로미터에 달하는 바닷물은 이윽고 죽은 이들의 영혼으로 포화상태가 될 것이라 한다. 그렇다면 앞으로 죽게 될 사람들의 영혼은 대체 어디로 가게 될까. 요즘 들어 저 세상으로 갈 날이 얼마 남지 않은 사람들 가운데는 공연한 불안감 때문에 목소리를 높이는 경우도 있다 한다. 그 불안감이 널리 퍼진 탓인지 최근 호타라 섬의 인구는 줄곧 감소하고 있다. 그것도 빠른 속도로 말이다.

섬 생활은 다가왔다 멀어지는 물결 리듬의 반복처럼 단조롭다. 이런 생활에 염증을 느낀 많은 사람들이 앞 다투어 섬에서 빠져 나가는 건 아닐까 싶겠지만 전혀 그렇지 않다. 애초부터 섬 사람들은 자신들이 태어난 곳을 떠나 산다는 건 있을 수도 없다고 굳게 믿고 있다. 아주 특별한 일이 일어나지 않는 한, 자발적으로 섬에서 나가는 사람은 단 한 명도 없을 것이다. 여기에는 예외가 있을 수 없다. 섬 사람들의 기질이 되어버린 신앙과도 같은 이런 집착이 호타라 섬의 미래에 좋은 건지 나쁜 건지는 전혀 알 수 없지만 말이다.

호타라 사람 가운데 누구 하나 섬을 떠나려 하지 않는데도 인구가 줄곧 감소하고 있다는 말은 이상하게 들릴 수도 있다. 하지만 인구 감소는 매우 간단한 이유에서 비롯된 것으로, 그건 호타라 섬에는 사망자만 있을 뿐 새 생명을 만들어 내는 이가 없기 때문이다. 실제로 호타라 섬 사무소를 통해 지난 수십 년 동안의 출생 기록부를 살펴보면 단 한 명의 신생아 이름도 없는 사실을 확인할 수 있다. 이곳의 남녀 관계는 자손을 남기는 데 전혀 기여하지 못하고 있는 셈인 것이다. 어쩌다 인연을 맺게 된 남녀는 서로의 집을 오가며 경우에 따라서는 한 지붕 아래에서 먹고 자며 같이 지내기도 한다. 이런 부부의 모습은 예전의 풍습과 전혀 다를 바 없지만, 아이만큼은 갖지 않는 것을 암묵적인 미덕으로 여기는 풍조가 호타라 섬 사람들의 마음을 지배하고 있다.

이런 분위기가 만연하게 되어 여자들이 출산하지 않게 되었는지, 아이를 낳지 못하게 되자 이런 풍조가 널리 퍼지게 된 것인지, 아니면 갈 곳 잃은 영혼들의 행방을 대단히 심각하게 여긴 탓에 무의식적으로 사람들이 그렇게 생각하게 된 것인지, 그 인과관계는 여전히 분명치 않다.

그러나 이런 사정에 대해 호타라 섬 사람들은 그다지 진지하게 생각하지 않는다. 옛날부터 태생적으로 호타라 섬 사람들은 어떤 문제에 대해 깊이 고민하지 않는다. 주어진 상황을 있는 그대로 받아들이는 것에 완전히 익숙해진 이들은 섬에서 어떤 중대한 사태가 발생한다 해도 그저 모두 자연스러운 결과라고 여길 뿐이다.

결국 호타라 섬에는 여든을 넘긴 노인들만 살고 있다. 섬에서 가장 나이가 많은 이는 올해 백서른세 살이 된 자로 병들어 누워만 지낸다. 그는 섬 인구보다 자신의 나이가 많은 데 대해 다른 사람들이 알아듣지 못하는 목소리로 한탄한다. 제대로 몸을 가누지도 못하는 노인이 늘어난 탓에 여러 종류의 전통 의식은 어느새 사라지고 말았다. 그러나 한여름의 축제, 그러니까 호타라 섬을 만든 신 우슈메가나시御主前加那志*를 기리는 여자들만의 비밀스러운 축제만큼은 예외다. 매년 빠지지 않고 열리는 이 축제를 호타라 우푸나카ホタラウプナカ라 하는데 호타라 섬의 존재를 증명하는 축제인 만큼 최근 수십 년 전까지는 성대하고 엄숙하게 열렸다고 한다. 호타라 사람들은 자신들이 이 섬에서 오랫동안 살 수 있었던 것은 호타라

* 우슈(ｷゅー) 또는 우ｽ(ｳｽー)라고 읽는 한자 '御主'는 류큐 왕국의 국내 호칭이나 국왕의 호칭으로 사용되던 말이다. 국왕의 호칭으로 사용할 때에는 존경을 나타내는 접미사 '加那志' 혹은 '加那志前'을 붙여 '우슈가나시(御主加那志)', '우슈가나시메(御主加那志前'라 칭했는데, 작품 속의 '우슈메가나시(御主前加那志)'는 이를 이화시킨 표현이다.

섬을 만든 신을 위해 지극 정성으로 제사를 지낸 탓이라 여기고 있다는 말도 있다.

비밀스러운 축제 호타라 우푸나카가 중단된 지 몇 해나 지났을까. 최근 호타라 섬 해변에서는 이상한 일이 일어나고 있다는 소문이 돌고 있다. 그 이상한 일은 반드시 한여름의 일몰 즈음부터 시작하여 한밤중의 썰물 때까지 아무도 모르게 일어난다고들 한다.

이제부터 할 이야기는 지라ジラー라는 노인이 그 이상한 일을 우연히 목격하고 난 뒤 차를 마시는 자리에서 주변 사람들에게 가볍게 말한 것, 즉 파나스パナス, 이야기에서 시작되었다고 할 수 있는데, 이는 호타라 섬 7대 불가사의 중 하나에 속한다. 그러나 지라는 백열일곱 살의 나이로 아주 최근에 바닷물을 떠도는 영혼이 되고 말았다고 한다. 참으로 유감스러운 일이다.

그런데 지라가 목격했다는 그 이상한 일이란 사건이라기보다 특별히 주의하지 않으면 일종의 자연 현상과도 같은 것이었다고 한다. 그러니까 잠깐 바람이 불고 파도가 이는 가운데 유독 눈에 띄는 타원형 거품이 뿌끔 하고 일어나는 현상에 지나지 않았던 것이다. 그렇지만 그것은 바람의 장난이나 어쩌다 생겼다가 곧장 사라지는 물거품과는 전혀 달랐던 모양이다. 호타라 섬 근처의 온 바다를 장악하고 있는 죽은 이들의 영혼이 어느 순간에 물속에서 튕겨져 나온 건 아닐까 싶은, 그런 현상이었다고 한다.

갑자기 물 위로 떠오른 물거품 하나를 지라가 지켜보고 있자니 거품은 뿌꿈 뿌꿈 하고 소리를 내기 시작했다고 한다. 에구머니나, 하고 가만히 바라보는 사이에 물거품은 두둥실 부풀어 올라 뿌꿈 뿌꿈 뿌꿈 소리를 내며 마치 자신의 의지대로 움직이는 것처럼 미끄러지듯 해변으로 올라 왔다. 뿌꿈 하는 소리와 함께 물 위를 건너 썰물이 된 바닷가 모래사장으로 기어온 물거품. 이것만으로도 아주 기이한 파나스일 터인데, 지라의 목격담에 따르면 그 물거품은 글쎄, 물거품 춤이랄까 거품 댄스랄까 느닷없이 춤을 추기 시작했다고 한다.

직경 150센티 정도로 부풀어 올라 투명하게 빛나는 타원형의 물거품 몸체는 가로 세로 할 것 없이 늘어났다 줄었다 하며 호이 호이 호잇하고 모래를 어지럽혔다. 해질 무렵에 나타난 물거품 하나가 마치 이 해변이 자신의 것인 양 아무렇지도 않게 마구 돌아다녔다고 하니, 참으로 기묘한 이야기, 즉 파나스가 아닐 수 없다. 해가 서서히 기우는 오후, 지라의 집 툇마루에 앉아 차를 마시던 두 명의 친구 산라サンラー와 타라タラー는 입에 머금고 있던 차를 거의 동시에 내뿜고 말았다. 특히 타라는 하마터면 틀니가 빠질 뻔했다. 지라의 이야기는 그 정도로 어이가 없는 내용이었다. 가장 나이가 많은 지라의 기분이 상할까 염려가 되기도 했지만 두 사람은 이쯤에서 이야기의 매듭을 짓는 편이 좋겠다고 생각했다. 이번에도 산라와 타라는 똑같이 입을 열었다.

—이봐요, 지라.

말을 하면서 고개를 계속 끄덕이는 습관을 가진 지라는 듣는 사람들의 반응을 전혀 살피지 않는 것처럼 보인다. 지라의 진지한 표정을 마주한 타라와 산라는 턱이 빠질 듯이 그저 입을 크게 벌리고 있을 수밖에 없었다. 두 사람은 침을 삼키며 입을 단단히 닫고 얼굴에 묻은 물을 소매로 닦았다. 잠깐 숨을 고른 타라는 다음 말을 찾으며 입을 떼려는 지라를 향해 상체를 쑥 내밀고서 이렇게 말했다.

—물 춤이라고 했죠 참으로 신기하군요 지라.

그래서 그건 대체 뭐였나요

그 물 춤이란 거 말이죠

타라는 지라의 이야기에 찬물을 끼얹을 요량이었지만 뜻하지도 않게 기름을 부은 격이 되어버렸다.

이리하여 앞으로 어떻게 전개될지 모를 호타라 섬 7대 불가사의 중 하나는 천천히 기울어가는 여름 해를 따라 느릿느릿하게 그리고 지겨울 정도로 같은 말을 되풀이하는 지라의 쉰 목소리에 실려 한정 없이 이어지게 되었다.

…… 그날도 지라는 일과가 되어버린 저녁 산책에 나섰다. 이리자키ィリザキ 해변의 아단나무 그늘 아래에 혼자 오도카니 앉은 그는 이미 해가 저물어버려 딱히 일어 설 계기를 찾지 못해 언제까지고 멍하니 바다만 바라보고 있었다. 아무리 늦는다 한들 그를 걱정할 사람은 아무도 없었다. 부모님은 일찍이 돌아가셨고 형과 여동

생도 이미 세상을 떠났으며 오랫동안 시간을 같이 보냈던 아내 나비+ㄴ비ᆡ도 먼저 저세상으로 간 마당이었다. 호타라 섬의 다른 사람들과 마찬가지로 자식도 없다. 다른 노인들과 별반 다를 바 없이 그 역시 수십 년 동안 혼자 지내 왔다. 한참 전에 해는 떨어졌다. 그는 완전히 어둠이 내려앉을 때까지 같은 자리에 앉아 있었다. 이제 슬슬 일어나 볼까, 하며 한쪽 손을 허리에 대고 다른 한쪽 손으로는 모래사장을 짚으며 다리에 힘을 주었을 바로 그때였다. 지라는 어두운 밤바다에서 유난히 반짝 반짝 빛나는 작은 수정 구슬 하나를 발견했다. 그는 어둠 속에서 창백하고도 하늘하늘한 비단 천 한 장이 스윽하고 내려오는 듯한 느낌을 받았다. 눈앞에 펼쳐진 얇고 투명한 비단 장막 너머로 수정 구슬은 뿌 뿌꿈 뿌꿈 뿌꿈 하는 소리를 내며 모래사장 위로 기어 올라왔다. 지라 옆으로 다가선 그것은 물방울처럼 선명하게 보였다.

　―어랏, 이건 뭐지?

　지라가 궁금하게 여기던 찰나 갑자기 물방울은 구불구불 돌아다니기 시작했다. 그것은 마치 스스로 공중에 몸을 내던지는 모양 같았다. 한 차례씩 회전할 때마다 구불구불 돌고 모래를 어지럽히며 앞뒤 좌우할 것 없이 허리 엉덩이를 흔들고 위로 뛰어오른다.

　―아이고야, 이건 물 춤이로구나.

　마치 즐겁게 웃고 있는 듯한 물거품 춤이 너무나도 사랑스러워 지라는 자신도 모르게 그쪽으로 양손을 뻗으며 일어서려 했다. 이미 백열일곱 살이 되어 깡마른 그는 갈고리처럼 굽은 지팡이에 몸을 의지하고 다리를 질질 끌며 겨우 돌아다니는 신세였는데, 그런 탓에 지라는 물거품을 보고도 곧바로 일어서지는 못했다. 지라는 몸을 제대로 가누지 못할 정도로 아주 쇠약해져 있었던 것이다. 그럼에도 불구하고 그는 겨우겨우 일어나 굽은 상체를 지팡이에 기대고 한 손으로 허리를 받친 채 턱을 쭉 내밀고서 모래 위를 바라보았다.

그러자 물거품은 옆으로 커지기 시작하더니 회전을 한다. 늘었다 줄었다 하더니 뿌꿈 뿌꿈 하며 거의 터질 듯이 부풀어 오른다. 모양이 변할 때마다 폴짝 폴짝 뛰는 경쾌한 리듬과 기분 좋은 어지러움은 지라의 가슴을 간지럽히고 팔다리를 안달 나게 만들었다. 정신을 차려보니 지라는 엉성하기는 하지만 굽이치고 튀어 오르는 물거품 춤을 자신도 모르게 흉내 내고 있었다. 둥글게 굽은 허리와 불안하기 짝이 없는 다리, 방망이처럼 굳어버린 팔은 마치 꿈에서 춤을 추는 것처럼 가볍고 부드럽다. 참으로 기괴하기 짝이 없는 일이다. 거기에다 어디선가 음악 소리가 들려온다. 귀도 완전히 멀어버린 지라는 안간힘을 쓰며 귀를 기울여 보았다. 소리는 바다 건너 저편에서부터 지라 쪽으로 다가오고 있었다. 바람에 어지럽게 나부끼며 바다를 건너는 물결 그 자체가 하나의 선율이 되어 전해져 오는 것은 아닐까 하고 지라는 생각했다. 점점 높고 두터워지는 선율이 지라의 몸을 발끝부터 흔들기 시작한다. 그것은 이제 죽을 일만 남은 노쇠한 지라의 몸을 가볍게 풀어놓고 촉촉하게 적시는 것만 같았다. 가만히 들어보니 그건 파도 소리가 아니라 현악기의 줄이 바람에 가볍게 떨리는 울림이었다. …… 지지지징, 지지지지지이-ㅇ, 징, 지징, 징징징징, 징, 징, 지지징, 징, 지가지가지지지 …… 지가지가징징 …… 지지-ㅇ, 지가-ㅇ, 징-ㅇ, 징, 지가지가징징, 징징지가지가 …… 지지징징징 …… 지이-ㅇ, 지가-ㅇ …… 울림은 희미하게 사라졌다가 다시 부풀어 오른다. 멀리서 다가온 샤미센 음률이 지라를 감싸 안는다. 지라의 몸과 마음을 뒤흔드는 아득히 먼 선율의 소용돌이. 가볍지만 부드럽고 따뜻한 선율에 지라의 마음은 뜨거워졌다. 어마어마한 그리움이 밀려와 갑작스레 눈물이 떨어진다. 뚜욱 하고. 그 눈물 한 방울이 바람에 실려 날아가더니 커다랗게 부풀어 올라 이내 방울방울 움직이는 물거품으로 일어난다. 부풀어 올랐다가 쪼그라들고 여러 갈래로 나누어지는가 싶더니 일부는 뛰쳐나오기도 한다. 구불구불거리며 말이다. 그것은 마치 자동으로 움직이는 물로 만든 조각품 같았다. 어느새 움직임이 느릿해지더니 가만히 멈춘다. 그러자 무색투명한 물로 만든 동상이 지라의 눈앞에 섰다. 지라는 기운 없는 눈을 힘껏 떠 본다. 세상에나. 그건 사람이었다. 게다가 여자. 어안이 벙벙해진 지라는 입을 벌리고 만다. 고개를 들어 여자를 올려다보니 그의 눈앞을 가로막은 것은 망측하게도 물로 만들어진 여자의 젖가슴이었다. 여자는 마치 과시라도 하고 싶은 양 지라 눈앞에 가슴을 들이밀며 출렁출렁 흔든다. 전체적으로 두루뭉술 투명하다. 달걀의 흰자처럼 하얀 낯에 심오한 표정을 띤 그녀는 세상에 다시없을 요염한 분위기로 지라를 유혹한다. 일렁이던 물에서 갑자기 깊은 사람 냄새가 나자 지라는 그만 경직되고 말았다. 그것은 아주 오래 전 이 섬에서 사라지고 만 향기로운 여자 냄새였기 때문이다. 지팡이에 의지한 몸을 가누느라 지라는 안간힘을 썼다. 당황한 나머지 좀처럼 몸을 주체하지 못하는 지라의 뺨 가까이로 그 조각상과도 같은 물이 슬금슬금 다가오더니 갑자기 빵빵하게 부푼 몸체로 지라를 압박한다. 대체 왜 이래-ｱ ｷﾞｼﾞｬ ﾋﾞｮｰ 하고 소리를 질렀지만 더 이상 지라는 조금도 움직일 수가 없었다. 부드럽게 부푼 물의 몸으로 인해 뻣뻣하게 굳은 지라의 긴장이 조금씩 풀릴 즈음, 희한하게도 어떤 감정이 지라의 몸 안에서 서서히 퍼져나갔다. 그것은 투명한 물의 피부에서 쏟아져 나오는 시원한 정감 같기도 했고 이 세상을 처음으로 체감했을 때 느꼈던 얼어붙는 공기의 감각 같기도 했다. 혹은 끝없는 하늘에 내던져질 때의 긴장감과도 닮아 있었다. 몹시 사모하던 대상으로부터 찢겨져 나올 때 오장육부에 스며드는 고통과도 비슷하다고나 할까.

그때 느꼈던 참으로 낯선 기분을 지금 당장이라도 재현하고 싶은 듯이 지라는 기운 없는 눈을 더욱 가늘게 뜨고 있다. 마치 꿈꾸는 소녀처럼 그는 먼 곳을 응시한다. 황홀한 표정으로 멍하니. 문득 정신이 든 그는 두세 번 눈을 깜박이더니 갑자기 결연하게 눈을 뜬다. 그리고선 눈앞의 허공을 쏘아본다. 눈도 한 번 깜빡이지 않고 잠시 눈을 누그러뜨린 그는 양 손으로 자신의 어깨를 감싸 안는다. 마치 오한을 참는 것처럼 오오 하는 신음소리도 낸다. 어깨에서 흘러내린 앙상한 손을 이번에는 얼굴로 가져간다. 그리곤 깊은 주름이 물결 모양으로 팬 자신의 거친 볼을 쓰다듬는다.

이야기가 무언극처럼 이어지는 가운데 잠시 짬을 두며 쉬는 지라를 타라는 옆 눈으로 바라보았다. 타라는 나이치고는 꽤 흰 머리카락이 많은 반백의 머리칼을 가지고 있었다. 한숨을 지으며 자신의 머리를 쓸어 올리던 타라는 마음속으로 싱거운 이야기야, 참으로 대단한 연극이군요, 지라, 라고 중얼거렸다.

어쨌든 이쯤에서 한마디 해두지 않으면 앞으로 어떤 전개가 일어날지 모른다고 타라는 생각했다. 그는 아직도 자신의 뺨을 양 손으로 감싼 채 멍하니 있는 지라 쪽으로 쑤욱 몸을 내밀었다.

—이봐요 지라. 그건 꿈같은 이야기에요.

진짜가 아니라니까요.

하고 말을 꺼냈다.

귀족 가문의 장남인 타라는 호타라 사람치고는 드물게 애매한 것을 아주 싫어하는, 지나칠 정도로 마초적인 성격이었다. 그는 여든여덟 살이었지만 호타라 섬에서는 아직 힘이 넘치는 젊은 편에 속했고, 때문에 어느 정도는 연장자인 지라의 눈치를 살피지 않을 수 없었지만 더 이상은 그 노망난 이야기를 듣고 있을 수만은 없다고 생각했다. 슬슬 이야기에 질리기 시작한 그는 큰마음 먹고 지라에게 한마디 하기는 했지만, 이야기가 조금씩 진전됨에 따라 돌처럼 굳은 결의를 내비치는 지라의 시선 때문에 더 이상 아무 말도 할 수 없었다.

—꿈이 아냐, 타라!

이건 꿈에서 본 이야기가 아니라니까.

진짜, 사실이야.

난 거짓말 같은 거 하지 않아.

지라는 이가 없어 오므라든 입술을 아이처럼 삐죽 내밀며 산라를 큰 소리로 부른다. 그런 지라를 앞에 두고 있는 타라는 무슨 말을 어떻게 해야 할지 난감했다. 태평한 성격이면서도 지나치게 고지식하기로 평판이 자자한 지라는 아무리 나이가 들어도 그 성격만큼은 바뀌지 않았다. 바뀌기는커녕 나이가 들면서 융통성이 더 없어졌다. 그런 지라가 자기는 거짓말을 하지 않는다고 단언하고 있으니 타라는 어떤 반박도 할 수 없었다.

—그게 진짜라고요?

어깨를 한 번 들썩해 보인 타라는 더 이상 말을 이어 가지 못했다. 기가 한풀 꺾인 타라는 분위기를 수습하기 위해 방금 채운 찻잔에다가 넘칠 정도로 다시 차를 부어 넣었다.

아까부터 산라는 입을 꾹 다문 채 툇마루 가장자리만 바라보고 있다. 지라와 타라가 주고받는 대화에서 빠지기로 마음먹은 것도 아니었다. 사실 산라는 뭔가 짚이는 게 있어서 지라의 이야기를 열심히 듣고 있었던 것이다. 산라는 타라와 아버지 쪽 가문이 연결된 사촌 관계이고 지라와는 다소 복잡하지만 먼 친척 관계이기도 하다. 이제 막 여든이 된 산라는 호타라 섬에서 누구보다도 젊었다. 말하자면 신생아 노인인 셈이다. 바깥 세상에 민감하게 반응하는 아기처럼 산라는 지라의 목소리의 여운에 감도는 미묘한 진실성을 간파할 수 있었다. 산라는 지라의 이야기를 듣고 분명히 무언가가 짚이는 듯했다. 물 위로 기어 나와 지라 앞에 나타난 물체의 정체에 대해서 말이다.

산라는 문득 자신의 머릿속을 스친 생각이 맞는지 틀리는지, 단 일초라도 빨리 확인하고 싶은 충동에 사로잡혔다. 한 번 일어난 상념은 금세 상상의 나뭇가지를 마구 뻗기 시작한다. 산라는 그 상상의 나무 그늘에 자신의 감정을 놓으려 했지만 상상의 나뭇가지를 억지로 꺾어버렸다. 흥분되는 마음을 가라앉히며 침묵을 지킨 채 그는 지라의 이야기 흐름을 가만히 따라가기로 했다. 진실이 무엇이든 간에 현재 이 이야기의 주인공은 물방울과 만나 교감하는 특이한 체험을 한 지라라고 산라는 곧장 생각을 바꿨기 때문이다.

그날 타라와 산라는 느릿느릿 이야기하는 지라의 입가에서 평소에는 볼 수 없었던 그의 기백을 느낄 수 있었다. 죽음의 그림자가 다가오고 있다는 것을 지라는 온몸으로 느끼고 있었고, 그것이 무의식적으로 이런 이야기를 하게 만들고 있음을 타라와 산라는 눈치를 챌 수 있었다. 타라는 지라가 이야기를 완전히 끝내고 입을 닫을 때까지 말참견을 하지 않으리라 결심했다. 그는 웅얼웅얼 분명치 않은 목소리로 침을 튀겨 가며 이야기하는 지라의 입에서 눈을 떼지 않았다. 줄곧 툇마루 가장자리를 응시하던 산라도 얼굴을 되돌려 똑바로 고쳐 앉아 주름이 깊은 지라의 긴 얼굴을 바라보았다.

이렇게 이야기의 주인공과 마주 보는 것은 호타라에서 태어나 호타라에서 생을 보내고 호타라에서 임종을 맞이하게 된 자에 대한 최대한의 존경의 표현이기 때문이다. 이는 언젠가 자신들도 맞이할 인생의 한 장면임을 타라와 산라는 너무나도 잘 알고 있었다.

해가 질 무렵이 되면 지라는 넓기만 할 뿐 어느 한 군데도 손을 보지 않아 폐가나 마찬가지가 된 오두막집에서 지팡이를 짚고 나와 하루 일과인 산책을 시작한다. 그날 이후 지라는 매일 밤 한밤중까지 산책을 했다.

해가 기운 바닷가에서 부는 바람이 살갗에 닿으면, 지라의 노쇠한 몸은 이상하리만큼 활력에 넘쳤다. 자신도 모르는 사이에 팔다리가 덩실덩실 움직이는 것이다. 문밖에 세워 둔 지팡이를 한 손에 집고서 뒤뚱뒤뚱 걷다가 히비스커스 나뭇가지를 헤치고 섬 서쪽에 있는 이리자키 해변에 도착하면, 잠시 바다를 바라보다가 매번 같은 곳에 지팡이를 내던진다. 그리고는 아단 나무 그늘 아래에 앉아 몸을 둥글게 웅크리고서 오로지 기다리기만 한다. 금색으로 빛나는 어둑해진 바다 위로 물방울 하나가 건너와 구불구불 폴짝폴짝하는 리듬에 맞추어 여자의 모습으로 변하기를 말이다. 밤 12시가 지나 날짜가 바뀌는 시각이 되면 온몸이 모래투성이가 된 지라는 혼자 사는 어두컴컴한 오두막집을 향해 마치 꿈속을 걷듯이 비틀비틀 돌아와 툇마루에 누워 곧장 잠을 잔다. 그리곤 하늘 높이 뜬 해가 그의 귓불을 뜨겁게 달굴 때까지 눈을 뜨지 않는다. 정오가 훌쩍 지나서야 겨우 잠자리에서 일어나는데, 그는 이런 일과를 매일 반복하고 있다.

자신에게 어떤 일이 일어난 것인지 지라는 전혀 알 수가 없었다. 쇠약해 빠진 자신의 몸에 부드럽고 매끄러운 피부를 가진 여자 영혼이 다가오는 것인데, 지라는 그녀가 인간이었을 때 누구였는지에 대해선 조금도 생각해보려 하지 않았다. 그건 지라의 노망 때문이 아니었다. 여자 영혼과 만날 때 느끼는 일순간의 감미로움이 다른 생각을 할 잠깐의 틈도 주지 않았기 때문이었다. 그러나 지라는 그 여자 영혼이 자신의 아내 나비가 아니라는 것만큼은 느끼고 있었다. 나비는 호타라에서 누구보다도 지혜롭고 체격이 좋았으며 검은 피부가 매력적인 미인이었지만 나비와 아무리 가깝게 지내며 몸을 나누어도 그녀는 그 풍만하고 부드러운 가슴을 만족할 만큼은 내어주지 않았다. 나비는 그것만큼은 완강하게 허락하지 않았던 것이다.

나비는 호타라 섬의 오랜 전통을 따르며 사는 니무투根元 가문의 딸이었다. 지라가 한 사람의 남자로 거듭나게 된 열여섯 살 때부터 줄곧 같이 살았지만 그녀는 열흘 중에 이레 여드레는 본가에서 지냈다. 말하자면 같이 살지 않고 소원하게 왕래하며 지내는 그런 부부 사이였던 것이다. 니무투 집안의 딸 나비와 그녀의 집안과의 인연은 일 년에 한 번 한여름의 우나御庭*에서 열리는 호타라 우푸나카 의식을 위해서만 존재하는 형식적인 관계에 지나지 않았지만, 제도나 관습을 핑계로 나비가 지라를 혹은 지라가 나비를 구속하는 일은 상상도 못 할 일이었다. 혼인이라는 제도를 비롯해 집안 관습, 도덕, 윤리는 모두 호타라 섬에서 유명무실했기 때문이다. 사실, 두 사람이 서로 왕래하며 지낸 지 4년이 지났을 무렵, 그러니까 지라가 스무 살이 되었을 즈음부터 관계를 가지면 두 사람의 가슴 깊은 곳에서는 푸석푸석하는 건조한 소리가 들릴 만큼 마음이 메말라 있었다. 마치 바위 위에서 말라버린 조개껍질과도 같았다고나 할까. 그러나 살아있는 존재의 비애처럼 한창 나이에 기력이 넘치는 여자와 남자, 즉 나비와 지라는 밤의 침상에서 살갗이 맞닿으면 그 따스함에 반응한 어느 한 쪽이 상대방에게 다가가기도 하고 밀치기도 하며 서로 얽히고설키는 일을 질리지도 않는 듯 끊임없이 반복했다. 한 번 시작되면 이들은 체면이고 뭐고 괘념치 않고 밤새도록 성교를 했고 그런 밤은 여러 번 되풀이되었다. 그러나 지라가 육순을 넘기고 나비가 칠순이 되었을 무렵 두 사람의 관계는 완전히 끝나고 말았다. 나비는 지라보다 아홉 살이나 많은 연상녀였다.

나비의 대에 이르러 니무투 가문에는 자손이 뚝 끊기고 말았다.

---

* 여러 가지 예식이나 의례 등이 열리는 광장과 같은 장소

그 원인이 나비의 자궁에 있는지 아니면 지라의 씨에 있는지는 알 수가 없었다. 호타라 섬의 다른 가문이라면 그렇다 치더라도 니무투 가문에 자손이 태어나지 않는다는 것은 섬의 존속에 위기가 닥쳤다는 것을 의미하는 일이었지만, 이에 대해 문제 삼는 자는 어찌 된 영문인지 니무투 가문에서조차 없었다.

마침 나비가 일흔 세 번째 생일을 맞는 해가 되었다. 백세를 맞이하기에는 두 해가 모자란 아흔 여덟의 나비의 어머니 우후나비ウフナビィ는 보통 호타라 섬에서 죽음을 앞둔 자가 치루는 관례대로 나비에게 '유언 전수' 예식을 치렀다. 여자치고는 다소 큰 나비의 손을 꼭 붙잡고 어머니는 이렇게 말했다.

—괜찮아. 괜찮다, 나비.

앞으로의 일은 어떻게든 잘 될 거야.

걱정 말아라.

손에는 기운이 빠져 있었지만 그래도 어머니 우후나비는 생긋 미소를 지어 보였다.

—아이고 저 세상에서 날 데리러 왔네.

난 먼저 간다.

너흰 나중에 천천히 오렴.

천천히, 천천히 와. 서둘러서는 안 된다.

나비…….

어머니는 미소가 흐르던 뺨이 스르륵 풀리는 얼굴을 나비에게 보여주며 마치 잠에 드는 것처럼 마지막 숨을 거두었다고 한다. 천천히 오라는 어머니의 유언에도 불구하고 나비는 어머니가 세상을 떠난 몇 년 뒤 여든이 채 안 되어 저 세상으로 갔다. 호타라 사람치고는 너무나도 빠른 죽음이었다.

아이도 없고 마음도 잘 통하지 않는 사이였지만 사실 나비와 지라는 평생 끊을 수 없는 인연을 맺고 있었다. 인연이라 하면 도무지 어찌할 수 없는 사람의 연, 그러니까 남녀 간의 지긋지긋한 인연을 연상할지 모르지만, 나비와 지라의 경우는 그런 사람 냄새나는 인연과는 거리가 먼, 말하자면 신탁神託에 근거한 인연을 가지고 있었다. 그것은 마치 나비의 출생과 맞바꾸듯이 죽음을 맞이한 증조할머니 우-우후우후나비ウ—ウフウフナビィ가 섬의 장로들 앞에서 숨을 거두기 직전에 신음처럼 남긴 유언에서 비롯된 것이라 한다. 그 유언은 임진년에 태어난 남자와 나비의 혼인을 부탁하는 내용이었다. 증조할머니가 유언 전수를 하고 세상을 떠난 9년 뒤, 임진년에 태어난 남자아이가 바로 평민 가문의 차남 지라였다.

제도나 관습과 상관없이 사는 것이 호타라 섬의 방식이지만, 죽기 직전에 남기는 유언만큼은 무엇보다도 중요하게 지키며 사는 것이 이 섬 사람들의 철칙이었다고 한다. 이처럼 나비의 집안 니무투 가문은 호타라 섬만의 특별한 삶의 방식을 유지하는 마지막 보루와도 같았고, 나비가 죽은 지 십수 년이 지난 지금까지도 나비의 유지를 따르며 존속하고 있다.

니무투 집안은 말하자면 모계 혈통이었다. 가문에서는 일부러 기록을 남기지 않았기 때문에 나비가 대체 몇 대째 자손인지도 알 수가 없었다. 여자들의 역사는 애매하고 단편적이며 게다가 정서적인 기억의 구전으로만 이어지고 있었고, 그 미덥지 못한 역사로 인해 연대적 상황을 살피는 일도 불가능했다. 말하자면 물적 증거 같은 것을 파헤쳐 다른 것과 비교해 조합을 맞춰 새로운 역사를 날조하는 것마저도 어려웠던 것이다. 그럼에도 불구하고 니무투 가문을 이어온 여자들의 기억과 구전에 따르면 아무튼 이 가문은 여자가 여자를 낳고 그 여자가 또 여자를 낳는, 말하자면 여자들의 배에 의해 가계가 존속되어 왔다. 이에 대해서는 어느 누구도 의문을 가질 수 없었고 또 이는 반복적으로 되풀이되어온 이야기이기도 했다. 그러나 이 기억을 직접 구두로 전할 수 있는 여자도 이제는 거의 사라지고 말았다.

여자가 여자 아이를 낳아 가계를 유지해왔다 해도 그러기 위해서는 씨를 제공할 남자, 호타라 섬의 말로 하자면 '이키가ｲｷｶﾞ'라는 작자가 필요하다. 자손번영까지는 바라지 않더라도 적어도 죽어가는 사람들의 숫자를 대신할 만큼의 새 생명을 낳기 위해 여자(호타라 섬의 말로 하자면 '이나구ｲﾅｸﾞ'라고 한다)들은 실제로 좋아하건 싫어하건 그런 감정과는 상관없이 호타라 섬의 피가 흐르는 이키가라면 한 사람도 차별하지 않고 극진하게 대접해왔다. 때문에 호타라 섬의 이키가들은 달리 경쟁할 필요도 없이 망양하게 흐르는

시간에 그저 몸을 맡기며 게으르게 지내왔다. 이나구들이 이키가들 가운데 괜찮은 이를 고르려 해도 그럴 만한 작자를 가리기가 곤란할 정도로 이키가들은 느슨하고 태평한 일상을 보내고 있었던 것이다. 원래 호타라 섬은 장수의 섬으로 유명했지만, 멍청하니 하루하루를 보내는 이키가들을 어떻게든 뒷바라지하며 호타라 사회를 유지하려고 애써왔던 이나구들은 호타라 섬 사람치고는 기력과 체력이 쇠약했으며 평균적으로 보더라도 이키가들보다 14, 5년은 빨리 저 세상으로 떠나는 처지가 되었다고 한다. 지금 호타라 섬에 남아 있는 이나구는 섬 전체 인구 130명 가운데 겨우 29명에 불과하다. 그것도 타라의 어머니 카니메가カニメガ를 제외하고는 모두 호타라 공동사업소가 설립한 양로원 '니라이카나이의 집ニライカナイの家, 바다 건너 저편의 유토피아'에 들어가 거의 온 종일 천장만 쳐다보며 지내는 소위 자리보전만 하는 노인들이다. 아직 80대로 그나마 몸이 성한 이키가들은 자신들의 뒤를 봐 준 이나구들에게 은혜를 갚는 심정으로 세심하게 병간호를 하고 있다고 한다.

호타라 우푸나카로 일컬어지는 은밀한 의식이 나비의 죽음과 함께 자연스럽게 소멸된 이후, 호타라 섬에 남은 이키가들을 지탱해준 것은 어느새 습관이 되어버린 낮잠 이후의 산책이었다.

어느 시간대가 되면 딱히 눈에 띄는 산이나 강이 없고 그저 드넓은 평야가 펼쳐질 뿐인 호타라 섬의 흉측한 모습이 무자비하게 내리쬐는 햇볕에 드러나는데, 그런 햇빛이 얼마간 누그러질 즈음이면 비교적 건강한 이키가들은 어느 집 할 것 없이 밖으로 나와 오늘을 이쪽, 내일은 저쪽 하고 턱으로 행선지를 가리키며 마음이 맞는 친구들의 집에 들러 함께 산책에 나선다.

산책을 권유하러 들린 집의 툇마루에서 이들은 차를 마시기도 하고 흑설탕을 빨아먹기도 하며 윤타쿠 힌타쿠ユンタクヒンタク, 그러니까 수다삼매경에 빠져서는 기분을 전환하기도 한다. 이 때 윤타쿠의 중심이 되는 인물은 모인 이들 가운데 비교적 노쇠함이 뚜렷하게 드러나는 최고령자인 경우가 많았다. 저 세상으로 가기 전에 이쪽 세상일을 어떻게든 전하고자 하는 연장자의 마음을 주변 사람들이 헤아려주었기 때문이다. 이렇게 윤타쿠는 자연스러운 방식으로 진행되었다. 자신의 이야기가 후대에 남겨질 거라는 확신도 없지만 갈 날이 머지않은 자신의 생을 생각하며 이들은 생각나는 대로 이야기를 계속 이어나갔다. 연장자가 떠듬떠듬 윤타쿠 힌타쿠를 하는 동안 옆에서 그걸 듣는 젊은 축의 이키가들은 가급적 말참견을 하지 않는 게 교양 있는 태도로 여겨졌다.

그 윤타쿠 힌타쿠 가운데 화제가 된 것이 바로 호타라 7대 불가사의 파나스였다. 참고로 윤타쿠는 호타라 섬 말로 종잡을 수 없는 수다를 의미하며 힌타쿠는 수다를 상대로 대꾸한다는 뜻이다. 파나스는 이야기라는 의미이다.

자, 그런데 지라의 윤타쿠는 혼탁한 의식 속에서 이렇게 계속되었다. 마치 꿈꾸듯 물의 여인과 만난 이후, 그 폐가와도 같은 오두막집 툇마루에 누워 잠을 자다가 수면 부족인 상태에서 새벽녘에 문득 눈을 뜨면 신비한 일이 아무렇지도 않게 지라에게 일어나고 있었다는 것이다.

물의 여인과 만나고 나서부터 지라는 먼 옛날의 추억 한 장면을 떠올리게 되었는데, 그날도 지라는

······ 지라, 지라.

하는 이나구의 달콤하고 높은 음성에 깨고 말았다. 시간의 갈라진 틈에서 울부짖듯 사랑을 갈구하는 목소리였다. 어랏, 꿈결에 들은 목소리에 눈을 뜬 지라는 곧장 일어났다.

―잊어버렸구나, 오늘 밤의 일 말이야.

우미치루ウミチル와 만나기로 약속한 게 바로 오늘 밤이잖아.

황급히 문 밖으로 나온 지라는 미닫이문에 손을 올린 채 뒤를 돌아보았다. 죽은 듯이 가만히 잠든 할아버지와 부모님이 안방에 누워 있다. 할아버지는 어머니의 아버지, 그러니까 외할아버지였는데 이미 저 세상으로 가기 시작한 노인이라 갑작스러운 일이 생길 때를 대비해 부모님이 교대로 할아버지 곁을 지키며 잠을 자고 있었다. 이런 한밤중에 드르륵 소리를 내며 문을 열고 외출하는 아들을 발견한다 한들 그들이 아들을 타박할 상황은 아니었다. 호타라 섬에서 그런 촌스러운 행동을 하는 부모는 한 사람도 없다. 부모들은 자신이 살아있는 동안에 보다 많은 이나구와 이키가가 관계를 갖고 가능한 한 행복한 순간을 보내길 진심으로 희망하고 있기 때문이다.

그날 밤, 뒷방에 나비는 없었다. 그녀가 지라를 혼자 내버려둔 지이미 열흘도 더 지났다. 지라는 나비에게 버림받은 것에 대해 특별히 불평하지는 않았지만, 부부로 인연을 맺은 이상 열흘이나 넘게혼자 지내는 것에 전혀 불만이 없다고 한다면 그건 거짓말일 것이다. 아직 50대 중반이 지나지 않는 건장한 지라는 혼자 지내는 밤의공백이 매우 힘들기도 했다. 그럴 때마다 급한 대로 우미치루의 몸을 안는다고 차마 말할 수는 없었지만 사실 지라가 우미치루를 대할 때 그런 느낌이 없는 것도 아니어서 우미치루로부터 그는 종종비난을 듣기도 했다. 매사가 애매모호하고 막연하기만 한 호타라섬의 기질을 참으로 잘 체현하고 있어 실로 호타라 섬 사람의 전형이라고도 할 수 있는 이키가 지라에게 두 이나구 중 한 사람만 택한다는 건 정말로 힘든 일이었다. 우미치루와 만나면 그는 관계를갖기 전이나 뒤는 물론이고 관계를 가질 때에도 사랑해, 사랑한다,우미치루 라고 속삭였고, 오랜만에 나비가 찾아오면 밝은 대낮에는말없이 데면데면하다가 밤이 되어 침상에 들면 말보다 몸이 먼저반응을 보이곤 했다. 그는 나비의 가슴을 풀어헤치고서는 격렬하게달려들었으며 떨어지지 않으려 했다.

누군가가 부르는 소리가 들려 지라가 밖으로 나가보니 밤이슬에흠뻑 젖은 우미치루가 불상화 나무 아래에 서 있었다.

— 지라……

이렇게 입을 뗀 그녀는 움직이지 않았다. 그림자를 보니 그녀의 온몸이 조용히 떨리고 있다. 울고 있는 것이다. 약속 장소에서 지라를 애타게 기다리다가 더 이상 견딜 수 없게 되자 그녀는 여기까지 찾아온 모양이었다. 달도 뜨지 않은 여름밤 새벽이었다. 지라를 쳐다보는 우치미루의 눈은 칼날같이 조용히 번뜩이고 있었다. 원한이 서린 눈을 자신의 가슴으로 껴안아 보려고 곧장 달려가 어깨를 감싸 안았지만 그녀는 예기치 않은 거센 힘으로 지라를 내쳤다. 섬광과도 같은 속도로 지라는 팽그르르 돌며 쓰러졌지만 그런 지라에게 곁눈도 주지 않고 우치미루는 곧장 뒤돌아서서 날아가듯 모습을 감추고 말았다. 마치 지라에게 이런 행동을 보여주려고 밤새 그를 기다리며 끊임없이 이름을 불렀다고 말하려는 듯한 강렬한 위세였다. 엉덩방아를 찧으며 두 다리가 무너진 지라를 두고 저편으로 사라진 우치미루. 어깨까지 늘어뜨린 머리카락과 풀어헤친 옷자락을 바람에 날리며 순식간에 검은 짐승처럼 부풀어 오른 그녀의 뒷모습은 무섭게 보이기도 했고 슬퍼 보이기도 했다.

지라는 고개를 흔들며 짧은 순간에 우치미루가 내던진 강렬한 시선을 떨치고자 했다. 그는 쓰러진 자신의 몸 쪽으로 눈을 돌렸다. 상처를 입은 건 바로 나다, 라는 심정으로 입술을 깨물고 옷과 팔다리에 묻은 흙을 털어내며 비틀비틀 일어났다.

—여자란 참으로 어려운 존재로군.

이렇게 중얼거리며 그는 방금 나온 집 안으로 힘없이 들어갔다.

그러나 그날 밤 지라는 자신의 체온이 아직 남아 있는 툇마루에 앉아 어둑한 담장 너머를 멍하니 언제까지고 바라보고 있었다. 도무지 잠을 청할 수 없었다. 날이 밝기에는 아직 이른 시간이다. 항상 나비를 기다리던 안방에 누우면 잠을 잘 잘 수 있을 것 같아 지라는 자리에서 일어나려 했다. 바로 그 순간, 지라…… 라고 우미치루의 떨리는 목소리가 들려왔다. 반쯤 일어난 지라는 그 목소리에 놀라 그만 주저앉고 말았다. 당황한 그는 주변을 살펴보려고 눈을 크게 떴지만 어둠 저편으로 표범처럼 달아난 우미치루는 희미한 체취조차 남기지 않고 사라진 뒤였다. 다시 허리를 들어 안방으로 들어가려 일어섰다. 그러자 지라…… 라며 그를 부르는 우미치루의 목소리가 다시 들린다. 지라는 역시 그 자리에 주저앉고 말았다. 지라는 몇 번이고 같은 일을 반복했다. 우미치루의 모습은 보이지 않았지만 그녀의 욕망만큼은 어둠 속에 남아 지라를 몇 번이고 부르고 있는 것 같았다. 안방으로 들어갈 수도, 툇마루에서 잘 수도 없는 지라는 한밤중과 새벽 사이의 어둠 속에 홀로 남아 한숨만 쉬었다.

　―대체 오늘은 무슨 날인 거야?

　가슴은 울렁대고 머릿속은 찌릿찌릿하네.

　내 마음이 우미치루에게 끌리고 있는 걸까? 불안한 걸…….

　깊은 한숨과 함께 이렇게 중얼거리며 지라는 머리를 감싸 안았다. 잠깐의 순간이었지만 짐승처럼 번쩍였던 우미치루의 눈은 호타라 섬의 연애관에 따라 두 여자 사이를 느긋하게 왔다 갔다 하며 지내는 지라의 가슴을 급습하는 것이었다. 정체 모를 공포가 지라의 가슴 속에서 퍼져나갔다. 무언가가 그의 몸 중심을 향해 옥죄여왔다. 지금까지 경험하지 못한 고통이었다. 무슨 일이 일어난 걸까? 처음 겪는 일에 어찌할 바를 몰라 당황한 지라는 몸 구석구석으로 퍼지기 시작한 고통을 견디기 위해 등을 둥글게 말고 웅크려 보았다. 자신도 모르게 넓적다리 사이에 머리를 처박은 순간, 웅크린 상체는 균형을 잃고 그대로 정원 쪽으로 굴러갔다. 툇마루에서 떨어질 찰나, 등 뒤에서 누군가가 지라의 목덜미를 붙잡았다.

　—무슨 일이야, 지라.

　왜 그렇게 이상한 모양을 하고 있는 게냐?

　지라의 어머니 카미ヵミ—였다. 악력이 센 손으로 지라의 목덜미를 붙잡은 그녀는 아들을 툇마루에 다시 올려놓았다. 한 바퀴 뒹군 지라는 하늘을 올려보는 자세로 마루에 뻗어 누웠다.

　—여자를 기다리고 있었구나.

　이 시간까지 잠도 자지 않고 있는 걸 보면, 지라.

　70대 중반을 지난 지라의 어머니 카미는 여전히 여성스러운 목소리를 가지고 있었다. 방금 일어난 목소리라고는 생각되지 않을 정도로 어머니의 목소리는 맑다.

　—지금까지 남자를 기다리게 하고서

　모습조차 보이지 않는 여자라면

　빨리 잊어버리는 게 좋아.

　잊어버려, 지라.

참, 내일이면 나비가 오잖니.

야단치는 것 같기도 하고 위로해주는 것 같기도 한 어머니의 위엄 있는 잔소리에 지라는 이렇다 저렇다 대답할 기분이 들지 않았다. 고개를 끄덕이며 일어선 그는 조용히 침실로 향했다. 카미는 지라의 엉덩이를 뒤에서 토닥이며 앞으로 밀어 보냈다. 도망치듯 침상으로 들어가는 지라를 따라 들어온 카미는 아들의 이부자리를 살피기도 하고 얼굴을 들여다보기도 했다. 이런저런 잔소리를 늘어놓는 어머니 카미는 지라를 여전히 어린아이 대하듯 한다. 지라는 어머니에게 아무 말도 하지 않았지만 아무리 자식이라 해도 지라는 이미 50대 후반에 들어 선 이키가였다.

― 언제까지 떠들고 있을 거예요

시끄럽다고요! 성가시기만 해요, 엄마는.

지라는 마음속으로는 어머니에게 욕을 하고 있었다.

어머니의 성가신 간섭 덕분에 지라의 속앓이는 어머니 카미에 대한 불만으로 점차 바뀌어 갔고, 자신의 가슴을 아리게 하던 그 모든 것들이 결국은 흐지부지해지고 말았다. 우미치루도 카미도 나비도 모두 지라에게는 그저 호타라 섬의 이나구에 지나지 않게 되었다. 그렇게 생각하는 가운데 지라는 마침내 평상시의 평온함을 되찾을 수 있었고 잠도 청할 수 있었다. 잠이 들기 직전에 지라…… 라고 부르는 여자의 희미한 목소리가 다시 들리는 듯 했다. 하지만 그 목소리의 주인이 카미인지 우미치루인지 나비인지는 알 수 없었다.

이 모든 것은 다음 날 아침 잠에서 깨면 산산이 흩어져 흔적조차 찾을 수 없는 덧없는 꿈일 뿐이었다.

호타라 섬에는 모두가 알고 있지만 누구도 입에 담지 않는, 그러니까 앞에서는 철저하게 비밀에 부치지만 뒤로는 공공연하게 떠들어대는 소문이 있었다. 호타라 섬 7대 불가사의 뒷담화 가운데 하나인 이 비밀 이야기란 바로 우미치루의 아버지와 어머니에 관한 기괴한 소문을 말한다.

호타라 섬에는 산라의 집이 있는 중인 부락을 중심으로 동쪽에는 타라가 사는 귀족 부락이, 남쪽에는 지라의 폐가가 있는 평민 부락이 자리하고 있다. 이들의 멀고 가까운 친인척들은 밭과 밭 사이에 조성된 나무 그늘 밑이나 바닷가 바위 그늘 뒤 오목한 땅에 드문드문 거처를 마련해 살고 있다.

언제부턴가 호타라 섬 북쪽 곶 앞에는 섬 사람들과 전혀 인연이 없는 사람들이 모여 살기 시작하더니 나가리자키ナガリザキ라는 마을이 생겨나게 되었다. 이곳에 사는 사람들은 나가리문ナガリムン, 그러니까 떠돌이流れ者라 불리고 있었는데 말하자면 따돌림을 받는 사람들이었다. 따돌림을 받는다 해도 이들이 섬에서 완전히 배제된 것은 아니었다. 섬에 정착하여 몇 대에 걸쳐 살아온 떠돌이에게도 공식 행사에 참석하는 것만큼은 허락되었던 것이다. 그럼에도 이들은 본토박이 호타라 섬 사람들의 눈치를 살피며 조심스럽게 살아가는 약자 무리들이었다.

　나가리자키 마을에서 떨어진 해변 끝자락에는 누가 언제 만든 것인지 모르지만 푸리문プリムン의 집, 즉 바보의 집이라 불리는 걸식의 오두막이 한 채 있었다. 겉보기에도 기가 찰 정도로 낡아 빠진 이 집은 아직 완전한 쓰러지지는 않았지만 지금이라도 당장 쓰러져 흔적만 남을 것 같은 모양새를 하고 있었다. 이 걸식의 오두막은 때때로 바다를 통해 흘러 들어온, 말 그대로 뜨내기들이 호타라 섬에 당도했을 때 사람들의 눈을 피해 몰래 숨어 지내는 곳이기도 했다. 그들 대부분은 호타라 사람들이 알아듣지 못하는 말을 썼다. 그 가운데 어떤 이는 섬 생활에 점차 익숙해지자 섬 사람들과의 소통에 집착하며 과장된 몸짓을 쓰기도 했고, 어떤 이는 시종 고개와 어깨를 굽히고서 최대한 섬 사람들의 눈에 띄지 않도록 숨어 지내기도 했다. 그중에는 섬 처녀에게 관심을 보이며 졸졸 쫓아다니거나 알몸으로 대낮 해변에서 나뒹군다거나 야밤에 이리 짖는 소리를 낸다거나 하며 기괴하게 구는 이도 있었다. 때문에 그들은 푸리문이라 불리고 있었던 것이다.

　푸리문이란 바보, 얼간이, 멍텅구리 등의 의미를 가지는 호타라 말로 원래는 정신 나간 사람을 뜻한다. 더 나아가 머리가 모자란 사람, 눈치가 없는 사람, 비상식적인 행동을 하는 사람 등을 가리키는 차별용어이다. 간단히 말하자면 호타라 섬 사람들의 상식으로는 이해하기 힘든 괴짜, 덜떨어진 사람을 푸리문이라 뭉뚱그려 부른다.

푸리문의 집, 즉 바보의 집에 정착한 푸리문은 누군가로부터 특별한 허락을 받지도 않고 그곳에 자리를 펴고 살다 숨을 거두었다. 장수마을로 이름이 나 있는 호타라 섬 사람들과는 비교가 안 될 정도로 젊은 나이에 죽는 이가 많았다. 호타라 섬 사람들은 푸리문의 죽음을 애도할 때마다 정신적 거처를 갖지 못한 나가리문의 숙명이 그들 생명마저도 짧게 만든 것 같다고 말하곤 했다. 그런데 한 번 호타라 섬에 발을 들여 놓은 나가리문은 절대로 섬을 떠나지 않았다. 호타라 섬에는 호타라 특유의 지열이 있어 일단 발을 들여 놓은 뜨내기들은 거기에 단숨에 매료되어 절대 떠나지 못하는 건 아닐까. 차별과 업신여김을 받으면서도 호타라를 떠나려 하지 않는 푸리문들을 보면서 호타라 섬 사람들은 자신들의 관습을 반추하며 어렴풋이 그렇게 생각하기도 했다.

떠돌이 나가리문과 바보 푸리문이 죽으면 호타라 섬 사람들은 자신들의 경우와 마찬가지로 시체를 북쪽 해변 니라이파마에서 바다로 흘려보낸다. 비록 하루하루를 견디며 사는 삶이지만 이들은 섬사람들과 여러 관계를 맺어 왔다. 인생의 마지막을 호타라에서 보냄으로써 비로소 호타라 섬 사람의 자격을 얻게 된 이들에 대해 섬사람들은 특유의 수장 의식을 엄수하며 저 세상으로 보내주었다. 그러나 부겐빌레아 덩굴을 온 몸에 감고 파도에 내던져진 채 흔들흔들 흔들리며 먼 바다로 나아가는 푸리문의 유해가 이후 어떻게 되는지에 대해서는 아무도 알지 못했다. 보통은 49일이 지나면서 시체에서 혼이 빠져나가는데 푸리문의 경우는 어찌 되는지 누구도 알지 못했던 것이다. 대부분의 호타라 사람들은 나가리문 푸리문은 무엇을 어떻게 한들 뜨내기에다 바보이기 때문에 죽은 영혼까지 호타라 섬 사람들과 공존하는 건 불가능하다고 여겼다. 옛날부터 순수함을 지키고자 노력해왔다고 믿고 있는 호타라 사람들은 마음속으로 그렇게 생각하고 있었던 것이다.

이런 탓에 호타라 사회에서는 이방인과 피를 나누는 것을 극도로 경계하고 꺼리는 분위기가 만연했다. 우미치루 모녀에 관한 소문도 인류 진화의 잔해로 겨우 남아 있는 호타라 사회가 낳은 하나의 희비극적 사건이라 할 만한 것이었다.

먼저 우미치루의 어머니 치루チル—에 관한 이야기이다.

윤타쿠에서 자주 입에 오르내리는 내용을 말하자면, 치루는 외모나 태도, 분위기 등이 다른 사람과는 다른 여자, 즉 푸리문 이나구였다고 한다. 언뜻 보기에 치루는 평범한 호타라 섬 사람들과 비슷한 갈색 피부를 가지고 있었지만 그녀의 몸은 이상하리만큼 인간으로서의 무게가 느껴지지 않았다고 한다. 말하자면 보통의 여자가 가지고 있을 법한 부피감이나 매력을 좀처럼 찾아볼 수 없었고 치루가 눈앞을 지나는 모습은 마치 목마황木麻黃나무 묘목이 바닷바람에 조용히 흔들리는 분위기와도 같았다. 말하자면 사람 냄새가 나지 않았던 것이다. 그러나 치루의 목소리는 매우 얇고 높아, 어디선가 노래하듯 떨리는 소리가 난다 싶어 고개를 돌려보면 눈 깜빡할 사이에 그녀가 훌쩍 나타나곤 했다. 살랑살랑하는 분위기 속에서 말이다. 갸름한 얼굴에 보기 드물게 큰 눈을 가진 치루에게선 황홀할 정도로 빛이 났다. 아무튼 무어라 형용할 수 없는 불가사의한 이나구였다.

호타라 섬의 어린이들은 섬 사무소가 실시하는 의무교육을 받고 나면 모두 몸과 마음이 성숙한 어른으로 대접받는다. 여자 아이들은 호타라 이나구라면 누구나 그렇듯 가업을 돕거나 밭일, 바다 일, 베 짜는 일을 익혀 노동하는 어른 이나구로서의 인생을 걷기 시작한다. 그럼에도 치루는 열다섯이 되고 열여덟이 되어도 그런 일들을 일절 하려 들지 않았다. 호타라 섬에서는 이나구가 이키가를 먹여 살리는 탓에 일할 의지가 없는 게으른 이키가들은 여기저기 굴러다니는 돌처럼 많아 그게 일종의 세간의 상식처럼 통했지만, 일하지 않는 이나구는 호타라 사회에서 상식에서 벗어난 괴짜, 호타라 섬의 언어로 말하자면 푸리문으로 비춰졌다.

보통 사람들과 달리 푸리문처럼 보이는 치루는 범상치 않은 외모와 일을 하지 않는 이나구라는 평판과는 별도로, 실제로 그녀는 그야말로 온전한 푸리문처럼 언제부턴가 섬의 이곳저곳을 방황했다. 그런 모습을 여러 사람들이 목격했다 하는데, 그녀는 게슴츠레한 눈으로 목마황 나뭇가지를 질질 끌면서 섬 여기저기를 산책하다 나무 그늘에 숨어서는 지나가던 아이들 앞에 갑자기 나타나 놀래주곤 하얀 이빨을 드러내며 히히히 웃다가 사라졌다 한다. 이런 치루의 푸리문 같은 모습은 지라의 나른한 이야기로부터 도망칠 수 없어 멍 하니 앉아 있던 타라의 뇌리에도 생생하게 떠올랐다. 그건 너무나도 선명한 영상이었다.

호타라 7대 불가사의 뒷담화에 속하는 우미치루의 출생에 관한 사건은 타라가 태어난 후 얼마 되지 않아 일어났다.

그해 여름도 다 끝나 가던 어느 날, 정오를 막 지난 무렵이었다.

섬의 북쪽 해변 끝에 목탄처럼 새카만 피부를 가진 키 큰 남자 하나가 떠내려 왔다. 때마침 그 해변을 지나가던 눈이 밝은 젊은 어부가 흠뻑 젖은 채 고개를 휘젓고 있는 크고 높은 검은 그림자를 바위 그늘에서 발견했다. 그는 바다에 빠진 말 한 마리가 가까스로 해변으로 올라와 안도감에 젖어 자신도 모르게 두 다리를 들어 올리고 있는 것이라 여겼다 한다. 그러나 자세히 보니 그 검고 긴 말 그림자는 좀처럼 울지도 않았고, 하늘을 향해 뻗은 두 다리도 도무지 내려올 생각을 하지 않았다. 그래서 어부는

—아이고, 이건 말이 아니구나.

또 어딘가에서 푸리문이 흘러 들어왔구나.

하며 알 수 없는 검은 물체로부터 눈을 돌렸다. 그리고는 어딘가를 향해 손을 모으고 방금 전에 목격한 것을 한시라도 빨리 잊으려 탁 탁 두세 번 세차게 고개를 흔들고는 부락으로 올라갔다고 한다.

섬에 흘러들어온 몸집이 큰 이키가는 그로부터 며칠 동안 해안가 바위 그림자에서 지냈다. 갈증을 참지 못한 그는 부락에서 조금 떨어진 공동 우물까지 나와 사람들의 눈을 피해 물을 마시고 목욕을 했다. 그리고 돌아가는 길에 길가에 열려 있던 바나나를 서리해서 먹고 또 눈앞에 펼쳐진 바다 속으로 들어가 맨손으로 물고기를 잡아서는 날것으로 먹기도 했다. 그러다가 때마침 방이 비어 있던 걸식의 오두막으로 들어가 그대로 자리를 차지하고 집주인처럼 살았다고 한다.

목격된 당시만 해도 성기를 그대로 노출시키고 있던 알몸의 키 큰 사나이는 마치 한 마리의 검은 말이 서 있는 모습처럼 보였지만, 세월이 지나자 그의 등에 생긴 노란색과 어두운 갈색 반점은 멀리서도 알아볼 수 있을 정도로 눈에 띄게 커지게 되었다. 이후 점차 몸 전체가 황동색으로 흐려져 가더니 일부분은 여기저기 벗겨져 엷은 보라색을 띠게 되었고 두 달이 지나자 온 몸은 전체적으로 밝은 갈색으로 빛이 났다. 그러나 푸른빛이 감도는 그의 파란 눈과 거대한 몸은 사람들의 이목을 끌 수밖에 없었고 겉으로 보아서는 원래 어떤 인종이었는지 전혀 알 수가 없었다. 대체 어떤 사정 때문인지, 우연인지 아니면 자신의 의지에 따른 것인지, 아니면 갑작스런 사고를 만난 것인지, 아무튼 목숨만 붙은 채로 뗏목 위에서 수십 일 동안 바다를 떠다니던 이키가는 한여름의 타는 듯한 햇볕으로 인해 검은 남자가 되고 말았던 것이다. 키는 6척이 넘었고 억세 보이는 외모는 고대 그리스 노예를 연상시킬 정도로 이국적인 이키가였다고 한다.

할 일 없이 심심한 일상을 보내던 치루가 무료함을 달래기 위해 훌쩍 북쪽 해변 끝에 나타난 것은 호타라 섬을 뒤덮은 강렬한 햇빛의 기운이 조금은 약해지기 시작할 무렵이었다. 저녁이 되어도 아직 햇빛은 눈부셨다. 그녀는 반쯤은 햇볕을 받고 반쯤은 반사시키며 서 있는 그 이국적인 이키가의 번쩍번쩍한 등을 목격하고 말았다.

번쩍하고 빛이 옆으로 흔들리더니 빛나던 등이 이쪽을 돌아본다. 저편에 펼쳐진 군청색의 바다색이 그대로 반사되어 비치는 듯한 푸른 눈이 치루를 바라보고 있다. 그의 눈이 누그러졌다고 느낀 순간 이키가는 돌아서서 방향을 바꾸더니 치루에게로 다가왔다. 주저함이 없었다. 몸 한가운데 자리한 물건을 여봐란 듯이 흔들면서 성큼성큼 다가온다. 당황한 치루가 갯메꽃 덩굴 위에 앉은 다리에 힘을 주며 막 일어서려는 순간 군청색의 푸른 눈이 크게 흔들렸다. 이키가와의 거리는 겨우 5~6미터. 몸의 한가운데가 뜨겁게 달아오르던 것이 조용히 가라앉는 것을 치루는 느꼈다. 보기와는 달리 이키가의 움직임에는 조금의 맹렬함도 찾아볼 수 없었기 때문이다. 전후좌우로 상체를 흔들흔들 근들근들 다가오는 발가벗은 키 큰 이키가는 먼 바다에서 앞바다로 밀려오는 큰 파도의 울렁임과도 닮아 있었다.

섬 전체를 꼭 껴안듯이 이키가는 양 팔을 하늘 높이 뻗는다. 그 순간 갑자기 파도가 크게 울부짖기 시작했다. 우우워오오-ㅅ 하는 신음소리처럼, 혹은 헤에ㅅ호야아ㅅ 하는 비명처럼, 호오히야야ㅅ 하는 환성처럼 들리는 그 울부짖음은 오랜 방랑 끝에 암컷과 조우한 수컷의 본능적인 욕망이 내지르는 우렁찬 포효와도 같았다. 순식간에 이키가의 거대한 몸이 시야를 엄습한다. 험준한 바위 같은 얼굴이 그녀의 눈 바로 위에 있다. 바위굴에서 푸른 불꽃이 튀는 것 같은 그 눈빛은 그가 내지른 힘찬 외침보다도 더욱 세차게 치루를 동요시켰다. 아무 말 없이 일그러진 표정으로 억지웃음을 만들어 보인 것은 치루 쪽이었다. 경련을 일으키던 입술이 벌어지자 자기도 모르게 그리 된 것처럼 말이다. 이키가는 거대한 몸을 앞으로 숙이더니 흑갈색의 바위 얼굴을 치루의 코끝까지 가지고 온다. 광랑桃榔 나뭇잎이 강한 바람에 날리는 것처럼 야구 글러브 같은 손이 크게 치루를 덮친다.

앗, 하고 치루는 비명을 질렀다.

치루는 갑자기 공중으로 날아올랐다. 그녀의 팔다리는 허공을 가르며 그대로 이키가의 가슴팍에 떨어졌다. 그는 치루를 붙잡고 힘껏 끌어안았다. 바위 얼굴의 코가 눈앞에 다가와 있다. 뜨뜻미지근한 숨이 불어온다. 루로, 루로로롯 이라고 밖에는 들리지 않는 소리가 귀를 진동시킨다. 무언가를 속삭이는 듯하지만 알아듣지 못하는 이방인의 말은 부루루루 하며 고막을 간질이고 아릿하게 목구멍을 통과한 뒤 위장 밑바닥을 구루루루 자극해 몸서리치게 만들 뿐이다. 아무리 들어도 음정을 알 수 없는 노래처럼 말이다. 롯로오-ㅅ 하는 외침과 함께 치루는 물속으로 내던져졌다. 나무판자와 같은 그녀의 몸이 물 위에 떴다가 가라앉는다고 느낀 순간, 쓰윽 하고 그녀는 건져 올려졌다. 야구 글러브 같은 손이 치루의 옷을 벗기더니 알몸으로 만들고 말았다. 피부 표면에 거슬거슬 닥치는 대로 마구 기어 다니는 낯선 자의 꿈틀거림. 위 아래로 흔드는 움직임에 따라 물결이 살갗을 때린다. 무의식중에 새어 나오는 작은 외침만이 그녀의 의식을 끊임없이 흐르게 만든다. 온몸에 휘감기는 물은 물론 상대와 자신의 경계도 분별하지 못한 가운데 정신이 나간 그녀는 몸을 마구 비틀었다. 물에 빠졌다가 다시 올라오기를 거듭하고 이키가의 손에 매달려 발버둥치는 사이에 발끝에서 등 쪽으로 관통하는 고통이 엄습해왔다. 몸이 쓰라린 치루는 다리로 물을 걷어찼다. 물은 마치 폭죽처럼 공중에서 흩날린다. 저녁 바람에 흔들리는 모기장처럼 일렁이는 눈앞의 군청색 바다를 바라보던 치루는 물 위를 떠다니는 나무토막 같은 자신의 몸을 거대한 이키가 곁으로 가져갔다고 한다.

이제는 나가리문 푸리문이 밤마다 부락을 배회하는 일도 없거니와 남의 논밭의 작물을 몰래 훔치는 일도 없다는 소문이 있는 반면, 밤낮 할 것 없이 푸리문의 집을 찾는 푸리문 이나구가 있다는 소문도 있었다. 그런데 이 두 소문이 깊은 연관을 가진다는 뒷담화는 치루가 푸리문 이키가를 만난 날로부터 사흘도 채 지나기 전에 날마다 사람들의 입에 오르내리게 되었다.

처음에 이 사건은 술에 취한 사람들이 사소한 다툼을 벌이는 게 고작인 단조로운 이 섬에서 사람들이 입에 담기 좋아하는 윤타쿠 소재에 불과했다. 그러나 치루의 친척들로서는 아이고야, 이게 무슨 일이란 말이냐 하며 머리를 싸맬 정도로 골치 아픈 사건이 되어버렸다. 열다섯에 치루는 성인식도 한참 전의 일이 되어버린 데다 이나구로서 가장 매력적인 나이인 열여덟이 되어서도 아무 일이 없는 치루는 이키가를 찾는 일도 없거니와 그녀를 찾아오는 이키가도 없이 무료하게 하루하루를 보내고 있었다. 그런 치루에게 이키가가 찾아왔다고 좋아했더니, 원 세상에, 상대가 나가리문 푸리문이라니 기가 찰 노릇이었던 것이다.

특히나 치루의 어머니 우후치라ゥフチラー는 해질녘에 밭일을 끝내고 돌아와 부엌에 서서는 어깨를 떨어뜨리며 크게 한숨을 지을 수밖에 없었다.

그녀가 솥뚜껑을 열어보니, 원 참, 이른 아침에 한 솥 가득 삶아 두었던 고구마가 반으로 줄어 있었던 것이다. 저녁 반찬으로 남겨 둔 생선 구루쿤 구이 두 마리도 행방불명이었고 소쿠리를 덮어 숨겨둔 겨자 잎 절임도 마찬가지였다. 대체 이 무슨 일이란 말인가ァ ギじゃびョー. 숨겨 놓은 음식이 죄다 없어지는 일은 최근 몇 주 동안 계속되고 있다. 아무리 푸리문 처녀라고는 하지만 누가 뭐래도 치루는 우후치라가 배를 아파하며 낳은 딸이 아닌가. 우후치라는 자신이 살아있는 동안에 딸이 이나구로서 느낄 수 있는 행복을 조금

이라도 더 느꼈으면 좋겠다는 바람을 당연히 가지고 있었기에 사람들이 뒤에서 하는 손가락질도 참으며 살아왔다. 그런데 그러지 않아도 단출한 부엌살림이 잇따라 없어지자 그녀는 더 이상 참을 수가 없었다.

어느 날 우후치라는 평소와 같이 일단은 밭일을 나간 것처럼 집을 비웠다가 점심 전에 다시 집으로 돌아왔다. 그리고 집에 혼자 남은 딸 치루의 모습을 마당의 풀숲 사이로 지켜보았다. 치루는 남자와의 밀회를 앞두고 흥분을 가라앉히지 못한 듯 콧노래를 부르며 다리를 흔들고 있었다. 얼마 없는 옷가지를 요리조리 뜯어보며 살피다가 저벅저벅 집안을 돌아다니던 그녀는 한 손 가득히 음식을 움켜쥐고서 뒷문으로 몰래 나가려던 참이었다. 장남 타루가니タルガニ와 미리 약속을 해둔 우후치라는 집밖으로 나가려던 치루를 그 자리에서 붙잡았다.

갑작스러운 일에 놀란 치루가 팔을 떨치는 순간, 손에 들고 있던 기장 주먹밥도 함께 날아갔다. 주먹밥은 우후치라의 얼굴에 떨어져 그녀 얼굴에는 노란 밥알 반점이 여기저기 생기고 말았다. 거친 목소리로 얼굴을 붉으락푸르락하며 분개한 것은, 세상에나, 치루 쪽이었다.

─이게 무슨 일이예욧! 놀랬잖아요, 엄마!

기겁한 치루의 둥근 눈이 한층 더 커진다. 푸리문 치루는 그런 눈으로 자신의 외출을 가로막은 어머니 우후치라를 쏘아 본다. 현기증이 났는지 우후치라가 휘청거린다. 치루는 아랑곳하지 않고 어머니의 풍만한 가슴을 마구잡이로 밀친다.

— 훼방 놓지 말아요, 엄마.

난 오늘 약속이 있다고요.

이 거칠고 드센 행동은 평소 온순하게 어머니 말을 따르던 치루의 모습과는 전혀 다른 것이었다. 그야말로 사랑의 힘이 일으킨 변화라고나 할까. 마구 흥분하며 분개하는 치루는 지금이라도 당장 폭발할 것 같다. 마당 풀숲에 숨어있던 장남 타루가니가 앗! 하고 외치며 뛰쳐나와 치루의 팔을 붙잡는다.

— 뭐야, 타루가니 오빠.

오빠도 내 사랑을 방해할 참이야?

치루가 오빠에게 달려든다. 치루의 무서운 기세에 눌려 오빠 타루가니는 어떤 말도 되돌려주지 못했다. 그는 여동생의 상대에 대해 특별히 할 말이 없었기 때문이었다.

— 아니, 그게 아니라······.

그는 눈을 이리저리 굴릴 뿐이다.

어머니 우후치라는 금세 정신을 차렸다. 얼굴 가득히 끈적끈적 달라붙은 밥알을 왼손으로 떼어 내고 오른손으로는 치루의 팔을 거세게 붙잡았다.

— 이봐, 치루.

오늘 엄마가 하는 말을 잘 들어 보렴.

우후치라는 두근거리는 가슴을 진정 시키며 어머니 입장에서 딸 치루에게 천천히 이야기하기 시작했다.

— 네가 매일 찾아가는 그 이키가는 말이야.

나가리문 푸리문이라고

제발 그만 두어라.

네가 어떻게 생각하든

그 사람은 나가리문 푸리문이라고 푸리문.

너도 알잖아. 푸리문이라는 거……

치루의 새된 목소리가 우후치라의 말을 가로막았다.

— 엄마, 자꾸 푸리문 푸리문이라 말하는데요,

정말 짜증나요.

치루는 큰 눈을 더 크게 뜨며 어머니를 노려보았다.

— 나도 푸리문이잖아요

푸리문이 푸리문을 사랑하는 게,

그게 이상해요?

푸리문과 푸리문의 만남, 정말 잘 어울리는 한 쌍이죠

— 아이고, 치루……

우후치라는 말문이 막혀 아무 말도 하지 못했다.

— 엄마는 나가리문 푸리문이라 하지만,

그래요, 그 푸리문이란 사람은 정말로 훌륭한 남자예요

바로 그 사람이 내 남자라고요, 푸리문이라는 그 사람이 말이죠

그 사람 말고는 아무도 없어요

치루의 반격은 누구도 예상치 못한 것이었다. 우후치라는 딸 치루가 논리적으로 푸리문 이키가를 설명하는 데에 완전히 두 손을 들고 말았다.

우후치라는 기세가 꺾여 반박할 말을 찾지 못했고 치루의 팔을 거세게 붙잡고 있던 손에도 힘이 풀리고 말았다. 그 순간을 놓칠세라 치루는 어머니 우후치라의 손을 뿌리치고 오빠 타루가니가 붙잡고 있던 다른 한쪽 팔도 내치고 만다. 그리고서는 그대로 담장을 넘어 뒤도 돌아보지 않고 바람을 가로지르며 도망치고 말았다. 혼을 쏙 빼놓은 치루의 격한 행동에 순간 어이를 상실한 타루가니. 어머니 우후치라도 치루, 치루 하고 딸의 이름을 불러보기만 할 뿐이다. 두 사람의 낙담한 모습을 곁눈으로 흘깃 쳐다보던 치루는 그대로 도망치고 말았다. 나가리문 푸리문이 기다리는 집으로 말이다.

우후치라가 걱정하는 대로 일은 빼도 박도 못하는 상황까지 이르고 말았다.

그건 다름이 아니라 치루의 임신이었다. 이키가를 만나러 가는 일조차 지금은 힘든 듯, 치루는 뒷방 문을 걸어 잠그고서 먹는 것마다 죄다 토해내고 있다. 눈에 띠게 야위어 가는 치루의 몸은 이제 나무 막대기처럼 보였다. 그런 딸 치루를 지켜보던 어머니 우후치라도 치루 못지않게 말라갔다. 마치 딸의 입덧이 옮은 듯 식욕을 잃어버리고 만 것이다. 일하지 않는 푸리문 이나구가 나가리문 푸리

문의 자식을 임신하다니, 사태는 이중 삼중으로 복잡해졌고 그것을
지켜보는 우후치라의 가슴은 미어터질 것만 같았다.

고뇌에 찬 나날을 보내던 어느 날, 우후치라의 가슴에 문득 어느
노파의 말이 들어왔다. 누가 보아도 죽을 날이 가까워진 걸 알 수
있는 평민 노파가 윤타쿠를 끝낼 무렵, 더 이상 제대로 알아들을 수
없는 목소리로 더듬더듬 이어가던 말인데, 그 노파의 말은 우후치
라의 걱정을 없애버리려는 듯이 저 멀리서 희미하게 빛나는 한 줄
기 빛처럼 조용히 되살아났다.

—…… 이건 이상한, 참으로 이상한 이야기인데,

걸걸한 목소리로 일단 이야기를 꺼낸 노파는 우물우물 말을 이어
갔다. 뒤에서 은밀하게 퍼지는 소문, 그러니까 그 뒷담화의 내용이
란 결코 공개할 수 없는 것이지만, 언젠가 이 호타라가 더 이상 호
타라가 아니게 되었을 때 다시 호타라를 호타라답게 만들 수 있는
건 바로 이런 것이라고 노파는 말했다.

—…… 사실은 말이야.

호타라 이나구의 배에서 자라는

나가리문의 씨는

장차 똑같은 나가리문으로 살게 될 거야.

당시에는 호타라의 세계관으로는 도무지 받아들일 수 없는 내용
이자 노망난 노파의 이야기일 뿐이라고 생각했지만, 이 이야기는
푸리문 딸 치루를 보는 어머니 우후치라의 가슴 속 깊은 곳에서 되

살아났고, 여전히 실현 불가능한 꿈을 쫓는 심정으로 사는 우후치라의 마음에 새로운 의미로 다가왔다.

우후치라는 입덧으로 고생하는 치루를 열심히 뒷바라지했다. 집안의 생계를 유일하게 책임진 우후치라는 지금까지 어지간한 일이 아니면 밭일을 쉬어 본 적이 없었다. 그런 그녀가 밭일까지 쉬어가며 배가 점점 부르기 시작한 치루의 뒷바라지를 이것저것 도맡고 있다. 치루가 싫어하는데도 말이다. 죽음에 임박한 노파가 쉰 목소리로 더듬더듬 중얼거리며 남긴 이야기를 돌연 떠올린 그녀는 완전히 무언가에 씐 것처럼 보였다.

이듬해 음력 2월경.

이상하리만치 툭 튀어나온 배를 한 치루는 만조 때의 밀물의 힘을 업고서 난산 끝에 강아지 같은 미숙아를 낳았다. 거무스름한 피부에 주름 잡힌 작은 얼굴, 뾰족한 코, 파란 눈을 가진 어린 아이는 유독 울음소리가 시끄러웠다. 대체 무슨 인종인지 알 길이 없는 손녀를 보며 이제는 할머니가 된 우후치라는 남모를 희망을 가슴에 품고 우미치루思千瑠라는 이름을 붙였다고 한다.

폐가와도 같은 지라의 오두막 툇마루엔 주황색으로 물들며 기울기 시작한 서쪽 해가 담장 너머로 비치고 있었다. 몇 번이고 우려먹은 커다란 찻주전자도 이제는 바닥을 보이기 시작하고 차와 함께 먹던 흑설탕도 겨우 두세 조각만 남아 있다.

그럼에도 지라의 이야기는 아직 그칠 줄 모른다. 그칠 줄 모르기는커녕 이야기를 하면서 더욱 세차게 고개를 끄덕인다.

우선 지라의 그칠 줄 모르는 말과 마음은 서로 호응하지 않았고, 앞니가 없는 그의 입에서는 엄청나게 침이 튀었다. 지라의 이야기가 절정에 달할 때 목과 허리를 꼿꼿이 세우고 마치 부동명왕처럼 정좌를 하고 듣고 있던 산라와 타라는 때때로 자신들의 얼굴 위로 쏟아지는 침 때문에 눈을 깜빡였다. 찝찝하게 묻은 얼굴의 침을 도저히 참을 수 없게 되면 둘은 그때마다 이마와 코 끝, 볼, 턱을 소매로 닦아야만 했다.

드디어 그해 여름에 호타라 우푸나카가 마지막으로 열렸다. 몇 주가 지나 축제의 열기도 완전히 가신, 하늘의 달이 맑게 빛나는 어느 외로운 밤이었다.

…… 지라의 집 대문을 똑똑 두드리는 소리가 들린다. 지라는 그 시간에 가벼운 콧숨을 쉬며 달콤하게 잠을 자던 차였다. 그런 지라의 집 안쪽으로 들어와 부모 형제들이 지내는 안방을 거침없이 돌아다니는 것은, 나비보다 몇 살 아래인 나비의 친구이자 니무투 집 안에서 허드렛일을 도맡아 하는 이나구 마무야マム¥였다. 언제 무슨 일이 일어나도 그저 둔감하기만 한 지라도 예사롭지 않은 분위기를 감지했는지 몸부림을 치며 잠에서 반쯤 깨어났다. 악몽에 시달려 제대로 잠을 자지 못한 얼굴로 눈을 떴는데 예상 밖으로 감미로운 이나구의 향기가 느껴진다. 순간 안심한 지라는 한여름 밤에 가슴이

울렁거린 한 이나구가 오늘 밤 찾아왔구나, 하고 생각했다. 지라는 자신에게 다가오는 그림자를 향해 슬쩍 손을 내뻗었다. 습관처럼 이 나구의 허리를 가까이 안으려고 손을 내민 순간, 어둠을 깨트리듯 거센 따귀가 날아왔다. 눈을 부릅뜬 지라는 놀란 기색이 역력했다.

—넌 대체 뭘 하는 놈이냐?

일어나. 일어나라고. 지라.

큰일 났어. 나비가 위독해.

고개를 깊이 숙이며 웅크리고 있던 지라의 머리 위로 마무야의 무시무시한 목소리가 쏟아졌다. 지진이 일어났는지, 천둥이 친 것인 지, 불이 났는지, 쓰나미가 몰아쳤는지, 아무튼 소란스러운 분위기 때문에 지라의 부모와 형제들은 잠에서 깨고 말았다. 멍하니 앉아 있을 뿐인 그들과 마주앉은 마무야는 나비가 위독하다며 거칠게 설 명했다. 마무야는 아직 잠에서 깨어나지 못하고 웅크리고 있는 지 라의 잠옷 끈을 우리핫하는 기합과 함께 당겨 일으켰다. 둔한 지라 의 몸뚱어리는 문 밖으로 내팽겨쳐졌다.

대체로 호타라 섬 이나구들이란 이런 절박한 상황이 닥치면 희한 한 괴력을 발휘한다. 평소에는 묵묵히 일하며 이키가들의 체면을 세워주느라 신경을 쓰면서도 말이다.

어찌되었든 한시라도 서둘러 나비를 만나야 한다며 눈을 치켜 뜬 마무야의 기세에 눌려 지라는 밖에서 대기하고 있던 마차에 올랐다. 그리하여 날이 어슴푸레 밝아오는 가운데 밤이슬이 내린 길을 따라

지라는 니무투 가문으로 향했다. 위독한 나비를 보기 위해서 말이다. 하늘에 뜬 달을 멍하니 올려다보고 있는 지라는 일이 어떻게 된 것인지 아직 제대로 모르고 있었다.

그해 호타라 우푸나카 축제가 열리고 있을 때 오코모리参籠*를 마치고 호타라 산에 나타났던 나비의 몸은 나이 탓만을 하기에는 모자랄 정도로 대단히 쇠약해져 있었지만 누구도 그걸 알아차리지 못했다. 심지어 나비 자신조차도 나비 본인보다 그녀의 쇠약을 먼저 감지할 수 있었던 그녀의 어머니 우후나비는 이미 이 세상을 떠난 뒤였다. 나비에게 죽음의 시간이 다가오고 있다는 것은 제쳐두더라도, 언제부터인가 나비에게는 호타라 섬의 장래가 분명하게 보였다. 나비는 섬의 탄생과 근본을 상징하는 축제를 주재하고 섬의 영원한 존속과 안녕을 기원하는 호타라 우푸나카를 지켜야할 니무투 가문의 이나구였지만 그녀는 후손을 낳지 않았다. 호타라 사회에는 집안의 대를 이을 후계자를 입양하는 습관이나 발상이 애초부터 없었기 때문에, 나비는 자신의 죽음과 함께 섬이 결국 멸망해 가리라는 것을 예감하고 있었다. 섬의 수호신 호타라 우슈메가나시와 접신할 사람이 이 호타라 섬에서 사라지는 이상, 그것은 누가 보아도 자명한 사실이었던 것이다.

그러나 앞으로의 세상이 어떻게 펼쳐지건 호타라의 장래를 그저 흐름에 온전히 맡기는 것, 그것이 바로 어머니 우후나비가 나비에게

---

* 신불에 기원하기 위하여 신사나 절에 일정 기간 머무는 것.

남긴 유언이기에 결국 사람들은 호타라의 향방을 나비와 함께 관조하듯 하며 지금까지 살아왔다. 니무투 가문의 피를 이어받은 최후의 이나구가 되어버린 나비는, 이제 어떤 유언을 남기게 될까. 달리 의지할 곳 없는 섬 사람들의 관심이란 온통 여기에 집중되어 있었다. 그녀의 유언은 나비의 공식적인 남편, 지라가 직접 들어야만 했다. 나비는 이미 부모 형제들을 다 잃은 데다 니무투 가문에 홀로 남은 이나구였기에 남편 지라만이 유언을 들을 수 있는 입장에 있었던 것이다.

저녁 무렵부터 니무투 가문 저택 뒤편의 우간주拜所* 에서 나비의 회복을 빌던 기도사祈禱師들의 의식은 끝나 있었다. 어떻게든 나비를 이 세상에 붙잡아두려고 사력을 다해 기도했지만 오히려 이들의 기도 기운 때문에 나비의 영혼은 오래 머물지 못하고 말았다. 고통에 몸부림치며 나뒹구는 나비의 모습을 두 눈으로 지켜본 나이 많은 기도사는 그런 나비를 더 이상은 두고 볼 수 없다며 그녀의 영혼이 하고 싶어 하는 대로 맡겨두자고 제안하기에 이르렀다. 호타라 우푸나카 제사를 주재하고 호타라 섬 전체를 지배해왔던 나비의 영혼이 어떤 운명을 맞을지에 따라 섬의 미래도 결정될 터이기에 사람들 역시 나비에게 모든 것을 맡겨두기로 했다.

나비의 머리맡에 줄지어 앉은 친척들을 앞에 두고 지금 이 순간에 유언 전수 예식이 시작되려 하고 있었다. 겨우 그 시간에 맞추어 도착한 지라는 잠옷 차림으로 온 자신의 모습을 돌아볼 여유도 없

---

* 기도하는 장소를 가리키는 말로 오키나와에서는 대단히 신성시 되는 장소이다.

이 모여 앉은 섬 노인들을 제치고서 나비를 가장 가까이에서 마주
할 수 있는 자리를 찾아 그녀에게 다가갔다. 사람들이 지켜보는 가
운데 죽음의 침상에서 마치 벌레처럼 약한 숨을 내뱉는 나비의 한
쪽 손을 지라는 온 힘을 모아 꼭 쥐었다.

— 나비…….

혈색이라곤 찾아볼 수 없는, 다소 부은 나비의 얼굴을 지라는 바
라보았다. 그의 낯빛도 역시 창백해져 있었고 멀끔히 눈만 뜨고 있
을 뿐이었다.

지라는 이 엄중한 사태로 인해 얼이 빠지고 멍해져 할 말을 잃은
건 아니었다. 사실 이 시점에 이르러서도 그는 사태를 어떻게 받아
들이고 처신해야 할지 전혀 알지 못했다. 지라는 성실하고 착실한
성품을 가졌지만, 말하자면 만사태평했고 어떤 곤경에 처하면 순간
적인 기지를 발휘하거나 임기응변으로 처리하거나 하는 일이 전혀
없었다. 그렇지만 지금까지 긴 세월을 함께해온 아내 나비에 대한
넘치는 마음 때문인지, 몇 분이 지나자 겨우 다음과 같은 말을 내뱉
을 수 있었다.

— …… 나비. 대체 어떻게 된 거야?

네가 죽으면 난 어떻게 하라고 나비.

어쩌면 좋니, 나는. 나비야, 나비…….

지라는 우왕좌왕하며 우는 소리로 이런 말을 늘어놓았던 것이다.

금방이라도 숨이 멎고 당장에 눈이 감길 것 같던 나비는 지라의

이런 한심한 모습을 보다가 누군가의 힘을 빌린 듯 갑자기 심상찮은 기운을 내뿜으며 벌떡 상체를 일으켰다. 양쪽 귀를 뒤덮듯이 흘러내린 흰 머리카락 사이로 나비의 핼쑥한 황동색 얼굴이 드러난다. 그녀가 의연하게 천장을 응시하자 주변 사람들은 놀라 한 걸음 뒤로 물러났다. 지라는 일단 허둥지둥 팔을 뻗어 나비의 등을 떠받쳤다. 지라의 몸짓에 마치 응답하듯 나비는 지라의 가슴에 살짝 기대어 보였다. 길고 흰 머리카락을 가진 나비가 휙 하고 한번 돌아본다. 나비의 머리카락이 지라의 눈을 때렸지만 지라는 나비의 등에서 손을 떼지 않았다. 빠르지 않은 속도로 와 하고 소리를 낼 때처럼 입을 연 나비는 지라의 귓가에 따스한 숨을 불어 넣었다. 바로 다음 순간, 주변을 진동시킬 만큼 높은 목소리로 그녀는 다음과 같이 외치며 주변 사람들의 귀를 따갑게 만들었다.

파도 소리여, 멈춰라.
바람 소리여, 멈춰라……

나비는 귀를 위심할 정도의 분명한 목소리로 대구對句를 이루는 주문을 크게 외쳤다. 이 세상의 모든 것을 자신의 높은 목소리로 제압하려는 듯이 말이다. 거칠게 숨을 내몰아 쉰 다음, 나비는 어깨를 치켜 올리며 혼신의 힘을 다해 이렇게 말했다.

호타라의 신 운주가나시여.
간절히 비옵니다……

　그야말로 나비의 주문은 신의 목소리라고밖에 말할 수 없을 정도로 사납고도 신성하며 숭고했다. 간절히 비옵니다미윤치우가마……라는 말로 끝을 맺은 나비는 입을 반쯤 벌리고 천장을 응시한 채 긴장했던 고개를 떨궜다. 자신의 높은 외침에 호타라의 운명을 맡기고서 이제야 비로소 해방되었다는 듯한 표정이었다. 긴장이 풀린 그녀의 얼굴에는 미소가 번졌고 방 안에 모인 사람들을 하나하나 둘러보며 지라의 품속에서 조용히 숨을 거두었다, 그것이 나비의 마지막 모습이었다고 한다.

　그런데 나비가 지라에게 유언을 남기던 그날, 다 죽어가던 나비가 어마어마한 힘으로 이별 노래를 한 것과 관련해서는 약간의 후일담이 있다.
　나비가 부른 노래는 호타라 특유의 음률에 맞춘 단시형 가요로, 저 세상으로 가는 게 누가 보아도 분명해질 때 호타라의 수호신 우슈메가나시가 오는 것을 환영하는 내용이다. 그러나 이 노래가 어떤 경로를 거친 것인지, '파도 소리여, 멈춰라. 바람 소리여, 멈춰라……'라는 가사로 개사되어 큰 마을을 두 세 곳 가진 다른 섬으로까지 전파되어 참으로 우연하게도 나비와 같은 이름을 가진 가인이 불러 지금도 이 노래는 아주 많이 암송되고 있다고 한다.

　들리는 소문으로는 가사 가운데 제일 중요한 한 부분이 어느덧 바뀌어 마치 오리지널처럼 불리고 있다고 하는데, 그 노래가 가짜인 탓에 권위적인 곡조가 불필요하게 붙고 또 있지도 않은 이야기가 꼬리에 꼬리를 물고 회자되고 있다고 한다.

　나비와 영원히 작별을 고하는 장면을 이야기하면서 지라는 다시 엉엉하고 큰 소리를 내며 울었다. 나비에 대한 넘치는 생각 때문인지 눈물이 폭포처럼 쏟아졌다. 타라와 지라는 소맷자락으로 눈물을 훔치는 지라의 모습을 지켜보았다. 해도 슬슬 기울어가는 시각이었지만 그들은 언제 끝날지 모를 지라의 윤타쿠를 상대하며 참을성 있게 듣고 있었다.

　냉정하지만 온화한 성품을 가진 산라는 본심을 들키지 않도록 노력하며 지라 옆에서 가만히 윤타쿠 파나스를 듣고 있었지만, 어마어마하게 쏟아지는 지라의 눈물에 질려 흥이 깨지는 기분을 감출 수 없었다. 지라가 눈치채지 못하도록 눈을 아래로 내리고 작게 한숨은 쉬었다. 다시 마음을 다잡고 얼굴을 들어 올리니 아뿔싸, 타라가 울고 있었다. 눈물이 가득 고인 눈은 붉게 충혈되어 있었고 무언가를 참고 있는 듯 했다. 호타라 사람답지 않은 이론가에다 정에 흔들리는 걸 싫어하는 타라가 눈물을 보인다는 게 좀 이상했다.

　고개를 갸웃하며 타라를 바라보던 산라는 무언가를 떠올렸다. 그렇다. 타라가 예기치 못한 눈물을 흘린 것은 타라 자신도 알지 못했던 지라에 대한 질투심 때문일 것이다. 산라는 타라의 속을 꿰뚫어 본 것 같았다.

북풍이 불기 전, 마르고 하얀 바람이 섬 전체를 씻기 시작할 즈음, 호타라 섬 사람 대부분은 주요 곡물인 기장 수확 작업에 나선다. 공동 작업을 마친 뒤 잠시 쉬는 틈을 타서 타라와 산라는 두 사람만의 윤타쿠를 나누게 되었다. 벌써 30년 전의 일이다. 어느 날 타라는 평소답지 않게 심각한 표정으로 산라에게 어떤 이야기를 들려주었다. 산라는 타라의 눈물을 보고 당시의 장면을 떠올리며 타라가 보이는 묘한 눈물은 바로 그 때문일 것이라 여겼다.

타라가 이나구와 처음으로 관계를 가진 건 열다섯이 되던 해의 봄이었다. 그의 첫 상대는 바로 나비였다.

공연한 자리에서는 말할 수 없는 그 일의 앞뒤 사정을 산라에게 고백한 뒤 타라는 이제 너와 난 같은 배를 탄 거야, 우리는 비밀을 공유한 사이라고, 라 말했다. 그리곤 붉어진 얼굴에 코를 들썩거리며 거들먹거리는 말투로 이렇게 수런거렸다.

…… 성인식을 삼 일 앞둔, 달이 뜨지 않은 어느 흐린 밤이었어. 가라앉힐 수 없는 들뜬 마음을 추스르지 못하고 있었지. 잠도 오지 않아 마루에서 이리저리 몸부림을 치다가 겨우 잠에 들려고 한 순간, 소리도 없이 뒷문이 열리더니 몸집이 큰 이나구 그림자가 조용히 들어오는 게 비쳤어.

호타라 섬의 가옥은 대부분 비슷한 구조를 하고 있는데, 문이나 방문을 잠그는 습관이 없어 앞문으로든 뒷문으로든 누구든지 출입할 수 있다. 호타라 섬의 풍습에서 문이나 대문은 집을 외부로부터 격리시킨다는 의미보다 방문객을 환영하는 의미가 더 큰데, 말하자면 문은 외부와의 구분을 임시로 표시하는 데 불과한 것이었다. 특히 뒷문은 연인의 침실로 잠입하는 전용 출입구이기도 하다. 뒷문으로 들어와 안뜰을 지나면 툇마루나 가미다나神棚*가 모셔져 있는 안방이 있고 반대편에는 뒷방이 있다. 뒷방은 요바이夜這い, 그러니까 이나구가 침소를 찾기를 기대하는 사람이 지내는 방으로 대부분은 젊고 경험이 적은, 혹은 미경험자 이키가가 사용한다. 타라는 말 그대로 그런 이키가였다.

타라의 뒷방으로 숨어들어온 이나구 그림자는 잠시 타라의 베개맡에 유령처럼 고요하게 앉아 있었다. 나무 문틈 사이로 불어오는 바람이 모기장을 흔들고, 그 바람에 한참 잠을 청하던 타라에게 이나구의 진한 향기가 스며든다. 꿈속으로 이끌리듯 타라는 문득 잠에서 깼다. 눈을 떠보니 배게 맡에 옷자락을 풀어헤치고 하반신을 다다미 바닥에 눌러 앉히듯 누운 이나구 그림자가 보였다. 그 오묘한 기운에 놀라 비명을 지르려고 한 순간 타라의 반응을 재빨리 제압하려는 듯이 그림자 손이 쓰윽하고 뻗어 와 타라의 가슴을 덮쳤다. 무슨 짓이야! 하고 뿌리치려 했지만 타라는 부드럽고 따뜻하며

---

* 가정 등에서 신을 모시기 위한 선반 또는 제물상.

매혹적인 살갗의 느낌에서 상대방의 의도를 알아차릴 수 있었다. 젊은 타라의 몸은 곧바로 그림자 손의 움직임에 따라 가게 되었다. 이키가로서는 아직 가늘고 미끄러운 몸이었지만 그곳만큼은 다른 생명체처럼 대담하게 자기주장을 시작하고 있었다. 이나구의 손은 그 담대한 돌기물을 달래듯이 가져가서는 커다란 물결을 끊임없이 보내주었다. 울렁이는 파도가 엄습할 때마다 그는 허리를 들썩거리며 이나구에게 매달렸고, 마치 이나구처럼 흐느끼기도 했다. 그날 밤 타라는 세 번의 일을 치루고 완전히 진이 빠져버렸지만 상대는 그 사이에 어떠한 소리도 내지 않았다. 폭풍 속에 일어나는 커다란 파도처럼 몸을 크게 흔들었을 뿐이었다. 오로지 자신의 깊은 욕망을 위해 이키가의 정력을 모조리 빨아버리겠다는 듯한, 소름끼칠 정도로 오싹한 모습이었다.

그림자 이나구가 네 번째로 찾아왔을 때, 타라는 그녀가 바로 나비라는 걸 알아차렸다. 정사가 끝나자 옷을 추스르고서 안뜰을 빠져나가던 그녀는 훌쩍 뒤를 돌아보았다. 스무날을 넘긴 달은 창백하게 빛나고 있었다. 튀어나온 광대뼈와 가늘고 긴 얼굴 윤곽에서는 나이 든 티가 분명하게 났다. 그것은 추운 날씨에 정지된 듯한 옆모습이었다고 한다.

이후 타라는 두세 사람의 이나구와 관계를 가지게 되었지만 나비와의 관계도 놓치지 않았다. 지라와는 상관없이 두 사람은 이키가와 이나구로서 몰래 정사를 나누었고, 둘의 관계는 나비의 월경이 끝날 때까지 계속되었다. 이런 나비와 타라의 일이 사람들의 입방 아에 오르지 않았던 것은 신내림을 받은 나비의 교묘한 밀회 수법 탓이었다. 열흘에 한 번 정도 지라를 방문하는 그 틈을 타 타라의 뒷방을 몰래 찾아와서는 봉지처럼 처진 가슴으로 타라를 단단히 덮 치고서 젊은 타라에게 흠뻑 땀을 흘리게 한 다음 만열한 얼굴로 타 라가 잠이 드는 것을 확인한 뒤 뒷문으로 바람처럼 빠져 나가는 것 이 그녀의 수법이었던 것이다.

나비는 니무투 혈통을 잇는 이나구로서 쇠락의 길을 걸을 뿐인 호타라의 운명을 어떻게든 되살리려 했다. 호타라 섬에 대한 애착 때문에 그녀는 밤마다 방황하며 이키가에게 집착하곤 했다. 딱하기 도 하고 애달프기도 하며 소름끼치기도 한 나비의 모습이다.

궤도를 따라 도는 태양이 달과 만났다가 헤어지고 다음 만남을 기다리는 것처럼 한밤중의 호타라 섬에서 펼쳐지는 이나구와 이키 가의 먼 옛날이야기.

아직 타라의 뺨에 남아 있는 눈물 자국을 보며 꿈에서나 있을 법 한 파나스를 떠올리자, 이번에는 산라의 마음속에 타라와 지라를 향한 질투심이 일어났다. 그것은 예기치 않은 감정이었다.

윤타무 동지이자 선배 이키가이기도 한 지라와 타라는 모두 호타 라에서 제일가는 이나구 나비의 선택을 받고 함께 몸을 나누는 행 운을 거머쥐었다. 그건 그렇다 하더라도, 유감스럽게도 산라는 두 사람처럼 윤타구의 소재가 될 만한 이나구와의 관계란 것이 없었다. 매일 밤 이나구를 기다리고 기다리던 산라의 뒷방에 이나구들이 찾아오기는 했지만 그녀들은 겨우 인사하는 정도의 몸만 내어줄 뿐, 볼일이 끝나면 따듯한 말 한마디 남기지 않고 무정하게 허둥지둥 떠났다. 때문에 산라는 날이 밝을 때까지 어딘가 모를 허전함을 처량하게 견뎌야 했다. 얼빠지고 태평한 지라와 허세꾼에 입만 살아있는 타라보다 지적이고 속정 깊은 산라는 이나구들이 좋아할 타입이었고 용모나 체격 모두 다른 이들에게 빠지지 않았다. 무엇보다 호타라 섬의 이키가 중에서 산라는 누구보다도 젊었다.

시대를 잘못 타고 태어난 것일까. 산라와 타라는 여덟 살 정도밖에 차이가 나지 않았지만 이 8년이란 세월동안 호타라 사회에서는 세대와 세대 간에 깊은 단절이 생겨버렸다. 산라가 청년기에 접어들었을 무렵, 그러니까 타라 세대까지만 하더라도 이키가들에 대한 이나구들의 공평하고 세심한 배려는 유지되고 있었지만 이후 그런 풍조는 서서히 퇴색하기 시작했다. 배려는커녕 이나구들은 웬일인지 이키가들을 피하게 되었다. 요바이에 나서는 걸 꺼리게 된 것이다. 낮에 열심히 일하다 보니 피곤이 쌓여 밤일이 귀찮아진 면도 있지만, 근본적인 원인은 이키가와의 육체관계를 수고롭고 고통스럽게 여긴 이나구들이 점차 늘어난 데에 있었다. 아무리 사려 깊은 호타라 이나구들이라고는 하지만, 행위 자체가 몸과 마음에 쾌락을 주는 것이라면 또 모르겠으나, 시들어버린 마음으로 육체적 고통을 견뎌가며 이키가와 성교를 한다 한들 자손을 낳고 기르는 희열이나 의미를 실감할 수 없게 된 이상, 이키가들에 대한 이나구들의 배려나 성욕이 감퇴하는 것은 너무나도 당연한 이치이자 자연스러운 현상이었던 것이다.

이 같은 호타라 사회의 분위기 속에서 지라라는 한 이키가에게 집착하는 푸리문 치루의 딸 우미치루는 푸리문보다 한층 더 푸리문스러운 이나구였던 것 같다. 지라의 윤타쿠에 등장하는 물의 여인에 대한 이야기를 듣자, 산라의 뇌리에서는 우미치루의 모습이 문득 스쳐지나갔다. 소문만이 아니다. 사실 산라는 얼마 되지 않는 이나구 경험 가운데 유일하게 마음에 걸리는 사람이 있었는데 그게 바로 우미치루였다. 지라 때문에 조심스러워 윤타쿠 파나스에서 거론할 수 없었고 또 그래서는 안 된다고 생전에 어머니와 굳게 약속한 터라 말할 수는 없었지만 우미치루는 산라에게 특별했다. 어머니는 나가리문의 피를 이은 푸리문 이나구와 아들의 관계가 사람들의 입방아에 오르는 걸 아주 염려했던 것 같다.

세계의 끝자락이자 외로운 섬 호타라에 북쪽 바람이 불기 시작할 무렵, 우미치루는 어느 바닷가에서 처음으로 산라에게 말을 걸어왔다.

그날 산라는 섬의 동쪽 아기파마アギパマ 해변에서 점심이 지난 즈음부터 줄곧 쉬지도 않고 여러 곳에 구멍이 나 있는 어망을 수선하는 데 여념이 없었다. 날도 저물어가고 어망을 쫓는 눈도 슬슬 어두워질 무렵이었지만 어망을 수선하는 산라의 손은 쉬지 않고 움직

였다. 여느 호타라 이키가들과 달리 일하는 것을 싫어하지 않는 산라는 한 번 일을 시작하면 시간 가는 줄 모르고 일에 몰두한다. 그날도 등 뒤의 그림자가 숨죽이며 바싹 다가와 산라의 손놀림을 구경하는데도 그는 한동안 알아차리지 못했다.

　―산라.

갑자기 누군가가 부르는 소리에 흠칫 놀란 그는 뒤를 돌아보았다. 크고 푸른 이나구의 눈동자가 바로 거기에 있었다. 어망을 손보는 데 집중하고 있는 산라의 손놀림에 반한 눈빛이었다.

　―일에 푹 빠졌구나, 산라.

반짝반짝하는 그 눈동자에 산라는 희미한 웃음으로 답할 뿐이었다. 산라가 다시 어망 손질을 시작하자 이나구 그림자는 한 발짝 더 다가와 허리를 숙이고는 모래사장 위에 털썩 앉았다. 그리곤 산라의 얼굴을 들여다보듯 한다.

　―무슨 일이야? 우미치루. 나한테 무슨 볼 일이라도 있는 거야?

　―아냐, 아무 일도 없어.

　―……

한동안 두 사람은 말이 없었다. 산라는 그물망의 구멍을 계속 손보고 있었고 산라의 그 능숙한 손놀림을 우미치루는 희한하다는 듯이 지켜보고 있었다. 해가 점점 기울어 어둠이 해변을 감싸고 있는 것에도 전혀 아랑곳하지 않고 말이다.

우미치루는 산라보다 다섯 살이 많은 이나구였다. 스물넷이나 되었는데도 어딘지 어린애 같은 느낌이 남아 있었다. 밭일을 마치고 돌아가는 이나구들은 푸리문인 어머니가 그녀에게 제대로 된 가정 교육을 시키지 않은 탓이라고 웅성거렸지만, 이키가들 사이에서는 나가리문의 자식이 짊어진 숙명과도 같은 것이 우미치루의 마음을 무한한 세계로 방황하게 만들어 그렇게 된 건 아닌가 하는 의견이 우세했다.

반짝이는 우미치루의 파란 눈이 지켜보고 있자 산라는 꼼짝도 못하게 되었다. 그는 그물이 집히는 대로 손만 움직이고 있었다. 갑자기 어망에 묻혀 있던 산라의 손을 우미치루가 낚아챈다.

—산라, 이제 그만 둬.

말을 내뱉자마자 그녀는 산라의 팔을 잡아당기고서 그저 달리기 시작한다. 상대방의 의사를 완전히 무시한, 갑작스럽고 폭력적인 행동이었다.

—아이고, 무슨 일이야. 우미치루?

이봐, 우미치루. 기다려. 내 발이 그물에 걸렸다니까.

그는 발에 얽히고설킨 나일론 그물에서 벗어나려 아등바등거렸다. 그러나 산라는 그녀에게 어떠한 저항도 하지 못했다. 이미 몸집이 큰 이키가로 성장한 열아홉의 산라는 난데없는 괴력으로 자신을 마구 잡아당기는 우미치루와 함께 아기파마 해변을 달리기 시작했다. 마치 우미치루가 그렇게 해주기를 바라고 있었던 것처럼, 산라는 자신에게 수치를 느낄 틈도 없이 팔다리와 마음이 점차 우미치루 쪽으로 이끌려가는 게 느껴졌다. 그는 그런 감정을 억누를 수가 없었다.

서로 잡아끌고 끌리는 사이에 바위와 모래사장을 가로지르며 나가리자키 해변까지 달려 나갔다. 둘은 메꽃 덩굴이 늘어진 모래사장 위를 나뒹굴며 거친 숨을 내쉬었다. 서로 엉킨 두 사람은 위아래 할 것 없이 탐닉했다. 젊은 혈기가 넘치는 두 사람의 살갗은 서로를 놓치지 않으며 미끄러졌다가 다시 엉겨 붙기를 반복했고 그 사이에 작은 물결과도 같은 교성을 왁자하게 질러댔다……

나가리문의 피를 물려받은 탓인지 푸리문의 기질이 그렇게 만든 탓인지 우미치루는 노천에서 사랑하는 일을 좋아하는 성벽이 있었다. 호타라의 일반적인 이나구처럼 산라 집 뒷방에 숨어들어오는 일이 없었고 밤바다 해변에서 만나자고 졸랐다. 이런 예사롭지 않은 밀회는 산라의 어머니 마미도마マミドマ를 걱정스럽게 만들었고, 결국 두 사람의 관계도 예상보다 빨리 파탄이 나고 말았다. 마미도마는 자신이 마음에 둔 이나구를 몰래 산라와 연결시키려 했던 모양으로 그녀는 산라가 눈치채지 못하도록 교묘한 수법을 꾸미고 있었다. 산라가 자신의 뒷방을 찾아 온 이나구들이 모두 무뚝뚝하고 냉정하다고 느낀 배경에는 시대의 탓만이 아니라 이런 인위적인 사정도 있었던 것이다.

산라와의 약속이 어긋나는 일이 잦아지자 화가 치밀고 슬픔에 빠진 우미치루는 어깃장을 놓듯이 호타라의 제일가는 이나구인 나비의 남편 지라에게 이상하리만큼 집착을 보였다. 이것은 우미치루와 지라, 그리고 산라가 공개적인 윤타쿠 자리에서는 말할 수 없는 복잡 미묘한 관계였다.

—이봐요 지라. 해가 졌어요

눅눅한 어둠이 내리기 시작한 마당을 바라보며 타라가 말했다. 여기에 정신을 든 지라는 겨우 자신의 윤타쿠를 마무리했다.

자신의 의지로는 도무지 멈출 수 없었는지 지라는 조용히 말을 쏟아내다가 지금은 입을 다물고 고개를 앞으로 쭉 내밀고 있다. 이미 비어버린 주전자와 찻잔 사이의 빈 공간을 흐린 표정으로 바라보면서 말이다.

이제 보니 지라 허리 밑의 마루가 흠뻑 젖어 있다. 오후부터 지금까지 누웠다가 일어났다를 반복하며 차를 마시곤 다시 눕고, 그러다 다시 일어나 고쳐 앉던 지라가 여러 번 오줌을 지린 것일까. 일어나는 게 힘들었기 때문인지 아니면 윤타쿠에 집중한 나머지 자신도 모르게 소변을 본 것인지 모를 일이다. 오줌 싸는 걸 모를 정도로 이미 지라는 망령이 단단히 들어있었던 것일까. 툇마루에서 윤타쿠를 시작한 이후로 산라는 세 번, 타라는 다섯 번이나 일어나 안뜰에 있는 용수나무 둥치를 향해 시원하게 오줌을 누었는데 말이다.

무언가에 쫓기는 것처럼 일단 타라가 안뜰에 섰다. 조리를 신고 삼베 옷자락을 털어 내며 손을 허리에 대고 쭉 폈다. 그리고는 총총걸음으로 밖으로 나갔다. 산라에게는 먼저 갈게, 하고 인사를 했지만 툇마루에서 멍하니 있는 지라에게는 눈길도 주지 않았다.

갑자기 타라는 어머니 생각이 났다. 제대로 몸을 가눌 수 없음에도 완강하게 양로원에 들어가길 싫어하는 백열한 살의 어머니 카니메가ヵ二メガ만이 타라의 귀가를 기다리고 있을 터였다. 점심만 챙겨준 뒤 집을 나와 지금까지 어머니를 내팽겨 쳐 두고 있다. 윤타쿠에 정신이 팔린 탓이다. 착실한 효자인 타라는 죄책감을 느끼고 귀갓길을 서둘렀다. 산라도 평소와는 달리 오랫동안 이어진 지라의 윤타쿠에 완전히 지쳐 있었다. 밀려오는 허탈감에 눈을 멍하니 뜨고 고개를 툭 떨구던 지라의 모습이 신경 쓰였지만 내일 봐요, 지라, 하고 왼손을 흔들며 타라의 뒤를 따라 나갔다.

니무투 가문이 있는 중인 부락과 그로부터 분가하여 세대를 이룬 귀족 부락, 평민 부락이 모여 있는 삼거리까지 와서 타라는 귀족 부락으로 산라는 반대편 중인 부락으로 향했다.

해가 질 무렵의 희미한 어둠이 내려앉을 즈음이었다. 손보는 사람 하나 없이 몇십 년이고 방치해두어 잡초가 산을 이룬 밭이 양 옆으로 펼쳐져 있다. 전체적으로 일그러진 계란 모양을 한 호타라 섬을 동서로 가로지르는 모랫길이 이어진다. 그 먼지나는 길을 따라 타라와 산라는 터벅터벅 걷는다.

동쪽으로 향하던 산라가 문득 걸음을 멈춘다. 뒤돌아보니 걸음을 재촉하던 타라가 보이지 않는다. 길이 구불구불하게 생긴 탓에 타

라의 모습이 안 보이는 것이다. 산라는 다시 걷기 시작했다. 이번에
는 서쪽으로 방향을 바꾸어서 말이다.

순간 어떤 생각이 산라를 덮쳤다. 이리지키 해변에 가보자고 산라
는 생각했다. 어차피 집에 간들 기다리는 가족은 한 명도 없다.

세 형제 중 그의 맏형은 태어날 때부터 푸리문으로 태어나 열여
덟의 젊은 나이로 숨을 거두었다. 원래 체질적으로 병약했던 그는
짧은 목숨 줄을 타고 태어났던 것 같다. 이나구처럼 가늘고 창백한
몸에 부겐빌레아 덩굴을 감은 그의 몸은 결국 니라이파마 해변에서
바다로 떠내려갔다. 산라보다 두 살 많은 형도 역시 허약한 체질로
무슨 연유인지 서른 살을 넘긴 해에 전염병을 앓다가 저 세상으로
가고 말았다. 푸리문 형과 산라 사이에 있던 누나도 역시 한창때인
마흔에 이나구의 몸으로 고기잡이에 나갔다가 가을 바다에서 돌연
풍랑을 만나 그대로 바다를 떠도는 영혼이 되고 말았다. 누나는 형
들처럼 병치레로 주변 사람들의 손을 빌리는 일도 없이 그냥 그렇
게 세상을 떠나고 말았던 것이다. 형제들은 모두 아버지가 서로 달
랐다고 하는데, 유일하게 남은 아들 산라를 가장 사랑했던 어머니
마미도마도 백 세를 삼 개월 앞둔 6년 전의 어느 겨울, 갑자기 눈과
코, 입에서 거품을 내뿜는 이상한 병에 걸려 아무 것도 먹지 못하고
의식을 잃은 채 아이야, 아이야 하는 사이에 숨을 거두고 말았다.
혼자 남은 산라에게 그 중요한 유언 전수조차 하지 않고 말이다.

젖어드는 어둠 속에서 터벅터벅 걷는 산라의 마음 한구석엔 무슨

소리가 흘렀다. 그것은 가슴에서 흘러넘쳐 발바닥까지 적시는 마른 소리였다.

사사, 사사, 사사 사사…….

부모님의 유언조차 받지 못한 그는 아마도 호타라 섬에 마지막으로 남겨질 단 한 사람이 될 터이다. 그는 바로 이곳에서 죽음을 맞이해야 한다. 산라의 마음을 적시는 소리는 이 망막한 느낌과 연결되어 있는 것 같다. 빠른 걸음을 더욱 재촉한다. 한 걸음을 내딛을 때마다 그 사사, 사사 하는 소리는 점차 크게 부풀어 오른다. 리듬이 더욱 빨라지더니 이제는 끊이지 않고 연결되어 흐른다. 사사, 사사사사사, 사사사사사사사사……. 조용히 밀려드는 건조한 소리에 산라의 걸음이 더욱 빨라진다. 이리자키 해변으로 가려면 중인 부락과 평민 부락의 경계에 있는 흙길에서 목황마 숲을 빠져 나가야만 한다. 마을에서 가장 비옥한 땅인 미다라바루美多良原를 왼쪽으로 바라보면서 말이다.

원래 이 계절이 되면 황금색으로 빛나는 기장과 보리가 미다라바루 일대를 가득 메운다. 그러나 이제는 섬의 다른 모든 곳과 마찬가지로 사람 키 높이까지 자란 잡초가 사방을 뒤덮고 있을 뿐이다. 호타라 노인들은 이 작은 길을 지날 때마다 반드시 그 자리에서 멈추어 서서 주위를 한번 빙 둘러보고는 눈을 감고 황금 이삭이 바람에 일렁이던 옛 풍경을 눈 속 가득히 회상하는 게 습관이 되어버렸다.

─그땐 그랬지.

하며 크게 고개를 끄덕이고 한숨을 지어 보이는 것이다. 마치 이런 행동이 호타라에 대한 애정 표현이자 아직 살아있는 자의 의무이기도 하다는 듯이.

저녁 어둠 탓인지, 아니면 길어진 윤타쿠 자리를 오래 지켰던 탓인지 산라의 감각은 어딘가 멍해져 있었다. 시계가 흐려지더니 무언가가 희박해져 가는 느낌이다. 어렴풋한 기운이 감도는 섬의 저녁 길을 산라는 그저 걸었다. 목적지 이리자키 해변을 향해서 말이다. 미다라바루에서 걸음을 멈추고 옛날을 회상하는 것도 잊고서.

모래 위에 엉클어져 있는 갯메꽃의 옅은 녹색 잎이 바다 바람에 나부낀다. 저녁 산책길의 종착점, 그러니까 지라가 항상 앉아있던 작은 바위 아래 아단 잎 그늘까지 왔다. 잠시 앉아본다. 모래에 남은 햇빛의 온기가 산라의 엉덩이를 포근하게 감싼다. 아연 색으로 일렁이던 해면이 어느새 붉게 물들고 넓은 폭의 파도가 느리게 인다.

만조인 듯했다. 지라의 윤타쿠에 등장하는, 옅은 어둠 속에서 바다 위를 걸어오는 물의 여인과 만나기 위해서는 간조 때까지 기다려야 한다는 걸 안다. 미량의 검은 입자가 춤추듯이 널리 퍼져 해변을 가볍게 물들인다. 모래 위에 팔과 다리를 내던지고 몸을 누인다. 한쪽 볼이 바다를 향하도록 누워 몸을 완전히 모래밭에 맡긴다. 모래가 머금은 햇빛의 온기가 그를 부드럽게 감싼다. 산라는 간조가 될 때까지 모래투성이가 된 채로 여기에서 이러고 있자 싶었다.

…… 아무 것도 볼 수 없을 정도로 어둡다. 넓게 펼쳐져 일렁이

는 공간이 기묘한 깊이감과 촉감을 전해주는 어둠 속이다. 꿈은 아닐까 싶은 생각이 더욱 짙어진다. 사사, 사사사 하는 음이 계속 이어지고 있다. 고막을 간지럽히며 가슴 속으로 차갑게 떨어지는 소리의 흐름이다. 사사, 사사사 하는 음은 어느덧 자자, 자자자아 하는 잡음으로 바뀌더니 돌연 사앗사, 사앗사, 사앗사아 하고 허공을 찌르는 사람 목소리로 바뀌어 간다. 가볍게 높이 튀는 듯한 이나구의 목소리다. 가늘고 시끄럽게, 두껍고 분노하듯 내지른다. 음성이 서로 다른 여러 명의 이나구들이 내지르는 맹렬한 소리가 돌림노래처럼 메아리치더니 이번에는 하나로 합쳐져 두꺼운 흐름을 만들어 높이 울리는 것 같다. 소리와 함께 소란스러운 움직임이 일어난다. 하얗게 피어오르는 먼지 저 너머에 동그란 원을 그리며 지그재그로 흔들리는 무리들이 보인다. 파란색, 보라색, 노란색, 녹색, 빨간색…… 여러 색깔들이 갑자기 어두운 하늘에서 춤을 추기 시작한다. 어둠 속은 아름다운 색을 흩뿌리는 사람들로 가득하다. 그들은 산라를 공격하듯 다가온다. 어두컴컴한, 안인지 바깥인지도 구별되지 않는 공간의 밑바닥에서 요란한 소리를 내며 현란하게 등장한 색들을 자세히 보니 원색으로 치장한 이나구들이었다. 그녀들은 회오리를 일으키듯 정신없이 움직였다. 원을 그리며 줄지어 서기도 하고 큰 소리를 내지르며 춤을 추기도 한다. 그 모습은 무어라 형용할 수 없을 정도로 이상했다. 새파란 색감의 길고 넓은 소매 옷을 복사뼈까지 늘어트려 펄럭거리고, 몸통 부분을 노란색 천으로 칭칭 감았다. 목과 한쪽 소매가 없는 옷인 탓에 한 쪽 어깨와 팔이 그대로 드러나 화려해 보인다. 양 어깨에서 겨드랑이까지 두른 붉은 어깨띠가 손목까지 감싸고 있고 노란색과 빨간색의 줄무늬는 마치 움직이는 뱀처럼 보인다. 하늘에서 흐느적대는 여러 개의 팔은 마치 어둠을 희롱하는 듯하다. 이마에 동여맨 밝은 녹색 머리띠는 허리까지 길게 늘어져 있는데 그것은 이나구들이 뛰어 오를 때마다 바람에 나부끼는 깃발처럼 공중에서 펄럭인다. 은빛이 섞인 옅은 보라색의 넓은 띠를 등 뒤에서 묶은 모습은 마치 기괴한 나비를 업은 것 같다. 이렇게 기묘한 이나구들의 무리가 거대한 스크린에서 흘러넘치듯 나오고 있다. 제대로 몸치장을 하고 나와 원을 그리며 춤을 추는 이나구들은 흙먼지 속에서도 어두운 공간이 무대인 양 원을 그대로 유지한 채 계속 이동하며 시끌벅적 소리를 내지른다.

　—사앗사, 사앗사아, 사앗사아사앗사아…….

　이나구들의 얼굴을 구분할 수는 없었지만 물의 여인으로는 보이지 않았다. 살아있는 육신을 가진 호타라 이나구들이란 건 분명했다. 옷자락 사이로 드러난 검은 피부의 팔다리와 살집이 호타라 이나구들임을 증명하고 있었기 때문이다. 가루분의 달콤한 향기마저 떠돈다. 멀리서 보았을 때 이들은 하나의 원을 그리며 움직이는 듯 보였지만 자세히 보니 그들의 움직임은 제각각이었다. 사앗사, 사앗사 하는 소리에 맞추어 호옷홋, 하앗하 하는 맞장구 소리가 들린다. 사람 머리 크기 만큼 원에서 불쑥 삐져나온 사람, 허공을 향해 양 주먹을 교대로 마구 찌르며 아, 이얏, 하, 이얏, 아, 이야이야이야이얏 하고 상반신을 흔드는 사람, 또 한편에서는 양 손을 머리에 대고 고정한 채 훌라 댄스를 추듯 허리만 흔드는 사람, 까치발을 하고 몸을 길게 만들어서는 양 팔을 펼쳐 나비춤을 추듯 팔랑팔랑하며 다랏닷닷닷 하고 옆으로 지나가는 사람, 허리를 둥글게 했다가 다시 일어서서는 머리를 흔들흔들 손목을 뱅뱅거리는 사람…… 온갖 손짓 몸짓을 해보이는 이들의 모습은 제각각 마구잡이다. 그 모습은 우스꽝스럽기도 하고 폭력적이기도 하다. 그러나 삿앗사, 사앗사 하는 두 박자 반의 리듬에는 잘도 맞추어 뛰어오른다. 십수 명 정도로 보이는 이나구들의 수는 점점 늘어나더니 수십 명 아니 백 수십 명으로 보이기 시작한다. 현란하고 소란스러운, 지금까지 본 적이 없는 기막히게 이상한 춤은 끝없는 습한 공간 속에서 영원히 지속되고 있었다. 호타라에 이토록 많은 이나구들이 북적거리고 있었던 걸까. 몹시 슬프고 애잔한 감정이 산라의 가슴을 뒤흔들었다. 정체를 알 수 없는 이나구들이 일으키는 어지러운 소란에 산라의 눈과 귀는 온통 빼앗기고 말았다. 그러나 그는 이 이상한 풍경을 바라보는 자신의 몸이 지금 어디에 위치하고 있는지 알 수 없었다. 흙먼지와 기이한 소리, 어지러운 원형 대열에서 튕겨져 나와 서늘한 시간 외부에 홀로 남아 있는 듯한 당황스러운 기분도 들었지만, 미친 듯이 춤을 추는 이나구들의 틈에 끼어 시달리고 있는 느낌도 들었다.

불쑥 누군가가 왼쪽 팔뚝을 잡아챈다. 뜨겁게 달아오른 손이 쓰윽하고 갑자기 산라를 잡아당긴다고 느낀 순간, 흙먼지의 원형 대열은 느닷없이 멀어져 갔다. 쾅- 하는 소리가 귀 안쪽 깊숙이 파고들고 어두운 허공으로 몸이 스르륵 이동한다. 혼란스러운 상황 한가운데 있었던 탓인지, 아니면 수풀 속에서 이나구들의 기묘한 춤을 본 탓인지 산라는 어딘가에서 홀연히 나타난 한 이나구에게 목격되어 붙잡히고 만 것 같았다. 이나구에게 붙잡힌 뒤 그 무리와 자신과의 거리를 감지했을 때, 그는 낯선 사람이 자신을 마구 끌고 다니고 있다는 걸 깨달았다. 끈적끈적한 손가락이 그의 팔뚝을 완전히 장악하고 있다. 상대는 양팔로 산라를 등에 짊어지듯이 해서 여기저기 돌아다니고 있는 것 같다. 그물에 걸린 커다란 물고기를 육지로 옮기기 위해 어부들이 그물을 짊어지는 것처럼 말이다. 맨발이 질질 땅에 끌린다. 이나구의 등은 이키가의 등처럼 넓었지만 끊임없이 움직이고 있는 탓에 땀투성이가 되었으며 열이 났다. 이나구가 산라의 양 손목을 단단히 쥐고 있어 참기 힘든 고통이 엄습해 왔다. 저항할 기운도 없는 산라는 그저 정신이 아찔해질 정도의 어둠 속 허공을 바라볼 뿐이다. 그런 가운데 산라는 자신의 의지와 상관없이 어딘가로 끌려가고 있다는 공포와 목적지를 모른다는 불안감이 교대로 일어나 자신을 덮치는 것을 느꼈다. 그때 땅바닥에 질질 끌리던 발이 쑥 하고 허공으로 부유하는 느낌이 들었다. 등 뒤로 거센 바람이 불더니 허공을 가르며 몸이 떨어졌다…… 그곳은 축축한 어둠이 내려앉은 암굴과 같은 장소였다. 주변은 울퉁불퉁 거칠고 검은 암벽이 그대로 드러나 있었다. 칠흑 같은 어둠 때문에 마치 눈이 멀어진 것 같았다. 아득한 의식을 차가운 공기가 감쌌다. 중력이 있는 어둠 속에서도 강렬한 시선을 감지했다. 공기는 팽팽하게 긴장되어 있었다. 그 공기 층 어딘가가 갈라지더니 그 사이로 물소리 같은 것이 새어 나왔다.

—몇 살로 보이니? 이 이키가.

굵고 낮게 떨어지는 목소리는 이상하리만큼 의미심장했다. 가짜 음성처럼 들리기도 하지만 이나구의 목소리란 것은 곧장 알 수 있었다. 어딘가 구슬펐다. 짧게 내뱉은 말이지만 여운이 담긴 그 목소리가 가슴을 도려내었다.

—스무 살.

산라를 이곳으로 데려온 것 같은 이나구가 대답했다. 여든이나 되는 산라를 데리고 와서는 스물이라고 말하는 게 이상했다. 뭔가 꿍꿍이가 있는 것 같다. 스무 살? 상대 여자는 재차 확인하려는 듯이 산라의 얼굴을 들여다보았다. 그리곤 엷은 미소를 지었다. 산라는 달리 대꾸할 길이 없었다. 자신의 목구멍에서는 도무지 소리가 나올 것 같지 않았다. 검은 그림자 때문에 이나구의 얼굴 윤곽은 드러나지 않았지만 무언가를 꾸미고 있는 탓인지 목소리가 무척 떨렸다. 그러면서 스무 살이란 말을 믿는지 바싹 다가왔다.

—이름은 산라라고 한대.

잘 기억해둬.

상대의 기분을 살피듯 콧소리로 말했다. 진상품을 설명하듯 비굴한 태도로 데려온 물건의 이름을 밝히고 있는 것이다. 물건을 살피는 시선이 자신의 온몸을 헤집고 다니는 것 같았다. 눈으로 몸 구석구석을 뒤지며 핥는, 이키가와도 같은 이나구의 집요한 애무. 몸서리를 칠 정도로 불쾌했지만 산라의 몸은 모래 위에 말라버린 한 마리 생선처럼 거기에 내던져져 있을 뿐이었다. 조금도 움직일 수 없었다. 경직된 팔다리에선 쥐가 났다. 시야는 여전히 흐리다. 방금 전까지 남아 있던 귓전의 통증만은 완전히 가시어 청각이 또렷하게 살아났다.

— 괜찮은 이키가이지?

위압적인 목소리가 위에서 떨어진다.

— 한창때의 이키가로군.

지금 귓전에서 속삭이고 있는 건 젊은 목소리다.

— 그래? 아직 살아있지?

— 그럼, 진짜 살아있는 이키가야. 이걸 좀 봐.

당장에 계획을 옮기겠다는 듯 강렬한 의지를 보이는 목소리는 더욱 거세졌다.

— 네 말이 맞네. 보면 볼수록 신선해 보이네. 이 이키가.

내뱉는 숨이 이마에 닿을 정도로 상대가 다가왔다. 시선이 더욱 끈적거렸다. 꿀꺽하고 침을 삼키는 소리마저 들렸다.

— 맛이 좋을 거야.

—그럼. 좋고말고. 살아있는 스무 살 이키가잖아.

—좋아, 좋아. 맛을 보자고!

잡아놓은 큰 물고기를 눈앞에 두고 입맛을 다시듯 두 이나구는 대화를 나누고 있었고 그 소리는 암벽에 반사되어 윙 위엉 윙엉 하고 이중 삼중으로 메아리치고 있었다. 혼돈스러운 상황에 처했지만 산라는 두 이나구가 주고받는 말소리만큼은 명료하게 알아들을 수 있었다. 둘은 거친 숨을 내쉬며 눈앞으로 다가왔다. 먹잇감이 된 살아있는 이키가 산라를 둘은 앞으로 어떻게 요리할까. 도마 위에 오른 생선이 된 산라는 드디어 사태가 위기의 절정에 달했다고 느꼈지만, 그 사사, 사사사사 하는 소리가 계속 산라의 귀를 씻어내고 있어 희한하게 기분은 맑았다.

바로 그때, 캬하 캬하 하고 구슬이 튀는 듯한 웃음소리가 터지더니 어둠의 벽이 무너지고 만다. 두 이나구가 갑자기 물러섰다. 기겁을 한 이들은 주위를 서성거리며 웃음소리의 주인을 찾는 것 같았다. 그러나 높이 튀어 오르는 웃음소리가 사방팔방으로 퍼져 나갔기 때문에 어디에서 들리는 것인지 알 수가 없었다.

—누구야?

—이 괴상한 목소린 뭐야. 시끄럽다고.

—누구냐니까?

두 이나구는 여기저기 소리를 내지르며 맹렬하게 말해보았지만 되돌아오는 것은 캬하 캬하 하는 웃음소리뿐이었다. 어둠 속을 가득 메운 웃음소리와 메아리가 번쩍인다. 시야는 더욱 분간할 수 없을 지경에 이르렀다.

―오호, 알겠다. 너 이 이키가를 노리고 있는 거지?

캬하 캬하 캭 캭…….

―아냐, 아냐. 그 이키가는 아무도 탐내지 않아.

―아냐, 아냐. 그 이키가는 누구도 손대지 않아.

아냐, 아냐.

어둠 속에서 들리는 웃음소리를 향해 더욱 큰 소리를 내지르는 두 이나구의 목소리가 교대로 울려 퍼진다.

―정체를 알 수 없는 녀석이군. 당장 여기에서 꺼져.

―사라져. 사라지라고

정체 모를 이나구들이 어둠 속에 묻혀있는 이나구들에게 야유를 퍼부으며 싸움을 연출하고 있는 듯한 기분이 들었다. 직접 귀에 닿는 것은 아무렇게나 서로 내지르는 두 종류의 고함과 와자한 웃음소리였다. 그러자 한층 더 높은 음색의 웃음소리가 뚝하고 떨어지더니 예기치도 못하게 산라, 산라 하는 소리가 들렸다. 포근한 감정에 에워싸인다. 일순간 경직된 몸이 풀리더니 자신도 모르게 그 목소리를 향해 본능적으로 다가갔다. 그러자 무거운 어둠 속에서 무언가가 방울방울 떨어져 몸을 적셨다. 뜨거웠다. 몸이 녹을 것 같다고 느낀 순간, 두 팔이 갑자기 허공을 휘저었다. 흐물흐물하게 녹기 시작한 산라는 더욱 깊은 어둠의 허공 속으로 날아갔다…….

어딘가에서 그 소리가 다시 들려왔다. 아무 예고도 없이 찾아 와 듣는 이의 마음을 격렬하게 부풀어 오르게 만드는 마른 소리 말이다.

정신없이 잠을 자던 산라가 몸을 뒤쳤다. 몸부림을 치는 것이었지만 잠에서 깰 만큼의 몸부림은 아니었다. 그렇게 그대로 잠들어 있는 산라의 머리 위로 높은 소리가 덮쳤다. 울렁울렁……. 소리를 떨쳐내기 위해 머리를 흔드는 찰나, 넘실대는 소리의 파도가 갑자기 무너져 내렸다. 산산이 조각나 주변에 파편이 되어 흩어지고만 것이었다. 다시 한 번 머리를 움츠리고 고개를 깊이 숙여 웅크리자 산산조각 나버린 음의 파편들이 차차 모여들더니 낮고 탁하게 바닥을 울리는 진동음으로 바뀌어 전해졌다. 도로로로로……. 그 음들 사이로 한 줄기 비명 소리가 연이어 들리는 것 같았다. 그러나 실제로 산라의 귀에 목소리 같은 것은 들리지 않았다. 그렇지만 몸을 웅크리고 있자니 긴박한 목소리의 기운이 느껴졌다. 발성이 불가능한 음역에서 계속 비명을 지르는, 극한의 절규와도 같았다.

………………………………….

하나의 긴 줄을 그으며 투명하고 높은 음으로 전해져 오는 소리를 이번에는 분명하게 들었다고 느낀 순간, 갑자기 등이 뒤로 젖혀지더니 높다랗게 공중으로 내던져졌다. 뒤집어진 몸이 떨어진 곳은 시계가 분명한 장소였다.

올려다보니 두꺼운 구름 사이로 초승달이 창백하게 떠 있다. 유별나게 더 습하게 느껴지는 한밤중의 들판이다. 계절감이 애매한 바람이 미지근하게 볼에 닿는다. 지면을 딛고 있는 발의 움직임은 마구잡이다. 걸어 다닌다는 감각이라기보다 어둠 속을 헤엄치는 듯한 느낌이다. 무언가가 자신에게 다가오더니 주변 공기를 뜨겁게 만든다. 점점 짙어지는 습기에 숨이 막힌다. 견디기 힘든 습기 탓에 머리를 맹렬히 흔들며 일단은 걷는다. 두꺼운 안개 벽에 온 몸을 부딪히듯이 말이다. 코를 찌르는 냄새가 지독해 더 이상은 견디기가 힘들다. 산길을 따라 움직이고 있다는 것을 겨우 알아챘다. 냄새의 정체는 살아있는 나무들이었다. 비 한 방울 내릴 조짐조차 보이지 않는데 머리와 등은 완전히 젖었다. 아마도 산 속에 넘쳐흐르는 기운이 만들어낸 비에 산라의 온 몸이 젖은 탓일 것이다.

산기슭의 막다른 지점에 도달했다.

사람 이마 모양으로 오목하게 패인 그리 넓지 않은 공간의 입구이다. 나무와 잡초 더미 사이로 그곳만 조용히 가라앉은 무표정한 광장. 그 끝에는 거무스름한 석회암 3개가 아궁이처럼 앉아있다. 아궁이 입구는 세계의 구멍인 마냥 뻥 뚫려있다. 아무리 주변을 둘러보아도 그 외에는 아무것도 없다. 그저 이끼가 낀 공간밖에는.

이곳은 니라이야마ニライヤマ라 불리는 산의 한쪽 구석으로 남자가 들어올 수 없는 곳, 우나였다. 호타라 우푸나카를 앞두고 7월 7일 저녁에 이루어지는 오코모리의 기도처인 이곳은 호타라에서 아주 중요한 장소라고 산라는 들은 적이 있다. 이곳에서는 실로 호타라를 호타라답게 만드는 의식이 행해지는데 그것은 섬이 만들어졌

을 당시부터 어디 한 곳 어긋남 없이 오랫동안 엄숙하게 이어져 오고 있다고, 산라는 아키가들의 뒷담화에서 몰래 엿들은 적이 있었다. 기도를 드릴 동안에는 온 섬의 이키가들의 행동도 엄격하게 제한되는데, 예컨대 의식이 이루어지는 모습을 먼발치에서라도 훔쳐보는 일은 절대로 허락되지 않았다. 게다가 중요한 의식을 담당하는 이나구들도 함구해야 했기 때문에 지금 그 의식에 관한 모든 건 어둠 속에 묻혀 있을 뿐이다. 호타라 이키가 산라가 이곳에 대해 상상한 자락 펼칠 수 없도록 비밀 의식은 완전히 머나 먼 기억이 되고만 것이다.

금기를 깨고 산라가 그곳에 발을 들인 것은 언제였을까?

이나구들이 이키가들의 뒷방을 드나드는 호타라의 요바이 관습을 탐탁지 않게 여겼던 우미치루는 나가리파마 해변에서 밀회를 나누는 것마저도 꺼려했다. 한밤중에 그녀는 산라, 이곳은 파도 소리 때문에 시끄러워, 하며 산라를 이곳 우나로 데려왔다. 문득 떠오른 기억이 이끄는 대로 산라는 이렇게 금남의 장소인 우나에 다시 오고 말았다. 나가리문의 피가 흐르는 우미치루는 무엇이든 호타라의 관습을 파괴하려는 욕망을 가지고 있었다. 푸리문답게 수치도 느끼지 않는 편이었다. 우미치루의 그 뻔뻔한 행동에 겁을 먹은 산라는 당시 우미치루에게 꼭 붙잡힌 손목을 매정하게 한 번 뿌리쳐 보였지만 입씨름만 벌어질 뿐이었다.

—안 돼. 안된다고 우미치루.

— 왜 안 돼? 산라?

뿌리치는 산라의 손을 그녀는 다시 잡았다.

— 남자들은 여기에 들어갈 수 없잖아. 그건 옛날부터 지켜오던 약속이야.

— 옛날부터 내려오는 약속이 뭐야? 산라?

— 무슨 말을 하는 거야…… 약속은 약속이지.

— 누구를 위한 약속인데?

뒷걸음치려는 산라에게 우미치루는 더욱 채근한다.

— 누구를 위한 거냐고? 뭐가 안 되는 거냐고?

아무튼 안 돼. 우미치루.

— 너와 난 괜찮아. 다른 사람들은 안 되겠지만.

우미치루는 억지 논리로 산라를 압박하고 욕정을 드러내었다. 우미치루에게 이끌려 밤길을 달려 온 산라는 밤이슬에 젖은 우나 한 가운데로 숨어들었다. 무거운 어둠이 펼쳐진 우나는 깊은 계곡처럼 구불구불하고 몇 겹이나 층이 잘록하게 난 아득하게 어두운 공간이었다. 그 어둠 속에서 우미치루는 나비처럼 가볍게 몸을 펄럭이며 밤의 정적을 찢듯 날카로운 목소리로 산라의 이름을 부르며 산을 뒤흔들었다. 차갑게 식은 수풀 침상에서 우미치루와 서로 뒤엉키며 놀던 산라는 그곳에 살던 신들이 풀과 나무 뒤에 숨어서 두 사람을 보며 크게 웃어대는 것을 들을 수가 있었다. 크큭, 하하하 하고 시작된 웃음은 이내 크큭 크크크…… 하핫하핫하하하…… 크헉크헉 헉

허허허허…… 라는 소리를 연쇄적으로 일으키며 무시무시하게 메아리 쳐 온 산으로 퍼져나갔다. 그때 우나는 자지러지게 웃는 여성의 배처럼 들썩들썩 크게 꿀렁거렸다.

고요하게 가라앉은 우나는 지금 아무 소리도 내지 않는다. 바람도 이곳까지는 닿지 않는 모양이다. 그 뒤로 우미치루는 어머니 치루의 푸리문 기질을 물려받은 듯이 나비의 남편 지라에게 이상하리만큼 집착을 보이기 시작했고, 일이 마음대로 되지 않자 돌연 몸을 나가리자키 바다에 던지고 말았다. 이미 옛날 일이지만 말이다.

산라는 여러 기억에 파묻혀 있었다. 기억의 조각들을 연결시켜보려 했지만 이미 그의 시간 감각은 엉망이 되어 있었다.

…… 뜨겁게 달아오르던 체열도 급격히 식었다. 완전히 식은 모래사장에 웅크리고 있던 그의 몸은 딱딱하게 굳어진 채 구부러져 있다. 팔다리의 힘을 풀고 모래알을 털며 산라는 일어났다. 주변을 둘러보니 이미 간조 때를 넘긴 시각인 것 같았다. 다시 만조가 되기 시작한 밤바다는 점점 부풀어 오르고 있다. 어렴풋이 은색으로 물든 밤바다는 달빛의 애무를 받으며 일렁인다. 그러나 아무리 둘러보아도 어딘가에서 이쪽으로 누군가가 다가오고 있다는 느낌은 전혀 찾을 수 없다. 모래에 아직 따뜻함이 남아 있을 때 물의 여인이 몰래 찾아오지는 않을까 산라는 기대했지만 그건 보기 좋게 빗나간 것 같다. 꿈속에서 지라가 보았다던 물의 여인을 산라는 만나지 못했던 것이다.

좀처럼 잊을 수 없는 혼돈스러운 광경에서 벗어나기 위해 산라는 천천히 등을 돌려 섬 안쪽을 향했다.

다음날 정오가 막 지난 때였다.

방금 잠에서 깬 산라에게 섬 대표 도라주ㅏㄹㅏㅈㅠ가 급히 찾아왔다.

—여러분들에게 알려드릴 게 있습니다.

오늘 밤, 두 사람의 장례식이 있습니다.

그는 이 집 저 집을 돌아다니며 거친 목소리로 회람판을 읽어 내려가던 중이었다. 숨을 헐떡거리며 산라의 집 문 앞에서 안을 들여다보며 연락 사항을 빠르게 알린 그는 곧장 다른 집으로 달려갔다.

섬 대표라 하더라도 도라주에게는 특별한 권위나 지위가 없었고, 이틀에 한 번 마을을 둘러보는 게 일이라면 일이었다. 일손이 없어 십수 년 전부터 거의 모든 기능이 멈추어버린 섬 사무소의 복지과를 대신해 그는 두루 독거노인들을 들여다보고 있었던 것이다.

도라주가 돌아다니며 알리는 사망 소식, 그러니까 어젯밤에 숨을 거둔 두 사람 가운데 한 사람은 놀랍게도 지라였다. 타라와 산라를 앞에 두고 실컷 윤타쿠를 한 뒤 지라는 조용히 저 세상으로 간 것이다. 사체가 된 지라를 도라주가 발견한 것은 겨우 두 시간 전의 일이다. 평소보다 조금 귀가가 늦는다 싶어 지라의 낡은 집을 살피던 도라주는 거기서 툇마루에 몸을 뉘이고 정원을 바라보며 마치 동강난 나무토막처럼 나뒹굴고 있는 지라를 발견했다. 처음에 도라주는 지라가 한참 낮잠을 자는 줄 알았지만, 혹시나 싶어 다가가 보니 그는 숨을 쉬지 않고 있었다. 잠시 망설이던 도라주는

—지라,

하고 어깨를 가볍게 흔들었다. 지라의 뻣뻣한 몸이 힘없이 젖혀지더니 등이 바닥에 닿았다. 천장을 바라보는 반쯤 열린 눈에도 움직임이 보이지 않았다. 도라주는 지라가 이미 숨을 거두었다는 걸 즉각 알아차렸다. 자신이 주기적으로 들여다보던 집의 노인들이 이렇게 홀로 사망한 채 발견되는 경우가 최근에 종종 있다 보니 그는 습관적으로 손을 모으고 고개를 깊이 숙이며 아무렇지도 않은 듯 이렇게 중얼거렸다.

—아이고, 아이고, 아이고.

오늘은 당신 차례군요 지라.

백십칠 년이란 긴 세월을 살았네요

정말 고생 많았습니다.

뒷일은 걱정하지 말고,

마음 편히 저 세상으로 가십시오.

아내 나비와 어머니가 거기에서 기다리고 있을 겁니다.

얼른 가시지요, 지라.

다른 이나구들에게는 눈길도 주지 말고,

곧장 나비가 있는 곳으로 가세요.

곧장 가야 합니다. 곁눈질을 하면 안 돼요 지라.

아이고 아이고…….

이런 기도의 효력 때문인지 천장을 바라보던 지라의 얼굴은 평온하게 웃었다. 긴장이 풀린 입술과 반쯤 열린 눈은 젖먹이 아이처럼 천진난만하게 보였다. 도라주는 그것이 자신의 의무인양 이것저것 장례 절차를 준비했다. 밤새 여기저기 자리를 옮겨가며 허리를 굽혀 몸을 들이밀어서는 대화에 참견하고 큰 소리로 당시의 사정을 요란하게 읊어대기도 했다.

어젯밤 숨을 거둔 또 한 사람은 예기치 않게도 타라의 어머니 카니메가였다. 그날 반나절 이상이나 혼자 남겨진 카니메가는 배고픔 때문이었는지 아니면 혼자 남겨진 적적함 때문이었는지 제대로 가눌 수 없는 몸을 무리하게 움직이려다 높낮이가 다른 부엌 바닥을 헛딛고 말았다. 그대로 굴러 떨어진 카니메가는 돌바닥에 머리를 제대로 부딪쳐 그 자리에서 숨을 거두고 말았다고 한다.

머리를 찧은 것이 결정적이기도 했지만, 백열한 살이라는 연령으로 보자면 이제 그녀는 이 세상과 작별할 나이이기도 했다. 그러나 만약 고집을 피우지 않고 양로원에 들어갔더라면 이런 죽음은 맞이하지 않았을 터였다. 장례식에 모인 사람들은 이러쿵저러쿵 이야기를 해댔지만 타라의 생각은 달랐다. 어머니 카니메가는 평소부터 다른 사람에게 신세 지는 것을 몹시 수치스럽게 여기며 남의 손을 빌리는 것을 극구 사양했다. 오래 살면서 느끼는 수치심이나 일상의 불편함에서 받는 정신적 고통을 자식에게 더 이상 전가시켜서는 안 된다고 여긴 어머니는 아들이 없는 틈을 타 스스로 목숨을 끊은 것은 아닌가 하고 타라는 생각했다. 아직 체온이 식지 않은 어머니의 몸을 끌어안으며 아들 타라는 그렇게 생각했다고 한다. 일이 이렇게 되어버린 것은 그날에 특히나 길어진 지라의 윤타쿠 힌타구 때문이라고 타라는 입술을 깨물며 원망조로 이야기했지만, 윤타쿠의 당사자인 지라도 같은 날에 죽었다는 소식을 뒤늦게 듣고서는

　—이는 두 사람의 운명이구나.

하고 생각을 고쳐먹었다 한다.

저녁 무렵, 장례 절차가 각자의 집에서 진행되었다.

최근 몇 년 사이에 싫증이 날 정도로 빈번해진 장례 때문에 사람들은 그 절차와 준비에 완전히 익숙해져 있었지만 하루에 두 사람, 그것도 니무투 가문의 사위인 지라의 장례가 더해지자 일이 조금은 복잡해져 움직임이 둔한 노인들은 우왕좌왕 이리저리 몰려다니느라 야단법석이었다.

중인 부락과 평민 부락 사람들은 지라의 집으로, 귀족 부락 사람들은 카니메가를 보내기 위해 타라의 집으로 모여들었다. 어느 쪽이든 한 곳에 가서 밤새 고인에 대한 파나스로 꽃을 피우고 술을 마시며 떠들어야 하기 때문이다. 어느 정도 분위기가 무르익으면 그 자리에서 제멋대로 노래하거나 춤을 추기도 한다. 다 쓰러져가는 지라의 오두막집이 뒤집힐 만큼 시끌벅적한 추모가 제대로 벌어

지는 것이다. 이러한 추도나 장례 예절을 호타라에선 최고로 친다.

　다음날 새벽, 푸른 안개가 피어나기 시작한 시각에 관을 멘 사람들이 울퉁불퉁한 길을 따라 두 부락에서 연이어 나타났다. 각각 관을 진 사람들의 행렬은 니라이파마 해변을 향하고 있었다. 카니메가가 죽은 지금, 양로원 '니라이카나이의 집'에 살고 있는 노인들을 제외하고는 호타라 섬 사람들 전원이 장례에 참석했는데, 그러고 보니 행렬을 이루고 있는 건 참으로 불쌍하고 가련하게 남겨진 이키가들뿐이었다.

　이키가들은 허리가 굽어 지팡이를 짚거나 그나마 몸이 성한 다른 사람의 손에 의지하며 행렬에 동참했다. 어떤 이는 술에 취한 나머지 머리를 흔들흔들하고 있었고 어떤 이는 이해하지 못하는 말을 내뱉으며 뒤를 졸졸 쫓고 있었다. 또 어떤 이는 다리가 부러진 게 마냥 옆으로 걸으며 어기적어기적 행렬을 따르고 있었다.

　카니메가의 관을 멘 선두가 해변에 도착하자 소라고둥 소리가 크게 울리며 하늘 높이 퍼져나갔다.

　—부웅…………

　바다 속에 남근 모양으로 박힌 바위 끝에는 안개에 가려진 어두운 사람 그림자가 나무 막대기처럼 꼿꼿하게 서 있다. 소라고둥 소리는 바다를 향하고 있었다. 바다에 사는 조상들에게 죽은 이의 영혼도 함께 있게 해 달라고 허락을 구하는 것이자 죽은 이의 영혼이 물에 떠다닐 때 길을 잃거나 바람에 붙잡히는 일 없이 영원의 세계인 물과 무사히 교감할 수 있도록 기원하는 의미가 담겨 있다. 소라 고둥은 큰 파도 리듬에 호응하듯이 천천히 크게 울린다. 긴 행렬의 맨 뒷사람이 느릿느릿 해변에 도착할 때까지 쉬지 않고 부웅………… 부웅………… 하고.

두 사람의 시체는 해변 가로 옮겨졌다. 둘 다 실오라기 하나 걸치지 않은 알몸으로 얇은 베니어판처럼 누워있다. 어떤 이유에서인지 생전에 사람들의 윤타쿠 파나스에 한 번도 오르지 않았던 카니메가와 지라는 우연히도 같은 날에 물의 세계로 들어가는 운명이 되어 사이좋게 나란히 알몸으로 누워있다. 새벽녘의 차가운 바닷바람과 사람들의 시선이 모이는 자리에서 말이다.

카니메가는 아들의 세심한 돌봄 덕분인지 나이가 들긴 했지만 살집이 있는 가슴과 배, 허벅지를 드러내고 있었다. 정갈하게 손질된 머리카락에도 드문드문 검은 머리카락이 보인다. 평소의 완고하고 강인한 표정은 온 데 간 데 없고 작고 둥근 몸에서는 소녀처럼 매력적인 분위기가 감돌았다. 때문에 아들 타라의 슬픔도 더욱 커질 수밖에 없었다. 그러나 다른 사람들에게 눈물을 보여서는 안 된다는 호타라 섬의 관습 때문에 그는 아들이지만 울 수가 없었다. 지금이라도 어머니가 다시 일어날 것 같아 타라는 그저 눈을 돌리고 있어야만 했다.

지라는 피부가 하얀 이키가였다. 모래라고 착각할 만큼 하얗고 길고 가는 그의 몸뚱어리는 아직 어슴푸레한 물가에서 희끗하게 빛나고 있다. 참으로 조용한 풍경이었다. 다리 사이의 남근은 유아의 그것처럼 애처롭게 시들어 있었고 음모도 거의 흰 색이었다. 피골이 상접한 양 손은 가슴 위에 모아져 있지 않고 양 옆으로 축 늘어져 있다. 그래도 무슨 이유 때문인지 지라는 이나구들에게 인기가 많았다. 그는 성격이 좋았고 태평스러운 데가 있었다. 그런 지라도 이렇게 죽음을 맞이하고 나니 특유의 청아함으로 주변을 압도하는 신의 오라를 내뿜고 있다. 이는 아마도 죽은 자가 가지는 위엄 때문일 것이다.

차가운 바닷바람이 흐르는 새벽이 오기 전, 카니메가와 지라의 알몸은 어두운 모래사장 위에 사락사락 놓였다. 그것은 마치 연극 무대 위에서 조명을 받은 배우와도 같은 느낌이었다.

드디어 부겐빌레아 덩굴을 사자의 몸에 감는 의식이 진행되었다.

장례 의식에는 특별히 정해진 순서가 없었다. 지위라든가 신분이라든가 서열이라든가 종적 위계라든가 하는 게 아예 없는 것이 호타라 사회의 기본 구조이기 때문에 어떠한 공적 장소에서도 각자의 재능과 능력, 욕망에 따라 주어진 역할을 철저하게 소화할 뿐이다. 가민チ神人* 처럼 제사 지낼 때 절대적인 위엄을 갖고 사람들을 지배하는 이조차 일이 끝나면 그저 일개 생활인으로 돌아갈 뿐인 것이다.

때문에 사람들은 고인에 대한 자신의 감정만큼 부겐빌레아 덩굴

---

* 오키나와 지방에 유포하는 신앙에서 신직자(神職者)를 이르는 말.

을 손어림으로 대충 쥐고서 유해 앞으로 나아가 각자의 방식대로 사자의 머리, 목, 손, 발, 배 할 것 없이 칭칭 감았다. 유해에 감은 덩굴이 풀리지 않도록, 망자의 혼이 새벽 공기와 닿지 않도록 세심하게 주의를 기울이면서 말이다. 새파란 덩굴에 감긴 유해가 풀 냄새 나는 하나의 커다란 공으로 변할 때까지 계속.

시체를 감싸는 부겐빌레아 덩굴에는 사자의 영혼과 물을 교감시키고 동시에 영혼이 공중에 흩어지는 것을 막는 힘이 있다고 사람들은 믿고 있다. 니라이아마라고 불리는 신성한 산에는 나무들이 무성한데 그 나무들을 뒤덮듯이 휘감고 있는 것이 부겐빌레아 덩굴이다. 호타라 우푸나카의 계절이 돌아오면 그곳에는 잘 익은 감색의 단추 모양을 한 작은 꽃이 피는데, 이키가의 출입을 금하는 호타라 우푸나카 기간 동안 산 내부의 기운을 바깥에서 초조하게 훔쳐보는 이키가들의 눈에는 산 자체가 요염한 이나구의 음부처럼 보였다고 한다.

평소에는 들어갈 수 없는 성역이지만 죽은 이를 바다로 보내는 의식이 있을 때만큼은 이키가들도 우나 앞까지는 들어갈 수 있었다. 시체를 감싸는 덩굴을 뜯는 일은 이키가들의 몫이었기 때문이다. 이키가들은 한밤중에 덩굴을 뜯어 니라이파마 해변에 가득 쌓아놓았다.

장례 의식에서는 유해에 덩굴을 감는 행위와 더불어 고인에 대한 마음을 노래하는 '아리쿠리누 닝가이アリクリぬニンガイ' 의식이 동시

에 이루어진다. 생전 고인과의 사이에 있었던 불쾌한 일이나 분노, 증오, 슬픔, 기쁨 등 모든 감정을 살아있는 자가 왜곡 없이 추억하고 그것을 간략하고도 재치 있게 고백하는 것이다. 이로써 고인에 대한 모든 원한은 사라지고 사자의 혼은 살아있는 자의 추억담에 의해 정화된다고 한다. 살아있는 자도 자신의 이야기가 죽은 이를 구원하는 의미 있는 의식이라 여기기 때문에 사람들은 알몸의 사자와 대면하는 자리에서 무아지경으로 추억담을 쏟아내려 온 마음으로 애를 쓴다.

카니메가 앞에서 아주 많은 시간을 들여 웅크리고 앉아 있는 자는 섬의 대표 도라주였다. 그의 맞은편에서 카니메가의 오른 팔을 세 번째 덩굴로 감고 있던 산라는 그때 도라주가 중얼거리는 것을 우연히 들었다.

—…… 난 말이에요, 지금까지도 도통 이해가 안 되는 게 있어요 그 일을 말하지 않으면 마음이 개운하지 않을 것 같아요.

말해볼 테니, 한번 들어봐요, 카니메가.

도라주가 말하기 시작한 건, 이미 사십여 년 전의 일로 두 사람이 다정하게 밤을 보냈던 날의 일이었다. 카니메가는 도라주의 집을 몇 년씩이나 다닌 모양인데 그녀는 한창 절정에 이를 때 자신도 모르게 도라주가 아닌 다른 이키가의 이름을 계속 불렀다고 한다. 어이없는 그런 일이 한 번이 아니라 네다섯 번이나 있었다며 도라주는 입술을 일그러뜨린 채 언제까지고 중얼거리고 있었다. 요령이

나 재치는 전혀 찾아볼 수 없는 말투로 말이다. 그건 상대 이키가에 대한 질투심이 새삼 끓어올랐기 때문이라기보다, 카니메가 이나구로서 이키가를 배려하지 않았음을 힐책하는 것이었다.

엿들어서는 안 되는 남의 정사였지만 그 자리에서 일어나려 해도 일어날 수 없었던 산라는 도라주의 장황한 이야기를 짐짓 모르는 체 하면서 듣고 있을 수밖에 없었다. 부모 자식 사이처럼 나이 차이가 있는 도라주와 카니메가의 옛 정사 파나스는 가능하면 타라의 귀에 들어가지 않는 편이 좋겠다 싶었는데, 다행히 타라는 그 장소와는 조금 떨어진 모래사장에서 점점 초록 잎에 싸여가는 어머니의 유해를 멍하니 바라보며 앉아 있었다. 산라가 자신을 바라보고 있는데도 눈치를 못 챌 정도로 얼빠진 표정이었다. 어머니를 잃고 혼자가 된 그는 깊은 슬픔에 젖어 있는 듯 했다.

때때로 격앙된 목소리로 이야기를 이어가던 도라주는 어느새 눈물 섞인 어조로 낮게 말하고 있었다.

─그때 일 말이에요, 카니메가.

난 절대 용서할 수 없다고 생각했지만

나, 정말 상처를 많이 받았지만

그렇지만, 카니메가, 오늘은 용서할랍니다.

용서할 테니 어서 저 세상으로 가시지요

이제 다 정리되어 마음이 편해요.

난 오늘만큼은 그때 일을 아주 잊어버리겠어요⋯⋯.

산라에게 있어서 카니메가는 윤타쿠 동지의 어머니라는 것 외에 별다른 감정이 없었다. 때문에 한차례 이별을 고하며 덩굴을 감고서는 그 자리에 가만히 서 있었다. 그러나 도라주는 아직도 미련이 남는지 꿈지럭꿈지럭 움직이며 고개를 흔들고 주먹을 쥐면서 또 무언가를 중얼거리고 있었다. 지금 여기에서 모두 토해내지 않으면 뒷감당하기 힘든 여한이 가슴 속 깊이 자리하고 있는 탓일 것이다.

지라와는 바로 어제 반나절동안 있었던 윤타쿠 힌타쿠에서 서로의 마음을 모두 주고받고 감정을 다 쏟아버린 감이 있어서 할 말이 한마디도 떠오르지 않았다. 제법 질길 것 같은 덩굴 열 몇 개를 정강이와 배 주변에 감고 조금 길게 합장을 했다. 그것만으로도 제멋대로 살아온 지라의 백십칠 년 인생을 찬미하는 데 부족함이 없다고 느꼈다. 산라는 기분이 아주 홀가분해지고 마음이 편안해졌다. 옆에 웅크리고 앉은 두세 명의 사람들의 입에서는 지라에 대한 원망과 시샘이 중얼중얼 새어나오기도 했다. 이나구에게 매우 인기가 많았던 지라였기에 그럴 수도 있겠지만, 그 모든 이야기는 형식적인 것에 지나지 않았고 고백이라기보다 상투적인 기도에 가까운 것이었다.

이윽고 수평선 저편 끝자락이 희끗해지기 시작했다. 아침 안개가 걷히고 옅은 보라색의 투명한 공기층이 해변을 가득 채운다. 모래사장 한쪽에 높다랗게 쌓여 있던 부겐빌레아 덩굴은 모두 사용해서 하나도 남지 않았다. 유해는 초록색 공 모양으로 부풀어 있다. 하나는 작고 하나는 크다. 동그랗고 파란 공은 굽이치는 파도의 비말을 맞으며 생생하게 빛나고 있다. 마치 당장이라도 유해 여기저기에서 일제히 싹이 나올 것처럼 생기가 있어 보인다.

원래 이 즈음에서는 하얗게 빛이 나는 옷을 입은 쟁쟁한 섬의 신녀들이 물가에 줄지어 서서 파도 소리에도 지지 않을 만큼 힘차게 기도를 올리는 것이 보통이다. 그러나 이 중요한 기도 의식도 마지막으로 남아 있던 기도사가 십 수 년 전에 바다로 떠난 뒤 중단되고 말았다. 모계 사회인 호타라 섬에서는 신들과 교감하는 일은 특정 이나구에 한정되어 있었고, 호타라 섬 사람의 영혼이 어디로 가는지 점칠 수 있는 건 그녀들의 입에서 나오는 말이 유일했다. 때문이 남겨진 이키가들 가운데 그 일을 대신할 수 있는 자는 없었다. 극단적으로 간소화되긴 했지만 죽은 이들을 수장하는 의식은 지금도 여전히 호타라 섬 최대의, 그리고 가장 중요한 의식이긴 했다.

해변에 다가왔다 멀어지는 만조 파도를 따라 두 개의 청록색 공은 너울너울 넘실거린다.

노쇠한 몸으로 밤새 장례를 치르느라 몸을 혹사시킨 사람들의 피로는 극에 달해 있었지만 낙오자는 단 한 명도 없었다. 도중에 졸거나 멍하니 있거나 얼이 빠져 있거나 하는 사람도 없었다. 백 명을 채우기에는 한 명이 모자란, 몸을 가눌 수 있는 호타라 섬 사람 전원이 앉았다 일어났다, 웅크려 앉았다 해변을 걷다 하면서 제각각 해변에 흩어져 있다. 이들은 새벽녘 동이 트기 시작한 수평선 저편을 가슴츠레한 눈으로 지켜보고 있다. 두 영혼이 어디로 갈지 마음을 졸이면서. 기도가 끝나자 이제는 자신의 처지를 되돌아보는 눈치였다.

해안가로 되돌아왔다 바다로 나아가기를 반복하던 녹색의 영혼들은 드디어 파도를 따라 넘실넘실 떠내려가며 안정된 운동을 보이기 시작했다. 두 영혼을 지켜보던 사람들의 걱정과는 달리 드디어 자유의 몸이 되었다는 듯 가벼운 움직임으로 파도의 뜻에 따라 흔들리며 조금씩 나아가더니 이제는 해변과 점점 멀어져 간다.

바위 끝에서 소라고둥 소리가 한층 더 크게 불어와 널리 퍼진다. 장송의식이 모두 끝났다는 것을 알리는 신호이다.

이 소리와 함께 긴장의 끈이 풀린 몇 십 명은 털썩 털썩 하며 차례로 쓰러지고 만다. 쓰러진 자리에서 잠을 자는 이도 있다. 잠을 자지는 않더라도 서 있는 게 힘든지 모래사장 여기저기에 몸을 뉘어 뒹구는 이도 있다. 헉 헉, 후 후, 휴 하고 거친 콧숨을 몰아쉬며 신음소리 같은 것을 낸다. 그런 이들에게 말을 걸거나 손을 내밀어주던, 그나마 몸이 멀쩡한 이들도 체력과 기력이 다해 무관심한 태도를 보이고 있다. 이윽고 사람들은 힘없이 고개를 툭 떨어뜨려 바닥만 바라보고 허리를 숙인 채 다리는 질질 끌며 니라이파마 해변을 걷기 시작했다. 비틀비틀 비칠비칠 와들와들 하면서.

아침 해가 완전히 떠올랐다.

맨발로 모래사장을 걷는 사람들의 발바닥에도 조금씩 햇볕이 전해진다. 바닷물에 점점 잠기어 가는 회갈색의 바위 끝과 모래사장에 박힌 나무토막 끝. 모래사장에 흩어져 있는 파란 유리병 조각. 갈래갈래 찢어진 천과 종이들. 이런 점경에 뒤섞여 여기 저기 나뒹구는 정체 모를 무언가의 보기 흉한 모습이 밝아 오르는 태양 빛을 받고 있다. 비틀비틀 모래사장을 걷는 사람들의 등 뒤로 펼쳐지는 것은 잔치 뒤에 남은 잔해들이다. 자세히 보니 모래사장을 가득히 메우고 있는 것은 모래알이 아니라 눈이 부실 정도로 끝없이 흩어져 있는 하얀 뼈다.

아득히 먼 해변 저편을 자세히 바라보니 수장된 뒤에 다시 섬으로 귀환하는, 아직 사람의 육체를 가진 덩어리 몇 개가 바위가 있는 물가로 올라오는 것이 똑똑히 보였다. 그러나 그들이 사람들의 눈에 띄었다고 해도 그 무참한 광경에 주의를 기울이며 동정하거나 염려하는 이는 단 한 명도 없었다.

당최, 호타라란 섬의 이름은 어떤 의미로 지금까지 불려온 것일까. 줄곧 섬을 그렇게 불러 온 호타라 사람들도 그 유래를 알지 못했다. 그에 대한 구전이 전혀 없기 때문이다.

언젠가 윤타쿠 자리에서 앞으로 사라질 호타라에 대해 복잡한 심경으로 이야기를 나누다가 반쯤 자포자기하듯 자조 섞인 목소리로 이렇게 말하는 노인이 있었다.

─세상에서 버려진 섬이란 뜻에서 '호타라'라고 부르는 거지.*

---

* 일본어 홋타라카스(ほったらかす)라는 단어는 아무렇게나 내버려두다, 방치하다 등의 뜻이 있는데 이를 음차하여 섬 이름의 유래로 해석한 것이다.

그의 말처럼 호타라 섬의 운명은 그저 버려진 채 쇠락의 길을 걸어왔다.

그렇게 버려진 섬, 호타라에 사람들은 글자를 고르고 또 골라 '保多良'라는 취음자를 붙였다. 그것만 보아도 이들이 호타라 섬에 얼마나 뜨겁고 깊은 열망을 담으려 했는지 알 수 있다.

이러쿵저러쿵 아무리 말해 보아도 결국 호타라는 역시 호타라일 수밖에 없고 살아있는 호타라의 이키가들은 이 집 저 집을 기웃기웃하며 마음 맞는 사람들끼리 툇마루에 앉아 차를 마시거나 침을 튀겨가며 윤타쿠를 할 뿐이다. 몽롱한 기억의 주름 사이사이에서 일찍이 숨을 거둔 그리운 이나구들을 떠올리면서 말이다. 이들에게는 그것이 유일하게 이 세상을 사는 이유였다. 윤타쿠 힌타구에 모든 기력을 쏟는 일과는 지금도 계속되고 있다.

고도孤島의
꿈 속 독백

孤島夢ドゥチュイムニク

이 소설의 원제는 「孤島夢ドゥチュイムニク」(『すばる』 2006년 1월호)이며, 번역대본으로는 崎山多美, 『クジャ幻視行』(花書院, 2017)를 사용하였다.

고도孤島의 꿈 속 독백

온통 새까맣게 물든 시궁창 물이 흔들린다. 물 표면에 완전히 젖어든 밤이 어디에서 들어오는지도 모르는 빛을 받아 희뿌옇게 밝아져 가는 것 같다.

빛은 어딘가에서 쏟아지는 게 아니라 밤도둑처럼 검은 옷을 입고 조용히 침입하는 것처럼 느껴진다. 요란하게 그러나 하나의 줄기를 만들어 발바닥의 움푹 팬 곳을 간질이고서는 슬금슬금 올라간다. 등에서 옆구리를 지나 목덜미와 귀 뒤쪽을 더듬고는 마침내 정수리를 통과하는 그 빛은 아스라한 따스함을 머금고 조용히 발소리를 죽이며 다가온다.

―우오-ㅅ 우오오오-ㅅ오오오오ㅅ.

갑자기 시궁창의 물 위가 아비규환으로 변한다. 목구멍을 찢고 터져 나오는 듯한 거친 외침이 들리는 것이다. 사나운 맹수의 울부짖음처럼 들리기도 한다. -우오오오-ㅅ오오-ㅅ크-크-ㅅ오오오오-힛 오오오오-ㅅ오오-힛.

어딘가에서 누군가가 깊숙이 가두어진 자신의 소재를 알리기 위해 검푸르게 젖은 구렁이처럼 그저 허공을 향해 팔을 흐느적대며 몸부림치고 있다. 귀를 기울여보니 그 목소리에는 애처로운 분열감이 느껴진다. 어느 미친 영혼이 갑자기 행방이 묘연해진 자신의 시체를 찾느라 어둠의 허공을 휘저으며 잡아채듯 힘껏 소리를 내지르는, 그런 기분이 든다. 느낌으로 알 수 있을 뿐, 보이지는 않는 새벽녘의 희미한 빛 속에서 미치도록 처참한 생각을 일으키는 아득한 목소리는 그렇게 들리고 있었다. 그때 갑자기 물이 쏟아지는 소리가 들린다……

아닌 밤중에 홍두깨. 무심코 의자 등받이에서 등을 곧추세웠다. 잠깐 졸았던 모양이다. 꿈 속의 절규가 아직 목구멍에 남아 있는 것 같다. 어째서 이런 시궁창 꿈을 꾼 거지, 라고 말하는 대신 고개를 한번 크게 저었다. 앞을 바라본다. 이 때 비로소 나는 지금 이곳이 내가 늘 졸음을 청하던 원룸이 아니라는 사실을 알아차렸다.

그랬다. 어떤 연유에서인지 나는 여행지에서 연극을 보고 있었던 것이다.

연극치고는 정말 희한한 것이었다. 빈약한 무대 세트는 24시간 영업하는 만화 카페처럼 보였고, 책 선반에는 한때 오타쿠들 사이에서 은밀하게 팔렸다는 오바야시 아시노리大林あしのり의『멍텅구리

와시즘』* 시리즈가 너덜너덜하고 곰팡이가 핀 채로 빼곡하게 들어차 있었다. 그 앞으로 게임기가 놓인 테이블이 보인다. 한 여자가 그 테이블을 차지하고 있다. 얼굴엔 남방 계통의 분위기가 흐른다. 멀리서 보면 젊어 보이지만 실은 인생의 고단함에 완전히 절어 늘어진 몸을 하고 있다. 맨 얼굴인지 치장을 한 것인지 알 수가 없다. 연극에 오를 양이면 맨 얼굴로 있지는 않을 터이지만 아무튼 여자의 모습은 거친 분위기다. 표정은 내가 잠깐 졸기 직전에 지었던 표정과 조금도 다를 바 없고 발은 계속 까딱까딱 하고 있다.

좀처럼 진정되지 않는 듯 요란하게 돌아가는 여자의 커다랗고 검은 눈. 거기에는 보는 사람의 마음을 움찔하게 만들 정도로 반항적인 기운이 담겨 있다. 눈의 긴장을 풀며 이제는 게임도 지겹다는 듯 여자는 크게 하품을 한다. 목을 앞뒤로 젖히면서 꼰 다리를 바꾼다.

다리를 바꿀 때 테이블 모서리에 한쪽 다리를 걸쳤다. 그 타이밍에 맞춰 망가진 실로폰 소리와 같은 효과음이 킹- 하고 났다. 곧장 기세 좋게 한쪽 다리를 꼰다. 역시 마찬가지로 다리를 옮길 때 킹-하는 소리가 났다. 대사도 없이 다리만 움직이며 난데없이 킹-하는 소리만 오가는 무대이다. 그것은 몇 번이나 반복되었다. 시궁창 꿈에 다시 푹 빠져버릴 것 같은 기분이다. 방금 졸음에서 깬 나는 이쯤에서 선하품을 억지로 참았다.

---

* 일본에서 극우인사로 알려진 만화가 고바야시 요시노리(小林よしのり)가 편집인이었던 만화계간지 『와시즘(わしズム)』을 패러디한 것으로 보인다. 잡지명인 '와시즘'은 1인칭 대명사 '와시(わし)'와 '파시즘(ファシズム)'을 조합한 것이다.

연극이 시작되고 나서 줄곧 이런 식이다. 이야기가 전개될 낌새가 보이지 않는다. 등장인물도 이 여자 한 사람뿐이다. 전혀 짐작할 수 없는 초조한 움직임만 보이고 있는 이 여자의 행동을 관객은 그저 주시하고 있을 뿐이다. 이는 무려 20분 가까이 이어지고 있다. 어이가 없을 정도로 지루하다. 배우도 괴로운 건 마찬가지일 것이다.

그때 여자가 행동에 변화를 줬다. 그때까지 자신의 몸을 단단히 조이듯 안고 있던 거무스름한 양 팔을 훌쩍 풀더니 한쪽 팔로 게임 테이블 위에 나뒹굴던 세븐스타를 집어서는 담배 한 개비를 뽑아 들었다. 가슴이 크게 파인 민소매 옷 때문에 가슴골이 보일 듯 말 듯 한다. 가슴을 내밀고 허리를 흔들며 청바지 주머니를 뒤진다. 라이터를 꺼내 불을 붙인다. 카칙 카칙 하고 울리는 것은 효과음이 아니라 실제로 라이터를 켤 때 나는 소리이다. 담배 끝이 붉게 타들어 간다. 후-하는 모양으로 턱을 내밀더니 뻐끔 뻐끔 담배를 핀다. 그 동작이 다시 반복된다. 게임하는 게 지겹다는 듯한 표정을 보여준 뒤에는 이렇게 또 담배만 흔들어대는 것이다. 이런 연기 재주밖에 없는 걸요, 라고 말하듯 말이다. 끊임없이 피워대는 탓에 하얀 도넛만 둥실둥실 어두운 공간을 계속 날아다니고 있다.

이런 일련의 여자의 몸짓을 보고 있노라면 무대 도중에 깜빡 대사를 잊어버린 배우가 갑자기 머릿속이 하얘져 난처해 하다가, 그렇다고 무대 뒤로 들어갈 수도 없어 자포자기하는 심정으로 뻔뻔하게 관객을 속이고 있는 것 같은 느낌도 든다. 그런데도 객석은 술렁이지도 않고 흥이 깨진 듯한 분위기도 감돌지 않는다. 뭐야 이게-사람을 바보로 아냐, 여봐, 당장 그만 둬, 하는 야유도 쏟아지지 않는다. 이상한, 이상하다기보다 어딘가 찜찜한 느낌이 감도는 이 공간 속에서 나는 딱히 일어날 계기를 찾지 못해 그저 앉아 있었다.

프리랜서 사진작가. 이는 남에게 나 자신을 소개할 필요가 있을 때 사용하는 말이자 내가 처한 상황이기도 하다. 덧붙여 말하자면 올해로 서른아홉 살 독신이다. '깊은 못의 풍경'을 흑백으로 촬영하는 걸 메인 테마로 삼고 있지만, 아직 사진집 한 권 제대로 출판하지 못했다. 당연히 무명작가이다. 때때로 동료들은 빈정거림을 담아 내 작품에 대해 이렇게 평가하기도 한다. 요즘 같은 시대에 흑백으로 풍경 사진을 찍는 사람도 드물지 않아? 오히려 더 신선하게 보일지도 몰라, 라고 말이다. 작품에 관한 말이라면 모두 자극이 된다. 촬영을 계속 이어가게 만드는 자극 말이다.

깊은 못, 웅덩이란 풍경과 풍경이 미처 타협을 하지 못한 가운데 치솟아버린 장소이다. 세상 밖으로 내던져진 온갖 것들이 침몰하는 틈, 말하자면 세상의 구멍, 혹은 세상을 되돌려 바라보게 만드는 경계라 할 수 있는데 이것이 바로 내가 표현하고자 하는 촬영 주제인 것이다. 이렇게 관념적으로 말하긴 해도 실제 피사체는 시골 동네에 지어진 텅 빈 편의점이다. 먼 바다에서 좌초해 썩어 들어가는 어선, 사람처럼 머리를 드러낸 댐 바닥의 기암, 녹슨 가을 하늘을 가르는 구름의 꼬리, 분화구, 바위 동굴, 배가 지나간 형적 등, 모두 국내 풍경들이다. 그곳에 쏟아지는 빛과 그림자가 만드는 틈과 어둠을 여행갈 때마다 돌아다니며 찍는다. 인물은 찍지 않는다. 아마 겁쟁이라서 그런 것 같다. 이 세상에서 가장 자극적인 못은 사람과 사람 사이에 선 못일 것이다. 그런 기분이 든다. 그런 내가 이제 슬슬 화보 한 권 정도는 내야 하지 않을까 싶어 찾은 곳이 바로 오키나와였다.

오키나와. 밝기도 하고 무겁고 축축하기도 한, 가혹함과 우직함을 동시에 연출하면서 수다스럽게 보이지만 중요한 장면에서는 고집스러운 침묵을 연기하고 마는, 종잡을 수 없는 바보 같은 섬. 자칭 오키나와 통이라며 한 번 이야기를 시작하면 그칠 줄 모르는 몇몇 사진작가들을 알고는 있다. 하지만 나는 오키나와에 여러 차례 와 보도 뭔가 제대로 잡히지가 않았고 그저 외로운 섬들로만 보였다. 어쨌든 나는 오키나와의 북쪽 끝, 헤도미사키辺戸岬*를 대상으로 삼아 한 커트, 아니 「못의 풍경淵の風景」이란 제목의 사진집을 만들어 보기로 했다.

헤도미사키. 남도의 북쪽에 위치한 못이다. 그곳에 갈 요량이었지만 어쩌다 노선을 착각해 버스를 잘못 타고 말았다. 환승을 포함해 세 시간 가까이 버스에 흔들릴 각오로 올라탄 북쪽 행 버스 창에서는 어느덧 습기가 가득한 바닷바람 냄새가 사라지고 먼지 냄새가

---

* 오키나와 현 북단에 위치한 구니가미군(國頭郡) 구니가미손(國頭村)에 속한 곳으로 태평양과 동중국해에 면해 있다.

나고 있었다. 그렇게 느낀 찰나, 버스는 구릉지를 천천히 오르고 있었다. 왼편에 나타난 펜스 너머의 풍경은 마치 커다란 식인 호랑이가 몸을 젖히고 낮잠을 자는 모습을 연상시키는, 널따랗게 펼쳐진 미군 베이스캠프였다. 그곳을 가로질러 동쪽으로 꺾은 버스는 해안도로를 따라 섬 내부로 들어갔다.

버스를 잘못 탔다는 건 곧장 알아챘지만, 뭐 이것도 나쁘지 않겠지 하는 마음으로 가는 데까지 가보기로 했다. 이런 일은 여행지에서 자주 발생하기 때문이다. 촬영을 위한 여행에서는 그렇게 미래를 맡겨두는 게 좋다. 장소가 이끄는 대로 풍경이 보여주는 대로 찍으면 되는 것이다. 그것이 명색이 사진작가라 불리는 나 나름대로의 방식이자 윤리관이었다. 카메라를 꺼내 「못의 풍경」이라 스스로 이름붙인 장소를 계속 찍으며 자신만의 의미를 발견하기 시작할 무렵, 나는 역으로 풍경이 나를 바라보고 있다는 것을 의식하게 되었다. 사진을 찍으려는 나의 야심을 꿰뚫어 보듯이 풍경의 시선이 나를 찔러댄다. 풍경은 나에게 찍히는 것을 거부하고 있는 것이다. 장소가 이끄는 대로 풍경이 보여주는 대로, 라고 일부러 말을 한 것은 피사체로부터 거부당한다는 걸 느끼면서도 찍고자 하는 욕망을 떨쳐버릴 수 없는 나 자신을 위한 변명이었다.

버스를 잘못 탔기에 일단은 내려 보았다. 아무도 없는 한낮의 버스 정류장에 멍하니 서 있으니 비가 내리기 시작했다. 갑작스러운 남도의 초가을 비.

촬영 장비와 여행 배낭을 어깨와 등에 나누어 메고서 오디오 가게 앞에 섰다. 마을을 흠뻑 적시는 비를 한동안 바라보았다. 몇 번 지나친 적이 있는 마을이라 관광 안내 비슷한 정보는 가지고 있었지만 이렇게 직접 들어가 본 것은 처음이었다. 그런 마을에서 비까지 맞게 되자 무겁고 우울한 기분이 들었다. 자, 이제 어떻게 하지? 문득 뒤를 돌아보니 쇼 윈도우에는 여러 가지 잡다한 안내 팸플릿들이 붙어 있었다. 재즈, 오키나와 민요 라이브, 가요 쇼, 오페라 콘서트, 피아노 리사이틀, 코미디 쇼, 향토 예능, 연극 공연…… 목만 뒤로 돌린 자세로 바라보고 있자니 시야가 흔들려 팸플릿 종이들이 울렁울렁 물결을 치기 시작한다. 그 울렁임 속에서 진하게 화장을 한 가수와 피아니스트, 연기자, 연극배우들의 얼굴이 하나로 겹쳐져 다가온다. 황급히 고개를 돌렸다. 그러자 실제로 앞에 보이는 빌딩과 육교, 사람, 자동차까지도 후욱 부풀어 오르는 게 아닌가. 내 눈에는 마을 공간이 일그러지고 흔들리는 것처럼 보였다. 카메라를 손에 들고 있는 것도 아닌데 이 마을은 이미 나에게 보이는 것조차 거부하고 있는 것일까.

아무래도 외부 세상과의 조율이 쉽지 않을 것 같다.

어떻게든 조율을 해보려고 다시 오디오 가게 쇼 윈도우를 돌아보았다. 그때 흔들림이 멈춘 눈에 초라한 팸플릿 한 장이 들어왔다. 직접 만든 게 분명한, 글자만 가득 들어찬 흑백 A4 용지. 정신 사나운 색색의 종이가 덕지덕지한 가운데 그곳만이 조용하게 세피아 느낌의 세상처럼 떠 있었다. 거기엔 당당하게 이런 문구가 적혀 있었다. "기억하시나요? 그 때 그 시절을. 떠올려 보세요 그 마을의 그 사람을." 내 안에서는 검은 향수와 같은 것이 일어났다. 그 감정이 어디에서 비롯된 것인지는 알 수가 없었다.

그건 바로 극단 '구쟈クシャ'* 의 연극 공연 팸플릿이었다. 공연 날짜는 200×년 ○월 △일. 오늘이다. 지금은 오후 1시 7, 8분 전. 그로부터 40분 후, 나는 어둑어둑한 공연장 입구에 서 있었다. 30분 뒤에는 연극이 시작될 터인데도 전혀 사람이 보이지 않았다. 시멘트 냄새와 곰팡내가 코를 찌르는 장내 입구 정면에는 희뿌옇게 먼지가 앉은 짙은 갈색 소파가 흰 목화솜 속을 드러내 보이며 앉아 있었다.

지금은 그저 적막하기만 한 골목 한가운데에 뜬금없이 서 있는 성인 전용 영화관. 이미 수 년 전에 파산해 인수할 사람도 찾지 못한 채, 그렇다고 철거할 수도 없어 방치된, 보기에도 경사가 져 위험하기 짝이 없는 건물이다. 올려다보니 시멘트벽에는 균열이 가 있고 녹이 슨 철근도 불쑥 튀어나와 있다. 내가 볼 극단 '구쟈'의 공연은 바로 그 안에서 시작될 것이다. 버려진 허드레 건물에 연극 세트가 마련된 극장. 내 좌석은 극장 안이 거의 내려다보이는 출입문 근처 왼쪽 끝 마지막 자리이다.

다시 생각해보니 접수라는 것도 수상하다면 수상했다. '자유롭게 앉으세요' 라고 파란 매직으로 서툴게 쓴 동글동글한 글자가 긴 테이블에 붙어 있었고, '입장료 일금 5달러. 엔으로 환산하면 500엔'이

---

* 고자 시(コザ市)를 일컫는 오키나와 방언이다. 현재는 오키나와 시(沖繩市)로 명칭이 바뀌었다.

라 쓰여 있는 작은 요금 통도 놓여 있었는데, 이는 미국인 손님을 위한 것인지 아니면 장난인지 분명치 않았다. 또 안내 팸플릿을 겉표지로 해서 만든 얇은 책자도 테이블 위에 아무렇게나 방치되어 있었다. 비상식적이라 여겨질 정도로 어설픈 무인 접수대를 당시에 내가 의심스럽다고도 속임수라고도 눈치채지 못했다는 것은 좀 이상하지만 말이다.

몰래 성인 영화를 보는 상황처럼 드문드문 관객이 앉아 있다.

그렇다 치더라도 담배를 무는 여자의 모습이 성급해 보인다. 텅 빈 위장에서 역류하는 신물을 누르려 하는 것 같다. 담배 연기를 내뱉는 틈틈이 불편한 표정을 보인다. 알 수 없는 감정이 치미는 걸 가슴에 담은 여자는 무대 위에 그렇게 앉아 있다.

막이 오를 때부터 게임 테이블 위에는 아이스커피가 한 잔 놓여 있었다. 빛이 발하는 열기로 무대는 상당히 더울 터이다. 20분 간의 무언극이 진행되는 가운데 각 얼음은 완전히 녹아버렸다. 흰색과 흑갈색으로 분리된 잔 안의 액체가 여자가 어색하게 움직일 때마다 흔들거린다.

―기분 최에-악.

여기에서 겨우 대사가 들어간다.

그러나 대사는 상스러운 말 한마디뿐이다. 경박하고 가난 티가 줄줄 나는 다리의 흔들림이 여전히 이어지고, 어쩌다 다리가 테이블에 부딪히면 그때마다 킹- 하는 소리가 난다. 최에-악이라 말할 때의 갈라진 목소리가 껄끄럽게 귓속을 간지럽힌다. 아무래도 아직 역할에 녹아있는 것 같진 않다. 최에-악이라고 내뱉은 이후에도 여자는 게임 테이블을 차지하고 앉아 의미를 알 수 없는 발놀림과 킹-하는 소리만 반복해서 낼 뿐이다. 가끔 킹-하고 울리는 리듬이 어느덧 기묘한 박력을 가진 것처럼 느껴진다. 고집스레 대사 없이 몸짓만으로 공간을 가르는 여자의 퍼포먼스는 분명 계산된 연출일거야라고 강박적으로 생각하기 시작한다. 그런데 대체 어찌된 일인지 상스럽게 흔들리는 여자의 다리를 따라 나의 하반신이 근덕근덕 움직이기 시작하는 게 아닌가. 젠장, 낚인 건가? 알 수 없는 중얼거림이 새어 나오고 무대에서 눈을 떼려고 한 순간, 줄곧 흔들어대던 여자의 발목이 딱 멈춘다. 그리고선 일어나 『멍텅구리 와시즘』이 진열된 책장과 게임 테이블을 등지고 선다.

무대의 거의 중앙. 짙은 이목구비를 한 여자가 어깨까지 늘어뜨린 부스스한 머리를 쓸어 올리며 의도적인 기세로 성큼성큼 걸어 나온다. 객석 바로 앞까지 다가와서는 양 다리를 벌리고 서서 두 팔을 크게 펼친다.

—삿테모, 삿테모, 구스-요- 자, 자, 여러분

어랏, 나도 모르게 몸을 앞으로 내밀고 말았다. 생소한 다른 나라 말이 아니라 질펀한 사투리를 갑작스레 늘어놓는다. 구스-요- 라는 울림이 어쩐지 나의 가슴을 자극한다.

—오늘 이렇게 와주셔서 정말 감사합니다.

이렇게 말을 꺼낸 여자는 객석의 반응(세어 보니 겨우 열세 명)을 살피듯 한번 휙 둘러보고서 휴- 하고 숨을 내뱉는다. 그리곤 양손을 허리에 짚고 쌓여 있던 감정을 터트리듯 말하기 시작한다.

그것은 지금까지 끊임없이 피우던 담배 대신 말을 내뱉을 거라는 선언이자 독백의 전조였다.

—삿테모, 삿테모, 구스-요- 자, 자, 여러분

저쪽의 오빠도, 이쪽의 언니도, 뒤로 젖히고 앉아있는 저기 조금 퉁퉁한 아주머니도, 앗! 방금 꼬빡 졸다 일어난, 저 끝자리의 아저씨인지 오빠인지 모르겠는 양반(그렇게 말하면서 여자의 손가락은 바로 나를 가리키고 있었다)도, 자자, 눈을 똑똑히 뜨고 보세요. 또 귓구멍도 잘 파시고요. 왜 제가 이렇게 화가 나 있는지, 모처럼 여기에 멘소-챠루와 주신 구스-요여러분께 들려드릴 참이니까요. 저는 이제부터 마음대로 혼잣말을 할 겁니다. 자자, 자알 들어봐 주세요, 제 이야기를요. 그렇게 기운 없이 뜬 눈으로는 아무 것도 안 보일 겁니다. 두 눈을 크-게 뜨지 않으면 안 보여요.

팔락팔락팔락 역귀를 쫓기 위해 땅콩을 뿌리는 섣달그믐의 오니야라이鬼やらい처럼 사탕이 마구 쏟아진다. 갑자기 내렸다가 그치는 여름 소나기처럼 말이다. 시끄러운 랩처럼 여자의 말은 끊임없이 이어지고 있다. 마치 관객을 가지고 놀 듯 여자의 목소리는 눈앞에서 그렇게 떨어지고 있었다.

—그래요. 번쩍 뜬 당신의 눈에 비치는 것처럼, 나는 피나-입니

다. 아! 피나-란 말, 여러분들은 알고 있나요? 에이, 그런 찌무룩한 표정은 짓지 마세요. 그런 표정을 하면 제가 더 곤란하니까요. 별 게 아니에요. 피나라는 말을 하기도 하고 듣기도 하는 걸요. 게다가 전 그렇게 쉽게 상처받는 타입은 아니랍니다.

음, 그 피나-는 말이죠, 필리피노란 말이에요. 자, 잘 보세요. 이 꼬불꼬불한 머리카락을요. 동글동글하고 크-은 눈. 특히 삼촌들이 섹시하다고 느낀다는, 키스를 엄청 잘할 것 같은 통통한 입술. 봐봐요. 찰진 엉덩이(옆구리를 휙 비틀어서는 엉덩이를 옆으로 쭉 내민다). 무엇보다 여기, 이 피부색. 예쁜 갈색으로 잘 태웠죠. 아, 그런데 미리 말씀드리겠지만 지금 여러분들이 생각하고 있는 쟈파유키상ジャパゆきさん*은 전혀 아닙니다. 완전히 아니에요. 유감스럽게도요. 하이하이하잇.(양손으로 짝짝짝.)

제가 이 세상에 태어나기 전의 상황인데요, 그러니까 제가 이런 외모로 태어난 건 말이에요, 제 책임이 아니란 거죠. 사실 저는요, 이 마을한텐 미안한 말이지만 구쟈에서 자랐답니다. 그래요, 여러분들도 머물고 있는 이 마을은요, 아무튼 이 마을은, 숨길 필요가 뭐가 있겠어요, 사실 숨길 수도 없죠. 이 마을은 예나 지금이나 변함없이 미국 사람들이 왔다 갔다 하는 마을이죠. 분명하게 말해두겠지만 말이에요.

---

* 일본(Japan)과 가다를 뜻하는 유쿠(行く·ゆく)를 결합한 조어로, 동남아시아에서 일본으로 돈을 벌러온 여성을 말하며 주로 유흥업소에서 종사하는 여성을 칭하는 경우가 많다.

여자가 나고 자랐다는 마을, 무대의 여자가 가리키고 있는 이 마을에 나는 난데없이 와있다. 한낮인데도 어두침침하고 음침하며 곰팡내와 살기가 느껴진다. 게다가 어딘가에서 흙냄새와 썩은 냄새가 진동한다.

그런 곳이 바로 구쟈이다.

전쟁에 이어 찾아온 점령 시대의 혼잡함 속에서 주변 마을이나 낙도로부터 흘러들어온 사람들이 반도의 구멍 같은 곳에 터를 잡고 살기 시작하면서 생겨난 마을. 역사의 장면 장면마다 만들어진 온갖 냄새는 표층을 떠다니다 그대로 마을의 체취가 되어 마을의 지반이 되고 말았다. 그 어두운 마을에선 길이나 지붕, 벽 가리지 않고 그런 냄새들이 풍겨져 나온다.

음침한 마을 구쟈와 극단 '구쟈'는 서로 이름이 같은 것처럼 인연이 깊었던 것 같다. 극단 '구쟈'는 마을 구쟈의 체취를 자신의 신체에 그대로 옮겨놓은 듯한 배우들로 결성된 극단이기 때문이다. 느릿느릿하고 태평하게 흐르던 섬 노래 시마우타의 역사적 기억을 폭력적으로 발가벗기며 만들어진 이 마을에서 극단 '구쟈'의 무대는 꽤 좋은 평가를 얻고 있었다고 한다. 버블 경기로 들뜬 시대 분위기가 음침한 촌구석 구쟈에까지 '밝은 어둠'을 가져올 무렵이었지만, 배우들의 몸 자체가 어둡게 빛나는 극단 '구쟈'의 무대는 이 역시 시대의 탓인지 무시당하고 말았는데 이런 것도 인연이라면 인연이라 할 것이다. 이는 무대가 시작되기 전에 내 손에 쥐어진 팸플릿에서 얻은 극단 '구쟈'에 대한 정보이다.

지금 무대 위에서 홀로 축제하듯 연기를 하고 있는 사람은 다카에스 마리아高江洲マリア. 팸플릿에 소개된 배우의 이름은 그녀 한 명뿐이다. 스텝의 이름조차 보이지 않는다.

다카에스 마리아. 본명인지 예명인지 모르겠다. 이름 자체에 그야말로 기지의 마을, 구쟈의 냄새가 가득 배어있다. 어쩐지 그녀는 극단 '구쟈'의 마지막 단원일 것 같은 생각이 든다. 시대가 외면한 탓에 결국 밥그릇을 잃어버리게 된 단원들은 한 사람 두 사람 극단에서 빠져나갔고, 혼자가 된 마리아는 절박한 고립감 속에서 일인극을 만들게 되었는지도 모른다. 자포자기하는 마음으로, 하지만 마지막까지 불사르는 심정으로 말이다. 그런 생각이 든다. 마리아의 독백은 이제 제대로 된 이야기를 하려는 듯한 어조를 띠기 시작했다.

—히-야사아사, 하, 이얏. 뭐 그런 인생이에요. 방금 이게 무슨 의미냐고요? 그건 여러분들 각자가 상상하는 수밖에요.

또 여러분들은 알고 계신가요? 있잖아요, 왜, 세계 최강의 제국과 가난한 아시아 게릴라 전사가 진흙탕 싸움을 벌였던 그 시대 말이에요. 그래요, 바로 그겁니다. 이러지도 저러지도 못했던 진퇴양난의 시궁창 게릴라전. 아, 지금도 똑같은 싸움이 질리지도 않는 듯이 서쪽에서 벌어지고 있다고들 하죠. 여러분, 그 전쟁이나 이 전쟁이나 이 시들시들한 마을과 아주 깊-은 인연이 있는 걸 알고 계셨나요? 네, 그 전쟁이나 이 전쟁이나 거기에 가는 모든 제국의 병사들은 이 일대(양팔을 쫙 펼쳐 한번 빙 돈다. 이 일대를 나타내듯이)에서 날아간답니다. 뭐, 그런 건 그닥 재미있지도 않고 상관도 없다고요? 그렇지만요, 여러분에겐 재미도 없고 상관도 없는 일이지만, 그건 그렇다 치더라도요, 저에게도 나름의 사정이란 게 있답니다. 그러니 이 일대의 일에 대해 잠시 말씀 드릴게요, 아시겠죠?

당시엔 말이죠, 이 마을 뒷골목은 전장에 나가거나 돌아오는 미국 병사들로 가득했답니다. 낮에는 지저분하고 더러운 모습으로 마을을 돌아다니다가 밤이 되면 여자들과 뒹굴뒹굴 드러눕는 그런 장소였죠, 여기는. 국가의 명령을 받고 사람을 죽이러 가는 살인청부업자들이, 흠~, 어디 도망갈 곳도 없는, 죽이거나 죽임을 당하거나 하는 그런 사람들이 자신들의 광기어린 감정을 이 마을에 완전히 쏟아 붓곤 했어요. 어떻게 표현하면 좋을까요. 뭐, 굳이 말한다면, 하아아-야아아-야 같은 그런 느낌이었죠. 매일 밤 괴성이 난무했고 밤거리는 마치 나방 떼가 몰려다니는 것 같았답니다.

때문에 마을에선 이런 저런 사건이 자주 일어났어요. 여자 한 명을 두고 서로 다투거나 전장의 괴로움을 잊기 위해 병사들끼리 서로 싸우거나 하는 난폭한 사건이 엄청 잦았던 거죠. 밤이고 새벽이고 삐뽀 삐뽀 사이렌이 울렸고, 그 소리에 밖을 나가보면 검은 표범 같은 남자들이 피투성이가 될 정도로 격투를 벌이는 일이 셀 수 없을 정도로 많았답니다. 아, 어째서 제가 그런 걸 잘 알고 있냐고요? 왜냐하면 저는 미국 병사에게 여자를 조달하던 업자의 집 뒷방에서

셋방살이를 했기 때문이죠. 막 철이 들 무렵이었지만, 이런 저런 사건은 저도 모르는 사이에, 비몽사몽간에 제 몸에 스며들어버린 것 같아요. 아, 생각해보니 이런 일도 있었네요. 무척이나 더웠던 어느 여름날 저녁이었을 거예요. 나이도 어린 주제에 저는 항상 해가 진 후에야 집에 돌아가는 버릇이 있었는데, 그날 뒷골목에서 벌벌 떨며 웅크리고 있는 중학생 정도의 언니를 보았습니다. 자세히 보니 옷 여기저기가 찢겨 있고 얼굴은 새파랗게 질려 있으며 시퍼런 입술도 덜덜 떨리고 있었죠. 제가 뭘 물어봐도 아무 말도 않는 겁니다. 네다섯 살 정도밖에 안 된 저는 뭘 어떻게 하면 좋을지 몰랐지만, 차마 자기 입으로는 말할 수 없는 험한 일을 당했다는 건 눈치 챌 수 있었어요. 저는요, 그저 벌벌 떨고 있는 언니 옆에 그냥 앉았습니다. 언니와 똑같은 자세로 계속요. 왜 그랬냐고요? 아무래도 그렇게 해야만 될 것 같은 기분이 들었으니까요. 지금도 가끔 생각해봅니다. 언니는 그 뒤로 어떻게 살고 있을까 하고요. 언니가 당한 봉변이란 게 어떤 것인지 상상할 수 있게 된 건 꽤 시간이 흐른 뒤였어요.

그런데요, 그런데 말이에요, 그런 일이 매일 일어났는데도 병사들과 여자들이 뒹굴뒹굴하는 소란스러운 밤은 늘 이어졌습니다. 그 진흙탕 전쟁이 끝나기 전까지 매일요. 그러니까 병사들과 여자들은요, 전쟁이 뱉어내는 똥 덩어리와 쓰레기 더미를 온전히 뒤집어쓰면서도 그 똥과 쓰레기 더미 속에서 생존의 양식을 구하기도 했던

거죠. 그래요, 그런 마을입니다, 여긴. 부끄러운 이야기지만요

　

　진흙탕 같은 검은 물의 울렁임이 눈앞을 스친다. 숨 막힐 듯한 더위 속, 흙탕물에 발을 붙잡힌 채로 진득진득한 습지를 지나는 그림자. 낙엽이 쌓인 웅덩이 속에는 꿈틀거리는 그림자의 행렬이 보인다. 그 울렁임은 땅을 기고 하늘을 헤엄치며 검푸르게 젖은 덩어리가 되어 나를 압박하고 몰아세운다. 숨이 막히는 답답함에 몸을 비틀고 머리를 흔들어 본다. 머리 위에는 기괴한 적란운이 떠 있다. 순식간에 먹구름으로 바뀌더니 갑자기 엄청난 양의 정액이 비처럼 쏟아진다. 강렬한 썩은 냄새에 욱 하고 구역질을 하니 어깨까지 흔들린다. 그림자의 울렁임이 등 쪽을 기어가더니 죽음의 냄새가 감도는 진흙탕물 위로 미끄러져 들어간다. 계속 지켜보고 있자니 미끄러져 가면서도 철버덩 철버덩 검은 물을 삼키는 소리를 내며 부풀어 오른다. 저 먼 시야 너머엔 큰 뱀이 꿈틀거리며 구불구불 움직인다. 또 낡아빠진 캐터필러 트랙터가 덜컹덜컹 소리를 내며 지나가는 게 보인다. 동시에 모래 먼지가 엄청나게 피어오른다. 모래 소용돌이 때문에 앞이 잘 보이지 않는다.

　마리아가 이야기하는 사이사이에 꿈인 듯 생시인 듯 떠오른 망상. 이 마을에 들어온 이후로 진흙탕 꿈을 가끔 꾼다. 차마 죽으려야 죽을 수 없었던 전장의 병사들의 원한이 구자에 떠돌고 있는 것인지, 혹은 그들의 죽음과 연루된 사람들의 고통스러운 마음이 나를 옭아

매는 것인지, 아니면 사람들의 기억 외부까지 장악하고 있는 어둠의
냄새가 끝도 없는 시궁창 꿈을 꾸게 만드는 것인지 모르겠다.

눈을 떠본다. 마리아의 목소리가 밝은 여우비처럼 쏟아진다.

—딩동댕~ 네~ 맞습니다. 여러분들이 지금 상상하고 있는 게
바로 정답입니다. 감출 이유가 어디 있겠어요. 저는 필리핀계 미군
이 낳은 아이랍니다. 여러분들이 보시는 대로 저는 피나죠. 아, 그
렇지만 제가 피나라는 건 외모나 출신만 그렇다는 것이지, 제 속은
그렇지 않다는 걸 분명히 말해두어야겠군요.

왜냐하면, 봐 봐요, 여러분. 제가 지금 쓰고 있는 일본어, 일단 이
해는 되시죠. 그게 첫 번째 증거가 아니겠어요? 제가 일본 사람이라
는. 일본어를 쓰니까 일본 사람이지. 아, 뭔가 시원한 정의지 않아
요? 뭐, 그건 그렇다 치고요.

—삿테모, 삿테모, 구스-요- 자, 자, 여러분

이 마을이 미국 사람의 것도 일본 사람의 것도 아닌 시절이 있었
다는 건 알고 계신가요? 이 마을 주변의 섬들도 말이죠. 가난했지만
나름대로 평온했던 시절이 있었답니다. 당시 먹고 사는 게 힘들어
서 몰래 이 마을에 흘러들어와 살았던, 저의 엄마를 낳은 할머니가
있어요. 지금 살아있다면 백 세는 훨씬 넘었을 텐데 암튼 엄청 장수
한 외할머니가 있었는데, 요 앞에 돌아가시고 말았죠. 이 외할머니
란 사람은요, 이 마을에 막 도착했을 때 야쿠자에게 붙들려 아버지

없는 딸을 낳아 혼자 키운 사람인데, 그렇게 태어난 딸이 바로 우리 엄마랍니다. 그 엄마가 병사들과 뒹굴뒹굴하다 낳은 딸이 바로 저 죠. 전 어떤 연유에선지 부모님에게 버림을 받았는데, 그 버린 물건인 손녀를 외할머니는 지금까지 자신의 목숨보다 더 소중히 여기며 키웠답니다. 자, 보시는 대로 저는 이렇게 태어났기 때문에 물정을 좀 알기 시작했을 때부터 세상의 따가운 시선을 느낄 수가 있었어요. 다행히 학대는 받지 않았지만요. 어떻게든 살아갈 수 있었던 건, 그래요, 외할머니 덕분이죠. 그래도 뭐, 세간의 따가운 눈초리란 게 지금의 강한 저를 만들어 준 거라 생각하긴 합니다. 외할머니는 이구쟈라는 마을에서 누구나 피하고 싶어 하는 힘든 일을 닥치는 대로 하면서 열세 살 때까지 절 키워주셨어요. 유일하게 저를 키워준 외할머니가 횡단보도를 빨간불에 건너다 차에 치여 죽었을 때엔 정말 대성통곡했죠. 이제 막 소녀가 된 제 몸이 완전히 비쩍 말라버릴 정도로 울고 또 울었어요. 안 돼, 말도 안 되는 일이야, 안 돼요, 할머니 하고 짠 눈물만 흘리며 울고불고 난리도 아니었죠. 왜 할머니가 죽어야 했는지 정말 이해가 안 되었어요. 할머닌 그냥 길을 건너려고 했을 뿐이잖아요. 세상이 바뀌었다며 길을 건너는 규칙 따위를 갑자기 강요한다한들 섬에서 태평하게 살던 할머니가 빨간불의 의미를 어떻게 알겠어요. 할머니가 빨간불에 건넌 게 잘못이라 하지만 말이에요. 죽은 할머니만 손해인 거죠. 그렇게 유일한 우리 할머니를 영문도 모른 채 빼앗겨 버린 저는 어떻게 살아야 할지 몰라 그저 울 수밖에 없었답니다. 저는 매일 바보처럼 울었어요. 밥도 목구멍에 넘어가지 않았죠. 친척도 아닌 옆집 사람에게서는 아무래도 저 아이는 할머니를 잃고 외로움에 미쳐버렸나봐, 하는 말까지 들었답니다. 완전 미친 아이 취급을 당해 하마터면 병원에 들어갈 뻔했다니까요. 그래서 그때부턴 어떤 일을 당해도 눈물 한 방울 흘리지 않게 되었답니다.

그 후로 여러 사정이 있었는데, 어찌하다 보니 이렇게 연극배우가 되었는데요, 극 중에 눈물을 흘리며 슬퍼하는 장면은 연기하는 것도 힘들고 보는 것도 힘듭니다. 그 일을 겪은 뒤로 말이죠. 눈물샘이 완전히 바짝 말라버린 것 같아요.

무대에서 이야기하는 마리아의 목소리가 나에게 도달한 것은 여기까지였다.

물소리가 들린다.

날카롭게 시간을 새기는 소리를 듣고 있다. 가라앉은 감각의 벽을 똑, 똑똑똑또또또또또또또똑 하고 낮게 두드리듯 떨어지는 물방울 소리. 계속 듣고 있자니 산신三線의 남현男弦* 을 장난스럽게 치는 듯한 느낌도 든다. 둔하고 단조로운 리듬이 고막을 끊임없이 자극하고 무방비한 의식을 툭툭 아래로 떨어트린다. 때문에 희미한

---

* 오키나와의 전통 현악기 산신(三線)은 세 개의 현으로 구성되어 있는데 각각 여현(女弦, 마-지루), 중현(中弦, 나카지루), 남현(男弦, 우-치루)으로 불린다. 남현은 여현보다 한 옥타브 낮다.

빛을 찾아 외부 세계로 나가려는 마음은 위축되고 만다. 이윽고 의식 밑바닥까지 내려온 떨어지는 물소리는 잠의 한가운데를 간지럽힌다. 간질간질, 간질간질간질간질. 너무 간지러워서 웃음이 터져 나올 것 같다. 간지러움을 참고 있다 보니 어느새 떨어지던 물방울 막에 완전히 휩싸여 있는 것 같다. 반달 모양의 투명한 유리그릇 바닥에 있는 느낌. 물방울은 조금씩 커지더니 금세 크게 부풀어 올라 부웅 하고 떠올랐다. 둥둥 떠다니던 물방울은 수 미터 정도의 공중에서 터지더니 엄청난 비말을 눈앞에서 흩뿌렸다……. 그중 하나가 내 뺨에 앉았다고 느낀 순간, 흠칫 눈을 떴다.

자신이 만든 일인극에 완전히 리듬을 탄 것 같은 마리아의 표정에 알 수 없는 그림자가 드리워진 순간, 내 눈꺼풀에는 저항하기 힘들 정도의 수마가 덮쳐 버렸다. 남들과는 다른 신체 때문에 어디를 가더라도 늘 **수런거림을 당해왔다**며 힘든 경험담을 이어가던 다카에스 마리아의 독백을 지루하게 느낀 탓은 아니었다.

잠이 들기 직전, 갑작스럽게 나를 급습한 수마와 마리아를 향해 무심코 카메라를 들려 했던 내 움직임이 서로 연관되어 있다는 걸 알아차렸다. 자신의 독백에 완전히 몰입한 마리아의 눈에서는 의도적인 반항심이 선명하게 표출되고 있었는데 그 눈은 마치 나를 찌르는 빛과도 같았다. 그 눈에 반사된 내 손은 습관처럼 카메라 뚜껑을 열었다. 파인더를 통해 보이는 마리아의, 끊임없이 변하는 표정, 그 순간을, 찍었다, 고 느낀 순간이었다. 손끝에 떨림이 전해졌다.

찌릿하게 번개를 맞은 것처럼 저린다. 초점은 이미 어긋나 렌즈에 마리아의 모습은 보이지 않았다. 돌연히 정수리에서 등 쪽으로 검게 흔들리며 내려오는 미지근한 무언가에 온몸이 휩싸이는 것 같다. 갑자기 떨어진 검은 장막의 세계 속으로 나는 어지럽게 가라앉아 가고 있었다.

정신을 차려 보니 무대의 막이 내리고 있었다. 관객도 없다. 단한 명도 잠깐 조는 사이에 다카에스 마리아의 일인극은 끝나버린 것일까. 적막감만이 흐른다. 마치 극단 '구쟈'의 무대 따위는 처음부터 없었다고 말하는 것 같은 고요함이다. 그런데 대체 어찌 된 일인지, 난 어두컴컴하고 먼지가 낀 넓은 건물 내부에서 나뒹굴고 있었다. 소파나 의자 위가 아니었다. 회장 내부의 깊숙한 한 쪽 구석, 무대가 꽤 멀리 보이는, 벽이 있는 공간이었다. 나는 배낭을 베개 삼아 시멘트 바닥에 누워 있었던 것이다. 세계의 못에 내던져진 내 몸의 발견. 외로움과 울적함 때문에 잠시 상황을 확인할 생각도 일어나지 않는다.

꾸무럭꾸무럭 움직이며 배낭을 등에 지고 나왔다. 입구의 모습은 들어올 때와 마찬가지다. 긴 테이블 위에 놓인 작은 돈 통과 팸플릿도 아직 그대로이다.

헤도미사키 곶보다 더 멀리 있는 벼랑 끝에 선 것은 비가 그친 저녁이었다. 그때부터 버스를 환승해 두 시간 가까이 걸려 도착한 곳에도 사람은 보이지 않았다. 카메라를 메고 관광객을 위해 만든 코스를 어슬렁어슬렁 걸어 보았지만 그 풍경을 카메라에 담고 싶은 마음은 들지 않았다.

한풀 꺾인 햇빛 아래에 서 있다. 벼랑 끝에서 바다를 바라보았다. 바다 건너편에 이름 모를 작은 섬들이 희끗하게 떠있는 게 보인다. 사고 방지를 위해 쳐둔 울타리에 팔꿈치를 대고 극단 '구쟈' 팸플릿을 꺼내 표지 뒷면을 들여다보았다. 거기에는 극단이 가장 성황을 이루었을 때(해설에 따르면 1975년 무렵)에 활동했던 단원 열여덟 명의 얼굴 사진이 흑백으로 나란히 인쇄되어 있었다.

단원들은 고색창연하면서도 뜻 모를 움직임이 있는 표정을 하고 있었다. 각각의 얼굴을 들여다보니 왠지 모르게 살아있는 느낌이 든다. 곱슬머리에 둥근 얼굴을 한 사람은 익살스러운 코믹 배우 같다. 윤기 나는 흑갈색 피부를 가진 바다 사나이는 사연이 있는 반편이 같고, 눈썹이 검고 광대뼈가 튀어나온 얼굴에 어딘가 그림자가 있는 여자는 섹시한 허스키 보이스를 가지고 있을 것 같다. 금발에 깊고 푸른 눈동자가 빛나는 몸집이 자그마한 남자는 수다스럽고 장난을 좋아할 듯이 보인다. 땅딸막하고 얼굴이 붉은 이 양반은 수줍어하며 어깨를 흔드는 버릇이 있을 것 같다. 매부리코를 한 남자는 항상 껌을 씹을 것 같다. 어딘가 버터 냄새가 나긴 하지만 밑도 끝도 없는 밝음과 아연색의 어두움을 안팎으로 풍기고 있는 녀석들. 달리 갈 곳이 없어 여기에 모였을 뿐이라는 식의 분위기였지만 무대 위에 서면 몸에선 짙은 오라가 나와 관객들을 압도할 녀석들.

곳의 풍경이 흔들흔들 흔들리기 시작한다. 바람이 불기 시작한 것이다. 저물어가는 햇빛으로 바다색은 점차 바뀌어 가고 높이 이는 파도는 자신의 아랫배를 보여주었다 감추었다 한다. 드디어 시계가 갈피를 잡을 수 없을 정도로 넓어진다. 자욱한 물 냄새. 바다 냄새도 비 냄새도 아니다. 발밑의 갈라진 틈에서 뿜어져 나와 주변을 자욱하게 만드는 어둠의 냄새다.

달은, 아니다

月や,あらん

이 소설의 원제는 「月や,あらん」이며, 번역대본으로는 崎山多美, 『月や, あらん』(なんよう文庫, 2012)를 사용하였다.

달은, 아니다

내 친구, 오소라大空군, 너는 존재하고 있었다. 그리고 내 친구 히로바廣場군, 너는 지금까지 단 한 번도 존재해본 일이 없었다……

내 친구, 쓰키月군, 유감스럽게도 너는 더 이상 달이 아니다, 그러나 달이란 이름으로 불리는 것에 지나지 않는 너를, 내가 여전히 달이라 여기는 것은 아마도 나의 태만 때문이리라……

— 프란츠 카프카, 주정뱅이와의 대화

새벽 세 시 하늘에서

아직 추울 정도는 아닌 시월 중순의 밤. 거의 새벽 세 시에 가까워질 무렵이었다. 유난히 맑고 선명해진 시야 때문에 아주 곤란해져버린 나는 그만두면 좋았을 테지만 결국 베란다로 나가고 말았다. 싸늘한 정도의 바람이 뺨을 쓰다듬고 지나간다. 동쪽 하늘을 올려다

보니 잿빛의 둥근 물체가 보인다. 곧바로 아, 달이구나, 하고 생각했다. 하지만 오늘 밤의 달이라면, 그래 저기, 저쪽 하늘 한구석에 부끄러운 듯이 부들부들 흔들리며 창백한 빛을 발하고 있는 것이 바로 달 아닌가. 참으로 불안한 잔광이다. 달이 아닌 것 같은 이 정체는 겨울 밤하늘을 조용히 유람하는 비행선, 도 아닌 것 같다.

달도 비행선도 아닌 듯한 잿빛의 둥근 물체는 빌딩 숲 사이를 부채꼴 모양으로 뻗어 있는 어스레한 하늘 끝자락에 선명하게 걸려있다. 뭔가 야릇한 풍경이다. 그 모양에 신경이 쓰인 나는 베란다에서 있는 힘껏 목을 빼곤, 새벽에 깨어버린 눈을 크게 뜨고 가만히 바라보고 있었다. 그것은 옆으로 흔들리고 있다. 어슴푸레한 하늘에서 흔들리며 어지럽게 날아다니더니, 조용히 조용히 아래로 내려온다. 갈수록 아래로 처지며 녹아들던 그것은 점점 진흙처럼 축 늘어지더니 위태로운 모양으로 옆집 삼각 지붕 끝에 매달린다.

목구멍 안쪽이 단단한 무언가로 막히는 기분이 들었다. 나도 모르게 몸을 앞으로 내밀어 지붕 끝에 붙어있는 물체의 그림자를 나 역시 베란다 끝에 매달린 자세로 지켜보았다. 그러자 그 물체는 지붕 끝에서 흘러내리는 모양으로 순간 몸을 구불하며 흔들렸다. 그렇게 얼마간 있으려니, 어찌된 일인지, 그것이 사람처럼 소리를 낸다.

─이봐요 손을 내밀어 봐요

조용한 밤의 침묵을 돌연 가로지르는 기괴한 목소리의 울림.

너무나도 갑작스러운 일이다. 거절할 틈도 화를 낼 틈도 없다. 그래요, 예상 외로 가볍게 열린 내 목에서는 높은 목소리가 나왔다. 어슴푸레한 하늘을 향해 그렇게 대담한 나는 곧장 왼손을 내밀고 말았다. 부드럽고 차가운 감촉이 집게손가락 끝에 닿는다. 고무공 같은 것이 손등에 달라붙어 발밑으로 굴러오더니 통 통 통 하고 튄다. 엷은 소용돌이를 일으키는 보랏빛 안개 같은 것이 한쪽 면을 자욱하게 채우는 느낌을 가진 순간, 뿍, 뿌아-ㅅ 하고 검붉은 그림자가 일어났다. 선명한 윤곽을 가진 그것이 눈앞에서 봉긋한 모습을 드러내 보이고 있다.

공중에서 잿빛으로 흔들리던 둥근 물체는 진한 녹황색과 갈색이 섞인 진흙으로 온통 범벅이 된 통나무처럼 스스로 움직이는 물체였다. 주전자와 같은 머리에는 푸른 덩굴 풀 같은 것을 관처럼 뱅뱅 둘러쓰고 있다. 목면으로 만든 둥근 옷깃 셔츠 위에 황토색 아동용 겉옷을 걸치고, 팔다리와 붉고 탁하게 빛나는 눈을 각각 두 개씩 가지고 있다. 통나무 막대기에 붙인 듯한 팔다리의 구불거림이나 흔들거림은, 분명, 살아있는 물체의 모습이다.

한밤중에 정체 모를 물건이 갑자기 나타나 베란다에 이상한 기운을 자욱하게 메우며 달려들자, 나는 그만 당황해서 허둥거리며 방으로 들어가려 했다. 바로 그때, 쪼르르 따라오던 흙투성이 나무 막대기가, 어찌된 영문인지, 나를 앞질러 가는 게 아닌가. 나무 막대기는 새시 문을 등지고 섰다. 맞은편 방 한가운데서 날 쳐다보며 가로막고 서 있는 나무 막대기. 나는 꼼짝도 할 수가 없었다.

서로 정면으로 마주 보며 서 있다. 의외로 시계는 투명했고 그것과의 거리감에도 정상적인 원근법이 적용되고 있는 것 같다. 나는 그것을 피하지 않고 그저 응시하고 있다. 눈꺼풀에 경련이 일어날 정도로

사람의 목소리로 사람의 말을 쓰고 있으니 이는 사람인 것일까. 그러나 사람이라 하기엔 너무나도 기괴한 풍채를 가진 종족이다. 비유하자면 해초로 둘러싸인 두 발 가진 청새치, 혹은 산 원숭이와 이리오모테 섬西表島 고양이를 섞어 놓은 모습이다. 굳이 사람에 빗댄다면 어른이 되기를 거부한 아이, 아니면 몸이 줄어든 마른 할머니라 할까. 키는 내 가슴께에 머리가 오는 정도다. 겉으로 드러난 팔다리는 번들번들 밝게 빛나는 갈색이다. 딱히 체모는 없다. 그런 수상한 자가 나막신 같은 얼굴에 박힌 고양이 눈으로 말끄러미 나를 올려다보고 있다. 붉은 뺨을 너부죽이 드러내고서 말이다. 그러고는 오므라진 입을 비틀며 히죽 웃는다. 이쪽은 간담이 서늘해질 정도로 섬뜩해진다. 그러나 열심히 냉정한 척 포장한다. 이렇게 정체를 알 수 없는 자에게는 함부로 반응을 보이지 않는 편이 좋아, 라고 스스로에게 말한다. 약간의 신체적 위협을 느끼기도 했기 때문이다.

한참을 관찰하다가 잠시 가슴을 젖히며 호박을 연상시키는 못생긴 얼굴을 쳐다보는 자세를 취해 보았다. 그러자 그것이 서성거리기 시작하는 게 아닌가. 태엽 인형처럼 삐걱, 삐걱, 끽, 삐걱 끽, 삐

걱 삐걱 끽끽, 삐걱 끽……. 의미를 빼앗긴 채 미래 영겁까지 거행되는, 세상의 어둠 속을 떠도는 그림자 의식처럼 말이다.

난들 여기서 무슨 생각을 할 수 있으랴. 한밤중의 하늘에서 갑자기 떨어진 물체가 무턱대고 보여주는 지그재그 운동. 내 시야를 마구 어지럽히고 뒤흔드는 그 작자의 움직임을 보고서도, 그저 난 멍하니 새시 문에 등을 기대고 서 있을 수밖에 없었다. 그렇게 얼이 빠진 상태에서도, 그러나 나는 혼자 몰래 한 가지 결심을 했다. 어찌되었든 여기에서는 이 사태를 아무 일도 아닌 것처럼 받아들이지 않으면 안 된다고 말이다. 만약 여기서 이 작자의 실체를 규명하려고 아이처럼 소란을 피워 밤공기를 흩뜨리면 지금쯤 꿈의 도원경에서 편히 잠들어 있을 이웃들을 갑작스레 깨우게 될 것이다. 일이 성가시게 될 성싶으면 정체를 알 수 없는 이 작자는 갑자기 움직임을 멈추고 만다. 멈추기는커녕 순간적으로 산산이 흩어져 사라지고 만다. 그런 일이 일어난다면 나는 돌이킬 수 없는 무참한 심경에 빠지고 말 것 같다. 앞으로 남아 있는 이 세상의 시간을 아주 참담한 마음으로 보내야 할 것 같다. 분명 그런 기분이 든다. 갑자기 치밀어 오르는 강박감이 나를 사로잡는다.

슬금슬금 다시 현기증이 일어난다. 즉시 양손 집게손가락으로 양쪽 관자놀이를 누른다. 마치 마술을 부리듯이. 의외로 효과가 있다. 잔뜩 흐리고 무거운 막이 눈 한구석으로 천천히 달아나고 의식은 다시 투명해진다. 이번에는 아주 맑은 정신으로 나는 또다시 이런 결심을 해본다. 이렇게 된 이상, 이 이상한 작자가 세상에 등장한 경위를 내 눈으로 똑똑히 확인해야겠다고 그렇다고는 하지만 이제 껏 듣지도 보지도 못한 기괴한 사건에 어떤 이름을 붙일 수 있을까. 나는 고개를 갸웃한 채로 있다. 이 사건에 대한 예비적인 말 한마디, 짐작 가는 대목, 돌연 뇌리를 스치는 이미지의 편린은, 그러나 어떠한 그림도 만들지 못한다. 아득한 기억의 풍경 — 먼 파도 소리, 동쪽 바람의 살랑거림, 석양에 물드는 흰 모래, 섬 그림자의 고독, 새들의 노래 소리, 아이들의 외침, 노인들의 끊임없는 수다, 우물가 에서 떼 지어 모인 여자들의 커다란 웃음소리 — 의 기척마저도 이 물체의 등장으로 인해 무참하게 모두 빼앗기고 말았다.

음영을 탈색시킨 심상 풍경의 이 막연한 쓸쓸함이여.

훤하게 퍼져 가는 하얀 공간에 폭 싸였다. 살갗은 차갑게 얼어붙었 다. 눈을 크게 뜨자 하얀 공동의 중심에 한 점의 어두운 구멍이……

임시 거처의 실제 주인에 대하여

이곳은 지방도시 교외에 세워진 옅은 갈색의 녹슬고 오래된 4층 아파트 맨 꼭대기 층 북쪽 구석에 있는 원룸이다.

아주 갑갑할 만큼 좁고 지저분한 공간이지만 수입이 얼마 안 되 는 여자가 마음 편히 혼자 살기엔 제격이다. 이 이상의 아파트를 바라는 것은 분수를 모르는 짓이다. 시내버스를 타면 직장까지의 통

근시간은 아무리 막히더라도 20분 정도 시내를 내려다 볼 수 있는 높은 지대에 있기 때문에 전망이 꽤 괜찮은 편이다. 푸른 바다가 눈앞에 크게 펼쳐질 정도는 아니지만. 이 모든 것을 차치한다 하더라도 이 공간에 이렇게 틀어박혀 있으면 바깥의 비바람이나 이슬은 피할 수 있다. 세간의 멀고 가까운 친인척들, 동료나 지인들의 그저 성가시기만 한 시선과 무겁고 괴로운 간섭의 종류로부터도 일시적이지만 벗어날 수 있다. 시간이 허락하는 한 아무것도 신경 쓰지 않고 좋아하는 자세로 뒹굴거릴 수도 있다. 빌린 집이기는 하지만 이곳은 누가 뭐라고 하든 나만의 동굴, 나만의 성인 것이다.

사실 이 장소는 원래 내 친구이나구두시, 女友達가 살던 곳이다. 그녀의 남자 친구가 두 사람의 동거를 위해 신축 아파트를 마련하자 내 친구는 그곳으로 이사를 갔다. 이후 그녀는 부동산에 등록된 명의는 그대로 두고 나에게 이 방을 빌려주었다. 아파트 보증금, 중개 수수료 등이 필요 없고, 임대료는 본래 가격의 반만 친구 계좌로 다달이 입금하면 되는, 더 이상 싸게 구할 수 없는 좋은 조건의 원룸이다. 이 좋은 조건이 언제까지 이어질지 몰라 상당히 불안하기는 하지만, 원래 나는 나 자신의 장래나 노후 생활에 대해 과잉으로, 아니 보통 사람들만큼도 불안해하지 않는다. 게다가 나는 그 여자 친구보다 조금은 더 젊다. 40대가 되려면 수개월의 시간적 여유가 있다. 여자 친구의 배려 덕분에 지금 당장 할 수 있을 정도의 계획은 세워졌다. 이 취직 빙하기에서 59배의 경쟁률을 뚫고 채용된 시청 홍보과 촉탁 일은 근근이 이어지는 수입이기는 하지만 내가 주제파악하고 노동조건 등에 대해 불만을 호소하지 않는다면 서류상의 절차와 편의상 다음 분기에도 채용될 수 있다. 이는 상사가 귓속말로 약속한 것이긴 해도 공무원적인 배려로 한동안은 연명할 수 있을 듯하다.

따지고 보면 이 모든 것은 다른 사람들의 호의에 기대었을 때 비로소 성립되는, 준법과 위법 사이의 줄타기와도 같은 임시 거처의 덧없는 보증과도 같은 것이었다.

반년 전 어느 주말 새벽이었다.

습관처럼 등받이가 있는 앉은뱅이 의자에 멍하니 앉아있었다. 형광등에 반사되어 함빡 젖은 듯 물색으로 빛나는 탁상 왼편 옆의 전화기에 시선을 떨어트린 순간, 전화벨이 울렸다. 집어 든 수화기에서는 낮지만 기묘하고 명료한 허스키 보이스가 흘러나와 귓속으로 전해졌다.

—응, 나야, 있잖아, 나 이제 좀 힘들어졌어. 혼자 있는 게. 어쩔 수 없어…….

얇은 베니어판 벽을 두드려 옆집 사람에게 신호를 보내 자신의 소재를 알리는 듯 은밀한 목소리로 말을 꺼내더니, 깊은 한숨으로 내 귀를 간질이고 난 뒤에는 갑자기 톤을 뭉개며 단숨에 다음과 같이 말을 이어나갔다.

—저기, 들어 봐, 나 말이야, 조금 만나던 사람이 있었는데 그 남

자와 동거란 걸 하기로 했어. 결혼이라든가 호적이라든가 그런 귀찮은 절차는 일절 생략하기로 하고. 근데 놀랍지 않아? 상대가 말이야, 나보다 일곱 살이나 어린 은행원이야. 정말 놀랍지? 아, 어쨌든, 난 그런 결심을 한 상태거든. 누가 뭐라고 하든 나도 40대가 되었잖아. 이 새삼스러운 인생의 선택이 나답지 않다고 너는 불만스럽게 여길지 모르지만, 뭐라 해도 이미 늦었어. 그렇게 결심했거든 난.

그래서 말인데, 상담이랄까, 부탁이랄까, 아무래도 네가 들어줬으면 하는 이야기가 있어. 그게 말이야, 지금 내 손에는 도무지 그만둘 수 없는 '업무상의 인수인계'라는 게 있어. 그게 무지 마음에 걸려서 말이지. 다시 시작하는 내 인생에 그게 어두운 그림자를 드리우고 있는 거 같아. 이렇게 말하는 게 나한테도 어려운 일이고, 뭐랄까, 그런 일을 모른 채 못하는 내 성격을 너는 자알 알고 있잖아. (한숨이 가득한 숩한 목소리였다.) 그래서 단도직입적으로 말하겠는데, 그 '업무상의 인수인계'를 네가 해주었으면 해. 아, 설마 거절하지는 않겠지? 네가 곤란에 처한 친구를 인정머리 없이 모른 체하는 박정한 사람이 아니라는 걸, 나는, 잘 알고 있다고 게다가 나, 달리 이 일을 부탁할 사람이 아무도 없어. 너 말고는 아무도……

이렇게 곧장 납득할 수 없는 이야기를, 10년이나 알고 지낸 온 여자 친구 다카미자와 료코高見澤了子가 돌연 꺼내는 것이었다.

갑작스러운 부탁을 받은 나는 그녀의 여자 친구임을 자인하고 있기는 하지만, 직장 동료도 동업자도 아니기 때문에 업무상의 무슨 일이라 하니, 놀랍다고나 할까, 아닌 밤중에 홍두깨라고나 할까, 청천벽력과 같이 느껴졌다. 그렇기는 하지만 무슨 소리야, 업무상의 일이라니, 네 업무상의 일이 나와 무슨 관계가 있단 말이야, 하고 성미 급한 대답은 일절 하지 않고 잠자코 이야기를 듣고만 있었다. 어차피 일방적인 느낌이었기 때문에.

내 여자 친구 다카미자와 료코는 남들의 시선을 의식할 때에는 조금은 제대로 되고 건실한 척하지만, 사적인 장면이 되면 갑자기 성실함과는 전혀 거리가 먼 가볍고 담박한 말투로 이야기를 한다. 목소리 자체는 낮고, 특별히 위압감이 있는 말투는 아니지만, 일단 입을 열면 대충이라도 처음부터 끝까지 그 경위를 말해야 직성이 풀린다. 이야기 도중에 상대방이 말을 끊는 것을 절대 받아들이지 않고 강하게 밀어붙이는 기질이 있는 것이다. 때문에 이야기를 듣는 사람은 어떤 말이든 가만히 듣고 있을 수밖에 없다. 그날 밤 그 이야기를 할 때에도 평소와 같은 그녀다운 말투였다.

계속 듣고 있자니 도톤도톤하고 울리던 그녀의 목소리가 점차 희미해지더니 워웡, 워웡웡 하는 소리로 부풀어 오른다. 그것은 점차 짧게 끊기어 흐르며 샤샷, 샷샤카, 샤카샤카샤카…… 하는 시원시원한 리듬의 연주로 바뀌어 갔다. 그런 소리가 들릴 즈음이었을 것이다. 목소리가 멀리서 다가와 굽이치는 파도가 되어, 정작 들어야 할 이야기 내용이 어딘가로 새어버리고 만 것은. 어둑한 재즈 다방 한쪽 구석에 자리를 잡고 공간을 채워 가는 스윙 리듬에 완전히 몸을 맡기었을 때와 같이 신경이 녹아든다. 그런 분위기에 사로잡혀 있던 나는 갑작스럽고 이해가 잘 되지 않는 여자 친구의 목소리를 무방비 상태로 귀에 흘려 넣고 있었다.

사실, 그 목소리는, 지금 내 방에서 물색으로 빛나는 전화기에서, 당시는 여기가 아닌 다른 장소에 있던 나에게 걸려온, 조금은 비틀린 경위를 가진 목소리였다.

보통 누구든지 자신을 세상에 어필하려고 손에 넣으려 하는 것이 있다. 분명한 소속집단, 집안, 화려한 학력, 자랑거리가 되는 특기나 사람들의 시선을 빼앗는 아름다운 외모 등. 이들 중 어느 하나 제대로 가지고 있지 않은 내가 유일하게 손에 쥐고 있었던 게 있다. 단기대학을 졸업한 이후에 통신교육을 받으며 취득한 사서 자격증이 바로 그것이다. 그 당시에는 그럭저럭 수요가 있었기에 나는 그 자격증 하나만 믿고 여기저기의 지방 공민관이나 행정기관 관할 구역의 아동용 이동도서관을 전전하며 하루하루의 끼니를 얻고 있었다.

13년 전의 어느 날, 5시에 가까울 즈음이었다. 시 중심구에 있던 공민관에서 초등학생을 위한 도서 대여와 반납, 도서 주문 카드 처리 등으로 분주했던 하루가 드디어 끝날 시각이었다. 아이들이 어지질러 놓은 동화집과 그림책을 정리하며 퇴근 준비를 하던 나에게 불쑥 커다란 사람 그림자가 덮쳐왔다.

— 저기, 이거, 여기에서 몇 권 정도 구입해 줄 수는 없나요?

곧게 뻗어 울림이 좋은 목소리와 함께 눈앞에 책 3권이 던져졌다. 잉크 냄새가 코를 찌르듯이 풍겼고 갈색과 녹색, 연지색 등이 어우러진 인상적인 겉표지 띠가 눈에 들어왔다. 글자 디자인이나 배열은 좋은 인상을 주었지만, 글자를 읽을 여유는 없었다. 3권 모두 아동용이 아니라는 것은 한눈에도 알 수 있었지만, 곧바로 대답을 할 수 없어, 입을 반쯤 벌리고 멍한 얼굴로 상대방을 올려 보았다. 그러자 상대방은 아, 하고 말하며 어깨에 걸친 가방을 뒤적이다 명함을 꺼내었다. 건네주는 명함에 시선을 돌리자 거기에는 가로 두 줄로 이렇게 쓰여 있었다.

편집공방 <미둥밋챠이>

편집부원 다카미자와 료코

미둥밋챠이, 이건 무슨 말이지? 게다가 이 사람, 어쩐지 이 주변 지역 사람과는 분위기가 달라 보여. 더욱 대답할 말을 잃어버린 나는 어쨌든 책 만드는 사람이 책을 팔기 위해 온 것이라는 것쯤은 알 수가 있었다.

—이런 이름의 출판사를 막 시작한 참이에요. 이건 우리들이 처음으로 낼 책의 견본이고 발간은 6개월 정도 뒤가 될 겁니다. 지금은 예약 주문을 받고 있죠. 제 입으로 말하기는 좀 그렇지만 꽤 좋은 책이에요. 책을 다루는 당신이라면 바로 알 수 있을 겁니다. 좋은 책인지 아닌지 정도는. 좋은 책이라 여겨지면, 당신 말예요, 상사에게 구입해 달라고 말해 보지 않겠어요? 그렇게 해 준다면 대단히

감사하겠는데요. 물론 3권 모두 다 사지 않아도 됩니다. 한 권이라도 괜찮아요. 저기, 어때요? 사서 손해 보는 책은 아니에요. 좋은 책이라고요. 분명히. 예약 할인권도 이렇게 있어요. 이건 주문서. 여기에 사인을 해서 나중에 우편으로 보내주기만 하면 돼요.

한꺼번에 말을 쏟아 붓는 상대방을 나는 흠 하고 할 말을 잃은 채 올려 보고 있었다. 이렇게 막무가내로 책을 권하는 사람은 처음이었다.

행정기관 관할 하의 아동도서관에서 구입하는 책은 문부과학성이나 학교 추천서를 중심으로 독자에게 설문 조사하여 선정한 뒤 도서관에서 발행처로 직접 주문을 넣는다. 또 우편으로 받는 신간 안내서 가운데 조건에 맞는 도서를 담당직원들이 선별하고 그것을 상사에게 허락받아 구매하는 게 보통의 절차이다. 게다가 영업직원을 상대하는 일은 나 같은 말단 임시직 사서가 아니다. 그럼에도 상대방은 좋은 책, 좋은 책이라고 밀어붙이고 있다. 이야기를 주고받는 사이에도 아직 그 주변에 서성이고 있던 아이들은 저기요, 누나, 저 책…… 하며 책을 졸라댄다. 그런 번잡함 속에서 알겠습니다, 일단 두고 가시죠, 라 말하는 순간 다카미자와 료코는 번쩍이던 눈을 누그러뜨렸다.

— 어머나, 기쁘기도 해라. 좋은 사람이군요, 당신은. 이야기를 잘 이해하시네. 여기 이건 책 대금을 입금할 용지. 잘 부탁해요. 고맙습니다. 또 올게요. 당신은 정말 좋은 사람이에요.

그녀는 빠른 속도로 좋은 사람이군요를 반복하며 견본 책을 안고 서는 뒤돌아 나가버렸다. 아니, 그런 게 아니라, 책을 두고 가라고만 했지……, 이런 내 목소리는 손을 흔들며 뒤돌아선 그녀의 큰 키에 되돌려지고 말았다. 눈앞에는 입금 용지 한 장만 조용히 남았다.

그것이 내 여자 친구, 다카미자와 료코와의 첫 만남이었다. 결국 그 책 3권은 내가 개인적으로 사게 되었다.

미등밋차이, 이것이 세 여자를 뜻한다는 건 다카미자와 료코와 두 번째로 대면했을 때 알게 되었다. 그녀는 주문한 책을 직접 전해 주려고 일부러 내 일이 끝나는 시간에 맞추어 도서관에 나타났다. 그리고 그날 자연스럽게 커피를 같이 마시게 되었다.

거품 경제가 끝나고 10년 정도 지났을 즈음, 그녀는 4년간 다니던 도심의 광고회사에서 나와 이곳에서 여자 세 명으로 구성된 편집공방 <미등밋차이>를 만들었다. 3년만 견디면 노포 대열에 들 수 있다는 비아냥 섞인 말을 듣는 지방 출판업계에서 이들은 드물게도 순조롭게 업적을 쌓아 13년간 회사를 유지해왔다. 대체 무슨 심경의 변화가 일어났는지 그녀는 그런 회사를 그만둔다고 한다. 한 남자와 동거를 시작하면서 편집업무에서 완전히 손을 떼겠다고 선언한 다카미자와 료코는 주변 사람들이 미련스레 붙들며 말리는 데도 아랑곳하지 않고 회사 동료들과의 인연도 완전히 끊어버렸다고 한다.

그날 밤 여자 친구가 이야기한 갑작스런 '업무상의 인수인계'를 일단 받아들인다는 조건으로 그녀가 제안한 게 바로 이 임시 거처였다. 거절할 수 없는 매력적인 교환 조건에 나는 그만 알겠어, 인수할게 그거, 하며 들뜬 목소리로 덜렁 받아버렸다. 실제로는 잘 알지도 못하는 제안을 가볍게 받아들인 것이다. 내일이라도 당장 이사할 수 있도록 방은 비워두었어, 라는 그녀의 제안에 따라 나는 이튿날 상자 4개에 나누어 담은 짐과 함께 이미 원래 주인이 떠나고 없는 이 방으로 찾아 들어왔다.

구체적인 '업무상의 인수인계'는 이사가 무사히 끝나고 서로 새로운 거주 공간에 적응되었을 즈음에 할게, 하며 그날 밤 통화 끝에 이야기한 이후로, 무슨 영문인지 여자 친구는 감감무소식이다. 그리고 파트너를 소개해 줄 자리인 식사 약속에 대해서도 아무런 말이 없다.

그 탓에 나는 그녀가 이사 간 곳의 주소나 전화번호, 회사 동료, 파트너의 이름과 거주지 등, 어느 것 하나 제대로 아는 게 없었다. 이쪽에서 연락을 취할 방법이 달리 없는 채로 이미 반년이나 지나버렸다. 다른 일을 찾아 도심으로 돌아갔다는 소식도 들리지 않는다. 잠시 기다리면 그 사이에 어떤 식으로든 연락이 있겠지, 하고 친구에게 모든 것을 맡기려는 생각도 더 이상 소용없게 되었다. 밤 늦은 시각에 혼자만의 시간을 보내자면, 짙게 타오르는 불안의 안개에 반드시 나는 휩싸이고 만다. 어쩌면 여자 친구는 돌발적인 사고로 뜻밖의 위험에 처해 있을지도 모른다는 생각이 불쑥 머릿속을 스치고 지나가는 것이다. 그러나 이런 근거 없는 상상 때문에 심각한 표정으로 경찰서나 탐정 사무실을 찾는 행동까지는 하지 않았다. 우선 평소에 무슨 일이건 다른 사람들과 동떨어진 반응을 보이고, 주변 사람들로부터 둔하다, 얼빠졌다, 구제 불능의 멍청이다, 라고 지탄받아 온 나와는 달리, 그 여자 친구는 전혀 다른 성격을 가지고 있었기 때문이다.

내친 김에 쇼핑이나 할까 싶어 둘이서 나란히 걸을 때면, 그녀는 다카미高見라는 이름처럼 높은 곳에서 작고 마른 나를 내려다볼 정도로 늘씬한 체격을 가지고 있었다. 마음이 동하면 크게 서비스 정신을 발휘하여 연극하듯 익살맞게 굴어 배가 뒤틀릴 정도로 웃게 만드는 재주도 있었고, 유행에 아주 민감한 부분도 있었지만 실제로는 꽤 진중하고 성실한 이론가였다. 처음 만난 날 이후로 나와는 아주 친하게 지내는 사이가 되어 벌써 10년이라는 세월을 함께 보냈다. 출판사 형편이 아주 좋은 편은 아니었지만 어떻게든 살아남았고, 출판 관계자가 아니라면 일의 구조가 잘 보이지 않는 지방 출판업계에서 다른 멤버를 주도하며 기발하고 유연한 기획으로 질과 양 모두 정평 난 출판물을 발간해왔다. 지방업계에 있기에는 실력이 아깝다는 평판이 있을 정도로 그녀는 카리스마 있는 여성 편집자였던 것이다. 때문에 얼간이에 멍청이 같은 나라면 모를까, 정신의 해이나 부주의한 실수, 사건사고 등은 내 여자 친구와는 정말로 어울리지 않는 말이었다. 그렇다고는 하지만 이런 확신 자체가 아무리 기다려도 오랫동안 연락이 없는 여자 친구에 대한 검은 안개와 같은 불안감을 더욱 부채질하고 만다.

손꼽아 헤아려 보면 말이야, 나, 여기서, 13년 이상이나 살았던 거야, 하고 한숨 섞인 말투로 이야기했던 여자 친구의 원룸에 내가 들어가 산 지 2주 정도 지났을 즈음, 난 이곳이 새로운 거주공간이라는 위화감이 전혀 들지 않았다. 정말로, 완전히. 조금 낡기는 했지만 부담 갖지 말고 써, 하고 대부분 남겨준 가구 구석구석에도 이제는 내 손때가 묻고 만 것이다. 최근에는 이곳에 줄곧 살던 사람은 여자 친구가 아니라 바로 내가 아니었던가 싶을 정도로 자기중심적인 생각에 빠져 있는 나 자신을 발견하곤 한다. 나라는 사람은 그런 식으로 39년과 수개월의 세월을 살아 왔다. 나름대로 먹고 사는 데 고생도 하며 독신이기는 하지만 인생의 단맛과 쓴맛을 모두 맛보았고, 다른 사람들이 겪는 일도 일정 부분 경험해왔다. 그러나 아무리 나이를 먹어도 멍청이, 얼간이라는 말만큼은 종종 듣는 그런 여자였다.

가끔 당치도 않는 무서운 도깨비에 홀려 뒷수습에 애를 먹는 일도 있지만 항상 멍한 얼간이로 지낸다. 그래서 정신을 차리고 보면 돌발적인 행동을 한 결과, 상상도 못할 터무니없는 경우에 빠져 나 스스로를 더욱 위험한 벼랑 끝으로 내모는 일도, 간혹 있었다.

남은 자들

문득 어둠의 손이 가볍게 나를 내지른다. 벼랑 끝에서 저편을 보는 듯한 기분으로 얼굴을 들었다. 아무리 둘러보아도 몸을 움직일 만한 공간이 없는 이 갑갑하기만 한 다다미 6장 크기의 방에서 살짝 이동해보고 싶은 마음이 든다.

새시 문 맞은편의 한쪽 벽면에 기대어 세워둔 책장 앞.

일상적으로 꺼내 볼 일이 없는 책들을 가득 밀어 넣어 둔 책장에는 감색으로 염색한 포렴이 걸려 있다. 먼지 가득한 그것을 걷어내자 종이 뭉치들이 나타난다. 칸막이 안에는 3중 4중으로 가로 세로 사선 앞뒤할 것 없이 엄청난 양의 종이가 쑤셔 박혀 있다. 벽을 채운 8단 책장은 천장에 닿을 듯이 서 있고, 그 속을 메우고 있는 책들의 수를 나는 세어본 적이 없다. 그럴 필요도 없었으니까. 지금 대충 눈어림으로 보니 문고본을 포함하여 아마도 8, 9천 권 정도는 되는 것 같다.

원래 이 책들은 내 여자 친구가 편집공방 <미둥밋챠이>에서 한 달에 3권 내지 5권 정도의 속도로 출판해 오던 책과 자료이며, 또 이 방에 보관되어 있던 책 전부를 내가 그대로 놔둔 것이기도 했다. 이것들 말이야, 앞으로 네가 살아가는 데에 분명 도움이 될 거야, 하며 여자 친구가 신간이 나올 때마다 우편으로 보내 주거나 직접 건네준 책도 포함되어 있다. 때문에 중복되는 책도 꽤 많았는데 그게 이렇게 양이 늘어난 원인이기도 했다.

받은 책들 대부분은 내가 주부가 된다면 정말로 도움이 될 만한 것들이었다. '하루 100엔 이하로 기상 후 8분 안에 만드는 도시락 레시피', '5년 만에 아파트 계약금을 만드는 가계 운영법'과 같은 것을 비롯하여 '100세까지 유유한 청춘, 꿈같은 섬 생활 르포', '남국의 파라다이스 체험기', '해저에 잠긴 환상의 제국'에 이르기까지 주제는 다양했다. 카피 문구만 보면 거짓말 같은 내용이 담겨 있을 것 같지만, 의외로 실용적 효용성이나 삶의 목표를 재발견하고 낭만적 탐험을 꿈꾸게 하는 가치를 인정받아 베스트셀러 대열에 든 유행도서들이다. 다카미자와 료코의 말에 따르면 이들은 경영상에 필요한 기획에 지나지 않고, <미둥밋챠이>가 10년 이상 온전히 시간을 들이고 있는 건 '섬의 전시기록シマの戰時記錄'이라는 기획물이었다. 이것은 현縣 밖이나 외국까지 필드 조사를 한 헌신적인 연구자들의 협력을 얻어 만든 것으로, 익명의 사람들의 전시 체험을 직접 듣고 기술한 항목을 매우 상세하게 수록한 경파 야심작이었다. 기획이 완성되었을 때에는 망각된 기억의 목소리들을 되살렸다는 평가를 받았고, 지역 신문사가 주는 출판문화상 등도 수상하기도 했다. 책 제목은 『전쟁의 세월, 각자의 전투イクサ世、それぞれの鬪い』로 12권짜리 시리즈물이었다.

그 외에도 에너지 넘치는 프리랜서 라이터나 저널리스트들이 만든 휴먼 다큐멘트가 있고, 괴짜나 기인이라는 평판으로 한 시대를 풍미했던 명물 예능인들이 실제로는 그저 평범한 인물이며 쓸쓸하게 여생을 보내고 있음을 취재한 인생 이야기 등이 있다. 무엇 때문인지 예술이나 문학 냄새가 나는 기획은 살짝 피하고 있는 것 같은데, 어찌되었건 책장 안에는 이것저것 모두 꾹꾹 눌러 채울 수 있을 만큼 채워져 있다.

이것들을 삶아 먹든 구워 먹든 그건 네 자유야, 마음대로 해. 그날 밤 여자 친구는 전화로 그렇게 말했다.

그런 말을 듣긴 했지만 실제로 삶는다 해도 먹을 수가 없고 만약 굽는다 해도 연기만 날 뿐이다. 삶지도 그렇다고 굽지도 못하는 물건들이기는 하지만, 이들은 내 거주 공간을 점거하고 떡하니 솟아 있는 위치에서 밤낮으로 나를 내려다보고 있다. 아무리 임시 거처라 하지만 이 두꺼운 벽을 마주할 때마다 어지간한 선에서 처리하지 않으면 당장에라도 이들한테 마구 잡혀 먹힐 것 같은 불안이 문득 문득 스친다. 그러나 당장에 귀찮아져 이사한 뒤로 손도 대지 못하고 방치한 채로 두고 있다. 가만히 있어도 좁은 방안을 더욱 비좁게 만드는 음험한 장본인들인 것이다.

있지, 켜켜이 쌓여 떡하니 벽면을 차지하고 있다고 네가 항상 푸념하던 그 책들도 모-두 두고 간다는 거야? 나도 모르게 노골적으로 투덜거리며 묻는 나에게 여자 친구는 수화기 저편에서 아무렇지도 않은 듯이 대답했다.

그래, 두고 갈 거야. 빠짐없이 모-두. 그럴 작정인데 무슨 문제라도 있어? 나 말이야, 앞으로는 편집일 같은 거 일절 관여하지 않기

로 했어. 필요 없게 됐다고 그런 책들. 가지고 있어 봤자 거추장스
러울 뿐 지금의 나에게는 무용지물이야. 게다가 그런 책들을 언제
까지나 옆에 두고 있으면 미련이 줄줄 흘러서 과거의 영광이든 그
림자든 모두 끌어안고 사는 것 같아서 싫어. 그래서 모두 두고 갈
거야. 그냥 그대로 그렇게 정했으니까 앞으로는 이 책들을 나라고
여기고 소중하게 다뤄줘. 네가 말이야.

그런 말을 남긴 후, 여자 친구는 메인 목을 억지로 떨듯이 큭큭
하며 낮은 소리로 웃었다.

갑작스레 들이닥친 그날 밤의 대화의 여운이 나를 위협한다. 잠
은 점점 나에게서 멀어져 간다. 차갑게 식어 긴장된 신경의 일부에
서는 삐걱거리는 소리가 난다. 단단하고 끈끈한 것에 몸이 휩싸인
것처럼 감각이 부자유스럽다. 꼼짝도 못할 것 같다. 그러자 누군가
건조한 손으로 내 뒷목덜미에서 등까지 거슬거슬 긁어대는 것 같은
감촉이 단속적으로 덮친다. 그 불편한 느낌이란 이루 다 말할 수 없
다. 불쾌감이 계속 엄습한다. 어떤 장소로 우르르 떨어지는 몸의 흔
들림을 나는 멈출 수가 없다.

방구석 책장 앞에 걸린 감색 포렴을 움켜쥐고 당겨 뜯었다.

흰 연기가 머리 위에서 춤을 춘다.

먼지 세례다.

이사한 뒤로 단 한 번도 먼지를 턴 적이 없었다. 기침을 하며 눈
과 입에 들어가는 먼지를 손으로 저었다. 코를 자극하는 곰팡내에

머리를 들이박듯이 하면서 상하좌우 벽에 자리한 책장을 둘러보았다. 서로 서먹하게 다른 쪽을 보면서 밀치락달치락 꾹꾹 눌러 담긴 책들 가운데로 내 오른손이 뻗어나간다. 그리고 한 권의 책을 쥔다.

무겁다. 손에 닿은 무게가 가슴까지 울린다. 흑백 그러데이션에 완전히 휩싸인 두께 5, 6센티 정도의 하드커버. 거기에는 '자서선'이란 제목이 하얗게 드러나는 굵은 글씨로 옆으로 쓰여 있다.

이것은 편집공방 <미둥밋챠이>의 마지막 출판물로, 이곳으로 이사한 직후 내 여자 친구가 나에게 보내 준 책이었다. 증정 **** 씨. <미둥밋챠이> 13년간의 마음을 오롯이 담은 기획입니다. 이것이 정말로 정말로 마지막으로 내는 책이니 소중하게 여겨주세요 이런 메모가 불쑥 나왔다. 의심할 여지도 없이 이것은 다카미자와 료코의 글씨다. 이사 때문에 혼잡해서 꺼내 보지도 열어 보지도 않고 내버려두었던 책이다.

겉표지에는 무엇 이유에서인지 웨이브 머리를 한 여자 사진이 검은 테두리에 둘러싸여 있었다. 세피아 풍으로 흐릿하게 프린트된 사진인 탓에, 언뜻 보면 젊은 여자인지 늙은 여자인지 분간이 가지 않는다. 황인종인지 흑인종인지 백인종인지, 아니면 서아시아 근방의 사람인지 혼혈인지 짐작이 가지 않는 얼굴이다. 끈적한 질감의 검은 테두리 안에 있는 얼굴 사진은 유영遺影과도 같은 느낌을 준다. 아니 이것은 실제로 불단 앞에 놓여있던 유영이 아니었을까 싶을 정도로, 영묘한 기운이랄까 요사스러운 기운이 감돌고 있다. 얼굴은 왼쪽

사선을 향하고 있고 무표정하다. 빳빳한 머리카락에서는 하얀 광택이 난다. 염색을 한 것인지 원래 흰 머리카락인지 아무 색이 없다. 둥그스름한 얼굴에 크고 검은 눈, 그 부분만 뚜렷하게 드러나 있다.

이상하다면 이상한 책 디자인의 '분위기'가 마음에 걸렸지만, 그 부분도 포함하여 각각 상당한 개성을 가진 여자 동지 3명이 지방 출판계를 13년이나 종횡무진하며 혼신을 다해 만들었다는 책에서는 <미둥밋챠이> 마지막 기획에 잘 어울리는 기백이 느껴졌다.

표지 사진에 감도는 짙은 영묘한 느낌을 불식시키려 책의 앞면이나 뒷면, 책등을 돌려 보았다. 무슨 이유 때문인지 책의 앞과 뒤, 책등에 모두 저자명이 쓰여 있지 않다. 겉표지 띠도 없다. 서지사항을 보려고 뒤적여 보았다. 발행처 <미둥밋챠이>, 편집 책임자(대표로 내 여자 친구의 이름이 쓰여 있다), 발행 연월일(20××년 *월 말일) 등은 분명히 명기되어 있다. 그러나 여기에도 저자명은 보이지 않는다. 불량품인가? 그렇다 하더라도 꽤나 이상한 책이다.

아무튼 책장을 열어 보았다.

눈에 들어온 것은 투명하게 엷고 밝은 컬러의 세계다. 겉표지의 무거운 분위기를 일축하듯 가슴을 씻는 산뜻함이 있다. 옅은 녹색의 일본 종이에 크림색 선을 점묘하듯 흐릿하게 사선으로 그어 놓은 간지가 책 중간에 삽입되어 있다. 문득 바람에 나부끼는 사탕수수 이삭의 물결이 부채질하는 기분이 든다. 무심결에 눈을 감고 잠시 그 광경에 젖어 본다. 이삭의 살랑거림에 이끌리듯 눈을 뜨고 다음 페이지를 열어 보았다.

그러자 얇은 어떤 것이 얼굴을 쓰다듬는다. 살펴보니 눈 아래가 하얗다. 백지다. 다음 장을 열었다. 또 백지다. 아무것도, 없다. 사진이나 그림은커녕 글자 하나 선 하나 없다. 한 점의 얼룩도 보이지 않는다. 다음 페이지도, 다음도 그 다음도, 다음도, 다음도, 다음도…… 마찬가지다. 이것은 그냥 견본품인가? 아니면 아무 것도 쓰여 있지 않은 책, 괜한 멋을 부린 책인가? 이런 것이 <미둥밋챠이>의 마지막 마음을 담은 책이라니 아무래도 수상하다. 대체 이것은……. 큰일이다. 강렬한 먹먹함이 나를 엄습한다. 세상의 구멍 속으로 거꾸로 떨어지기 시작한다. 안 돼, 나는 세차게 고개를 저었다. 그렇다면 공백이란 『자서전』의 내용을 말하는 것인가, 아니면 나의 뇌를 말하는 것인가.

하얀 공백감 속에서 잠은 멀리 달아나고 혼자 남겨진 몸에는 희미하게 차가운 적요함이 감돈다. 습기를 머금고 고여 있던 감정이 출렁 흔들리며 떠올라 흔들흔들 피부 표면을 만지듯이 돌아다니기 시작한다. 몸의 살갗을 고루 돌아다니며 손끝과 목덜미, 발뒤꿈치로 흩어진다. 이렇게 느껴졌던 감촉은 이번에는 콕콕 소리를 내며 몸의 중심으로 내려간다. 축축한 감정이 끊임없이 명치로 내려간다. 괴롭다. 상반신을 한 번 비틀어본다. 고여 있던 감정이 일순간에 흩어지기 시작했지만 곧바로 다시 콕콕 소리를 낸다.

빛의 단층이 파도를 한 번 일으킨다.

등 뒤로 서늘한 기운이 전해져 뒤를 돌아본다. 아까 그 작자다. 눈도 깜빡이지 않고 나를 올려다보고 있다. 계속 그 자리에 있었던 것이다.

이런저런 일이 있는 가운데서도 전혀 눈앞에서 사라지지 않는 통나무 막대기. 크게 한 번 숨을 내쉬었다. 상대방의 시선에 위압되지 않기 위해 나도 똑바로 그 자를 응시한다. 특별한 반응은 없다. 애교 있는 네모진 얼굴에 버티듯 앉아있는 맑은 눈동자가 조용히 나를 바라보고 있을 뿐이다.

얼마간의 시간.

느닷없이 혼란스러워진다. 가슴을 느슨하게 자극하는 기시감 때문이다. 이 자의 신체를 해치는 차마 말할 수 없는 괴기한 사건을 나는 이미 공유하고 있는지도 모른다, 라는 이상한 감각에 휩싸였다. 망각 저편에 내쫓겨 있던 미지의 장소에 대한 향수를 더듬어 찾아보듯이, 흔들흔들 고개를 흔들어 본다. 황야를 방황하는 표류자와 같은 막막한 기분에 빠진다.

기억을 더듬어 보니 이런 일이 있기는 있었다.

얼마 전 조금 쌀쌀해지기 시작한 어느 한밤중이었던 것 같다.

응급실 당직 간호사가 긴급하게 호출하는 갑작스런 전화가 걸려왔다. 의식 불명 상태로 들어온 환자가 당신의 이름을 말하고 있고, 소지품에서 당신 이름과 전화번호가 나왔기에 연락한 것이라고 사람을 착각해 잘못 걸려온 전화라고 곧장 생각했지만, 아무튼 와달라고 간호사가 채근하기에 영문도 모른 채 아파트에서 뛰쳐나갔다. 의식이 없는데도 내 이름을 말할 정도의 사이라면, 내가 떠올릴 수 있는 사람은 단 한 명밖에 없다. 사람을 착각한 게 아니라면 대체 그녀에게 무슨 일이 일어난 것일까. 젖은 머리를 말릴 틈도 없이 간호사실로 뛰어 들어갔다. 간호사가 안내한 처치실 침대로 가보니 거기에는 창백한 얼굴로 잠들어 있는 다카미자와 료코가 있었다. 무엇 때문인지 축 늘어진 상복을 입고서.

간호사의 설명에 따르면 그날 오후 9시가 넘은 시각, 해안가 부근 나미노시로波之城 공원 벤치에 쓰러져 있던 그녀를 데이트 중이던 한 커플이 발견해 병원으로 옮겼지만 계속 의식이 돌아오지 않는다는 것이었다. 눈에 띄는 외상도 없고 검사 결과 특별한 병도 발견되지 않았기 때문에 어떤 심한 충격으로 심신 쇠약 상태에 빠진 것일 거라 했다. 당직 의사는 심장이나 뇌파에 별 이상을 보이지 않으니 걱정하지 않아도 됩니다, 잠시 기다리면 눈을 뜰 테니까 그때는 바로 집으로 데려 가도 좋습니다, 라며 대수롭지 않게 말했고, 황급하게 갈마드는 환자와 간호사들의 움직임을 둘러보면서 이 침대를 한시라도 빨리 비워주었으면 하는 귀찮은 표정을 노골적으로 드러내고 있었다.

그러나 미숙한 의사의 진단과는 달리 그날 이후 다카미자와 료코는 이틀이고 사흘이고 꼼짝도 하지 않고 계속 잠만 자고 있었다.

다음날, 처치실에서 일반 병동으로 옮겨진 그녀에게 병문안을 온 <미둥밋챠이>의 동료 두 사람은 잠자는 다카미자와 료코의 얼굴을 내려다보며 한숨을 지어 보였다. 다카미자와 료코와의 대화 속에서 그들 이름이 잠시 잠깐 등장하는 일은 있었지만 이렇게 대면하는 것은 그날이 처음이었다. <미둥밋챠이> 멤버 가운데 젊은 축에 속하는, 젊다고 해도 30대 중반은 지나 보이는 통통한 여자가 말했다.

—그러니까, 내가 말했잖아요-. 건강을 위해서라도 적당히 하는 편이 좋다고 정-말, 일단 말하기 시작하면 다른 사람 말을 듣는 적이 한 번도 없다니까, 이 사람은.

곤혹스러워하기보다는 상대방을 힐책하면서도 어딘가 어리광부리는 표정으로 입술을 삐죽 내민다. 감정을 숨기지 않는 젊은 여자의 표정을 슬쩍 쳐다보며 순간적으로 나를 의식한 것은, 눈썹이 가늘고 얼굴이 작으며 몸도 마른 나이 많은 여자였다. 끼고 있던 팔짱을 가볍게 풀고서 밝은 컬러로 염색한 짧은 머리를 한쪽 손으로 쓸어 올리며 감정을 억누르듯 이렇게 말한다.

—어쩔 수, 없잖아.

—뭐가 어쩔 수 없다는 거죠?

두 사람의 대화는 이렇게 시작되어 이어졌다.

—이게 이 사람의 방식이라고 죽을 둥 살 둥 하지 않으면 만족하지 못한다고나 할까……

―다른 사람에게 피해를 준다고요. 그런 방식이.

―어떤 상황에서도 편집자적 원칙을 관철하려 하니까, 그걸 도울 수 없는 우리는 그만큼 수수방관하는 셈이 돼버려.

―뭐가 편집자적 원칙이죠? 이 사람의 방식은 말예요, 편집 업무 진행을 방해할 뿐이잖아요. 결국.

―그렇게 되는 것도 어쩔 수가 없어.

―그러니까, 당신은 어째서 그런 결론을 짓는 거죠? 이 사람의 폭주를 막는 건 나이가 가장 많은 당신의 역할이라고요

―그런 말을 한다 해도

―그걸 가만히 두고 보고 건, 당신들 두 사람이 <미둥밋챠이>를 망치려는 것과 같아요

―……아무튼, 일이 이렇게 된 건, 오로지 좋은 책을 만들려 했던 그 사람 나름대로의 철학 때문이잖아. 그걸 허락하는 게 동료의 의리라고 생각해. 내가 할 수 있는 말을 그것뿐이야.

―의리? 이봐요. <미둥밋챠이>는 야쿠자 동맹이 아니라고요 책을 만들어 파는 장사업이라고요! 우리들은.

―그건 그래.

―정말 마음에 안 들어. 의리라는 둥 동료의식이라는 둥.

―의리나 동료의식은 모두 일을 하는 데에 필요한 정신이라고 생각해.

―저기 있잖아요, <미둥밋챠이>는 지방의 소규모 출판사라고는

하지만 거대한 세계의 시스템 그물망에 완전히 포획되어 있어요. 버둥거리면서도 어떻게든 해 나가지 않으면 안 된다고요. 요즘 같은 시절에 시대착오적인 생각은 좀 문제가 있는 거 아녜요?

—지방 출판업계에만 문제가 있는 건 아냐. 어느 시대 어느 장면에서도 여러 문제는 늘 일어나고 있었다고.

—정말 문제투성이야. 투성이라고요.

—정말 그래.

—대체 이 사람, 무슨 생각을 하고 있는 걸까요? 10년에 걸쳐 만든 기획을 이제 곧 세상에 알리려고 날을 잡아 놓았는데, 오히려 사업 완성을 연기시키는 하찮은 일만 만들잖아요. 그 큰 사업에 말이죠. 대체 구술 조사에서 빠진 걸 어떻게 보충하겠다는 건지. 아무리 수완이 좋은 사람이라 해도 일개 편집자에 지나지 않는 주제에 르포 작가 같은 폼을 잡기는. 결국 이게 무슨 꼴이람……

의식이 없는 사람을 상대로 내부 사람끼리 옥신각신한들, 이라며 나이 많은 여자는 화를 내고 있는 흥분한 젊은 여자를 침착하게 달래는 모양이다. 두 사람의 대화의 기세에 눌린 나는 이들이 병문안 때 가지고 온 꽃다발과 케이크를 받아들고서 커튼이 걸린 벽에 붙어 서 있을 뿐이다. 그런 내 존재는 이미 눈에 들어오지 않는 듯, 두 사람은 한동안 그렇게 대화를 주고받았다.

이야기의 흐름을 따라갈 수가 없다. 다카미자와 료코와는 한밤중에 전화로 아무 이야기나 주고받았다. 한 달에 한두 번 정도 술을 마시거나 밥을 먹었고, 보고 싶은 공연이나 라이브가 있으면 함께 가긴 했었지만, 업무상의 고민에 대해서는 들은 적이 없었다. 하긴 최근에는 이야기의 흐름이 얼마간 불명료하게 끊기거나 목소리에 힘이 없거나 하는 일이 종종 있기는 했다. 그렇긴 해도 그녀의 평소 모습에서는 업무상에 걸림돌이나 트러블이 있었다는 게 전혀 느껴지지 않았다. 두 사람의 대화와 다카미자와 료코의 평소 모습이 나에게는 연결되지 않았다. 잠자기만 하는 다카미자와 료코를 사이에 두고 옥신각신하는 두 사람 사이에 내가 들어갈 틈은 없었다. 유일한 내 여자 친구라고는 하지만 이럴 때에 드러나는 관계의 골은 역시 적적함을 느끼게 만든다.

얼굴을 보는 것도 말을 주고받는 것도 그날이 처음이었지만 두 여자는 입을 모아 이렇게 말했다. 눈을 떠 남들처럼 움직일 수 있을 때까지 이 사람을 돌봐주었으면 좋겠어요 당신도 알고 있듯이 이 사람은 도심에서 이 지방으로 흘러들어온 사람이라 여기에 일가친척 하나 없으니까요 우리들은 이 사람의 업무를 나누어 정리해야 해요 그게 산더미처럼 쌓여 있다고요 뒤처리는 동료에게 맡기 태평하게 자고 있는 이 사람을 돌 볼 여유가, 우리에겐 없거든요

거절할 이유도 딱히 없었지만 그렇다고 친척도 아닌 내가 특별히 돌볼 이유도 없었다. 우연히 알게 되어 어느 틈엔가 오랜 친구 사이가 된 것에 지나지 않았지만, 그 부탁을 거절할 이유 같은 건 나에게 없었다.

두 사람이 돌아간 후, 다카미자와 료코가 입었던 상복과 의식 잃은 그녀의 얼굴을 바라보고 있었다. 아무리 보아도 태평하게 자고 있다고는 여겨지지 않았다. 깊은 숲에서 예기치 않게 길을 잃어버려 어디로 가야 할지 몰라 혼자 우두커니 서 있는, 그런 무거운 기분에 빠져 들었다.

다른 일을 시작하기 전에 잠시 나가던 헌책방 근무를 더 이상은 빠질 수 없다고 생각하던 삼 일째 오후, 다카미자와 료코의 의식이 돌아왔다. 가수면 상태에서 깨어난 얼굴처럼 곧바로 평소와 같은 움직임을 보였지만 나를 보는 시선은 어딘가 애매해져 있었고 어쩐지 분위기가 수상했다. 평소에 자신이 가지고 있던 에너지를 송두리째 빼앗겨 버린 듯 침울해하던 그녀가 계속 마음에 걸렸지만, 그 뒤로 이 사건을 화제로 삼은 건 왠지 꺼리게 되었다.

지독한 건조함이 덮쳐와 훌쩍 일어섰다.

여기저기에 흩어져 있던 물건들을 발끝으로 차거나 밟아 뭉개거나 찌그러뜨리거나 하면서 부엌으로 이동시켰다. 싱크대 옆에 있는 냉장고를 활짝 열고서 머리를 박아 넣었다.

차갑다. 냉장고니까 당연하다. 눈동자만 굴리며 냉장고 안을 쳐다본다. 식량으로 볼 수 있는 건 잘게 썰린 명란젓 팩과 먹다 남은 데친 스파게티 면, 그리고 계란 두 알 정도가 고작이지만, 이단 칸 안에는 위세 좋게 사두었던 오리온 맥주 열 개가 차가운 동굴을 빼곡히 채우고 있다. 그중 세 개를 집어 들었다. 그 자리에서 따 단숨에 들이켰다. 꿀꺽 꿀꺽 꿀꺽…… 후화. 숨을 쉬자마자 눈 안이 확하고 불바다가 된다. 취기가 급하게 도는 모양이다. 알코올의 흡수가 너무 빠르다. 그러고 보니 오늘은 아침부터 제대로 된 음식을 먹지 못했다. 그만두면 좋았을 테지만 몹시 흥분된 머리를 닥치는 대로 흔들어 댔다. 점점 빙글빙글한다. 이 상태로 대여섯 걸음이면 충분한, 마구 흐트러져 방치된 6조 다다미방으로 돌아갔다.

할머니같이 생긴 작자는 아직 거기에 있다.

못생긴 얼굴을 조금 기울이고 정좌한 자세로 이쪽을 올려보고 있다. 그 애교 있는 눈매에 나도 모르게 입술이 터질 것 같아 힘을 주고 오므린다. 자나 깨나, 멍한 상태로 있으나 맥주를 먹으나, 나를 위협하듯 거기에 줄곧 앉아 있는 할머니 같은 이 자 앞에서 나는 맥주 캔을 줄줄이 세우며 떡하니 가부좌를 틀고 앉았다. 앉음새를 고치는 내 태도에 이번에는 상대방이 기가 꺾인 모양이다. 자신의 눈앞에 부담스럽게 앉은 나를 조금은 신경이 쓰이는 듯 내 눈을 피한다. 그와 동시에 내 오른손에 쥐어진 오리온 맥주 캔을 슬쩍 보고는 못 본 체한다. 꿀꺽하고 침 삼키는 소리가 난다. 나는 곧이어 날카롭게 묻는다.

—너, 이거 마시고 싶어? 그래, 마시고 싶지? 그치만 안 돼. 이건 말이야, 네 것이 아냐. 이 맥주는 말이야, 내가 땀 흘려 번 돈으로 산거라고 뭐, 땀 흘려 일한다고 해봤자 내가 벌 수 있는 돈이란 크

게 많지는 않지만 말이야.

취기에 실려 쏟아져 나오는 말을, 나는 그만둘 수가 없다.

─이참에 말야. 솔직히 털어놓고 이야기하겠는데, 이왕 이렇게 되었으니 들어 보라고 나라는 사람은, 혼자고, 아, 내가 이 나이까지 싱글로 사는 건 좋아서가 아냐. 그저 팔자라는 게 이런 인생을 살게 만들고 있을 뿐이라는 이야기지. 아무튼, 나는, 이렇게 혼자서 밤중에 맥주를 마시고 멍하니 있는 게, 무엇보다도 즐거워. 최고의 즐거움이랄까 유일한 즐거움이랄까. 다른 즐거움이란 게 하나도 없어, 나에겐. 그러니까, 이렇게, 무슨 조화 때문에 너와 내가 이러고 있는지 모르지만, 아무튼 이렇게 기적적으로 만났는데 자기소개조차 하지 않는 너 따위에게, 나의 유일한 즐거움을 그냥 나누어줄 수는 없다, 이 말이야. 이게 별일 아닌 것처럼 보이겠지만, 아주 중요한 일이라고 생각하거든, 나는. 사람과 사람이 대등한 관계로 있기 위해서는 말이야, 불필요한 나눔이나 정은 없는 편이 좋다고 생각해. 그러니까 나는 다른 사람에게 정나시키을 준다든지 질투나 타리한다든지, 아무튼 그런 질펀한 감정은 딱 질색이야. 그런 건 마음을 빈곤하게 만들거나 거추장스러울 뿐이지. 상대방은 상대방, 나는 나, 그 외에 다른 사람과의 관계란 결말이 나지 않는 것이라 생각한다고. 그러니까 말야……

이야기가 점점 이상한 방향으로 흘러가는 것은, 말을 마구 내뱉으며 꾸역꾸역 이어가는 사이에 어느새 맥주 세 캔을 다 마셔버린 탓일 것이다. 끊임없이 흘러나오는 말에 나는 압도당하고 말았다. 맨 정신으로는 도저히 드러낼 수 없는 속내를 그만 그 흐름에 맡긴 채 뱉어버리고 만 것이다.

수치스러운 마음에 목소리가 들뜬 순간, 그 틈에 이 작자가 공격해 온다. 갑자기 내 손에서 맥주를 빼앗는 난폭한 행동을 하기 시작한 것이다. 이게 뭐, 뭐야, 하고 말할 틈도 없이, 맥주 캔을 휙 싱크대로 내던진다. 타당, 푸슛- 하고 캔은 찌그러지고 거품이 흘러넘친다. 그 소리에 열이 올라 결국 머리에 불이 붙고 말았다. 머리를 세차게 흔든다. 큰소리로 호통칠 기세로 나도 모르게 과장되게 주먹을 들어 올린 순간, 어머낫, 어정쩡하게 저지당하고 만다. 딱딱한 그 자의 손이 내 허리를 밀어낸다.

—앗, 위험해. 위험하다고.

이렇게 주욱 하고 밀어내자, 나는 마구 흐트러진 가구와 잡동사니들을 피하거나 부딪치거나 하며 현관 앞으로 나아간다. 한데, 왜 이렇게 서두르는 것일까. 아무튼 이렇게 갑자기 내몰린 나는 현관문을 밀치고 계단을 주욱 내려간다.

정신을 차리니 문 밖이다.

편집공방 〈미둥밋챠이〉

휑뎅그렁한 한밤중의 도시 거리.

움직임이 느껴지지 않는다. 새벽 세 시를 훨씬 넘긴 밤길을 걷고 있을 거라는 의식만은 분명히 남아 있다. 그러나 시간 감각은 어딘지 미덥지 못하다. 어깨와 팔다리를 앞뒤로 흔들고 우스꽝스럽게 허리를 옆으로 흔들흔들 흔들며 이동하는 이 물건은 아스팔트 위를 미끄러지듯 가볍게 걷는다. 나는 그 뒤를 따른다. 살갗에서는 알코올 냄새가 밴 땀이 쏟아진다. 겨울밤인데도 차가운 바람이 불어 올 것 같지 않다. 오히려 공기는 탁해져 있고 불쾌하게 무겁다. 끊임없이 땀이 난다는 게 점점 진하게 느껴지지만 그것은 흐르지도 않고 피부에 번질 뿐이다. 불쾌감을 증폭시키는 목덜미 주변을 닦아 내려는 순간, 문득 오른쪽 옆구리에 『자서전』이 있다는 게 느껴졌다.

어떤 의식의 흐름으로 내 팔다리가 움직이고 이 책을 이렇게 문 밖으로까지 가지고 나온 것일까. 기억이 나지 않는다. 방금 전에 일어난 일을 더듬을 수 없다. 뻥 뚫린 기억의 동굴. 거기로 불안이 쏟아져 내린다. 『자서전』을 껴안고 있는 오른팔에 부자연스러운 감각이 느껴진다. 둥근 어깨를 치키고 풀 관을 쓴 머리를 흔들며 앞으로 나아가는 그림자. 이제는 말도 나오지 않는다. 이 자는 드디어 격하게 팔다리를 앞뒤로 흔들면서 어둑한 가운데를 잠잠히 나아가고 있다. 그 뒤를 바싹 붙지도 멀리 떨어지지도 않은 채 뒤따르는 내 움직임은 마치 이 자의 그림자 같다. 그렇게 나는 시내 밤거리 골목으로 비틀어지듯 들어간다.

큰길로 나오기 직전의 골목길에 다다르자, 잠잠히 전신운동을 하던 안내인의 움직임이 멈추었다.

어두운 하늘을 올려다보니 가타가나로만 쓰인 문자가 가로로 드러났다. <미둥밋챠이ミドゥンミッチャイ>라는 네온사인 간판이다. 어둠의 벽에 기댄 듯이 비틀려 보인다. 허무하기까지 하다. 불이 꺼진 간판글자는 옅은 감색으로 빛나는 건물 끝에 매달려 있다. 질주하듯 마냥 달려온 10여 년의 영업 끝에 간판을 내리겠다고 선언하긴 했지만 그 뒤에도 <미둥밋챠이> 간판은 여전히 걸려 있었던 것이다.

지금과 같은 불황이라면 당장 세입자가 나타나지 않을 터. 한 층에 60평 정도로 보이는 5층짜리 임대 건물 맨 꼭대기에 사무실을 마련한 <미둥밋챠이>는 간판이나 외관 모두 영업 중인 상태였으며 블라인드도 반쯤 내려와 있다. 유리창 건너편은 컴컴하다. 이런 시간대라면 모든 층의 불은 꺼져 있는 게 당연하긴 하다. 습한 곰팡이를 품은 밤기운이 건물 외벽에 붙어있다. 삭막하고 적적하다. 사람들의 출입이 끊어진 지 오래된 사무실의 탁한 공기가 어딘가에서 새어나와 바깥에서 바라보던 사람의 몸에 안개처럼 내려온다.

그런 풍경을 올려다보고 있을 때, 돌연 내 옆의 통나무 막대기 그림자가 뛰어오른다. 통, 통하고 지상에서 20센티 정도 그 몸을 뛰어오르게 만들더니, 착지하자마자 서투르게 허리를 흔들며 앞으로 이동하기 시작한다. 어머, 얽힌 다리로 달리듯 다시 이 작자의 뒤를 쫓는다.

건물 안으로 들어간 순간, 등 뒤에서 짙은 바람이 몰아치는 것 같아 뒤돌아보았다.

이미 나는 건물 안에 있지만 외부와 내부를 구분하는 문을 통과했다는 감각이 희미하다. 어슴푸레한 동굴 속으로 몸채 끌려들어간 느낌이다. 들어간 이 공간이 마치 외부인마냥, 탈출한 해방감이 일어난다. 불이 꺼진 건물 안은 어두웠지만 이상한 투명함이 있다. 따뜻한 빛깔의 짙은 페인트가 흐르고 있는 듯한 찐득한 콘크리트 벽을 따라, 일그러지며 퍼져가는 공간을 한 계단씩 올라간다. 이렇게 움직이는 가운데 취기는 사라져 간다. 건조한 바람이 일어나는 가운데 나는 어떤 일을 떠올린다. 알코올 기운이 빠진 머릿속에서 꿈틀거리는 기억의 파편. 그것을 쥐어보려고 하지만, 역시, 멈추고 만다. 손과 발만 움직인다. 토동, 통, 토도도통, 통 하고 건물 내부 계단을 올라가는 이 자의 그림자를, 나는 그저 쫓을 뿐이다.

눈앞의 그림자가 한 번 뛰어 오를 때마다 조금씩 커지는 걸 알아차릴 수 있었다. 광원과 같은 게 보이지 않는 걸 보니 빛의 작용으로 그렇게 커지는 건 아닌 것 같다. 실제로 이 자의 몸 자체가 커지고 있는 듯하다. 토동, 통, 통, 휙, 휘익 휙. 흔들리면서 뛰어오르고, 전진할 때마다 순식간에 커지는 이 자의 신장은 4층 층계참에 이르렀을 때에는 나를 훌쩍 넘어설 정도로 커져 있었다. 통나무 막대기였던 몸이 대나무로 변해버렸다. 바람에 흩날리는 그림자가 그의 등 뒤에 있던 나에게 힘없이 기대오더니 휘익 하고 고쳐 서고는 토동 하고 불안정하게 흔들리며 상승 운동을 이어간다. 그런 후에 대나무 그림자는 연기처럼 피어올라 갔다.

갑자기 으스스하게 서늘한 향수에 젖는다.

사람이 오기만을 이제나저제나 애타게 기다리고 있었다는 듯, 밤 기운은 끈적이는 짙은 어둠으로 날 유혹한다. 당황한 나는 잠시 우두커니 서 있다. 어디에선가 희미한 빛이 들어온다. 카랑카랑한 소리를 낼 것만 같은 사무실 안의 적막함에 마음이 흔들린다. 너무나도 황량하고 쓸쓸한 공간이다. 그러고 보니 나는 10여 년 간 여자 친구와 만나오면서도 <미둥밋챠이>를 방문할 기회가 단 한 번도 없었다. 화제가 되는 책을 잇달아 내며 화려하게 이 지역 매스컴을 떠들썩하게 만들었던 세 여자의 작업장을 내 눈으로 직접 확인한 적이 없었던 것이다. <미둥밋챠이>의 결과물인 책은 내 여자 친구를 통해 매달 우편으로 받거나 직접 건네받거나 했을 뿐이었다.

지금 내 눈앞에 펼쳐져 있는 건 다 사용한 쓰레기처럼 방치된, 어둑한 가운데에서도 녹슬어 있는 게 느껴지는 복사기와 팩스기, 전화기, 철제 사무용 책상, 널찍한 테이블, 쿠션감 있는 소파, 사물함, 책장 등이다. 이들은 사무실 안에 아무렇게나 내팽개쳐 있다. 초라하고 무참할 정도의 황폐함이다.

이들 기자재를 인수할 사람을 찾을 틈도 없이 왜 <미둥밋챠이>는 돌연 해산을 해야 했을까. <미둥밋챠이>를 주도하던 내 여자 친구의 인생의 방향 전환이 정말로 편집공방의 문을 닫게 만든 직접적인 원인이라면, 이렇게 경황없이 문을 닫았을 리는 없다. 어느 새 내 시계에서 자취를 감춘 이 자의 모습을 찾으려 어수선한 사무실 안을 이리저리 다녀 본다. 먼지 가득한 테이블과 의자에 부딪히고 다리가 얽힌다. 대체, 나는 무엇을 찾으려 이렇게 해매고 있는 걸까. 왜 이런 장소에서 서성이고 있는 걸까. 게다가, 여기는, 정말 어디인 걸까.

소리가 들리지 않는다.

엉키는 발걸음을 멈추자 인기척이 없는 사무실의 정적이 몸에 스며든다. 사실 여기는 네가 올 장소가 아니야, 등 뒤에서 가만히 숨죽여 다가오는 허스키 보이스를 들은 것 같아 뒤돌아보았다. 그와 동시에 막 목욕을 하고 나온 듯한 샴푸 냄새가 진동한다. 거기에 나타난 사람 그림자. 통나무 막대기도 다카미자와 료코도 아니다.

어둑한 가운데 의외의 인물이 등장했다. 그러나 희미한 일상의 냄새를 몰고 와 가냘프게 서 있는 모습은, 그 여자를 금방 떠올리게 했다. <미둥밋챠이>의 나이 많은 여자다. 앙상하게 마르고 짧은 머리를 한 그녀는 추운 듯이 떨고 있다.

이런 시간에, 해산한 작업장엔 왜 온 것일까, 하는 의구심이 일어난다. 아니, 어쩌면 그녀가 나를 수상쩍게 여기고 있을지도 모른다. 이렇게 입장을 바꾸어 생각하고 있을 때

—뭐야, 너였구나.

적당한 울림과 부피가 있는 목소리가 저쪽에서 들려온다. 방어

자세를 취하고 있던 긴장감이 느슨해진다.

여자는 문 앞에 서 있다. 살이 없는 마른 몸을 훌쩍 움직이며 아무 거리낌 없이 창가에 선 내 쪽으로 거침없이 다가온다. 그 움직임과 함께 희미했던 사무실 바닥의 잔해와 같은 잡동사니 덩어리들이 시야로 밀려들어왔다. 딱딱하고 차가운 그림자 사이로 여자는 스스럼없이 다가오고 있다. 엷은 색으로 나부끼는 재킷을 스웨터 위에 걸치고, 헐렁한 슬랙스에 샌들을 신고 있는 차림새다. 무슨 영문인지 어깨에 커다란 가방을 메고 있다. 한밤중에 산책 겸 길을 걷다가 우연히 예전 작업장을 발견하곤 문득 옛 생각이 나 한 번 들러보았다는 듯한, 일상의 공기를 도려낸 것 같은 분위기를 그녀는 가지고 있었다.

당장에라도 생긋거릴 듯이 엷은 웃음을 입가에 채우고 있다. 너무나도 자연스러운 그 모습은 도망칠 수 없는 깊은 못으로 나를 빠트리는 것 같다. 가까이 다가서자 여자는 몸에 배인 피로감을 표정이 엷은 갸름한 얼굴과 동그스름한 어깨 라인에 짙게 드리우고 있었다.

—너도 불려 왔구나, 그 사람에게.

여자는 이해가 가는 듯한, 가지 않는 듯한 말을 한다. 그리고 이봐, 하며 그녀가 한 손으로 들어 올려 보여준 것은 나도 석연찮아하며 계속 가지고만 있던 그 『자서전』이었다.

—그건 대체 뭔가요?

무심결에 괴상한 목소리를 내었다. 상대방에게 달려들 듯 나도 모르게 몸을 내밀고 있는 것이다.

―그리 서두를 것 없어. 지금부터 내가 할 수 있는 건 다 너에게 해주고 갈 거니까. 그 때문에 온 거야. 나는. 여기에.

나른한 억양으로 자신을 '나우치'라고 말하는 여자. 그녀는 어깨에 걸치고 있던 것을 바닥에 내려놓고 한 손에 들고 있던 『자서전』을 그 위에 놓는다. 작은 몸집을 더욱 작게 만들듯이 양 겨드랑이를 끼고 주변을 둘러보며 크게 끄덕인다. 그리고는 갑자기 눈앞에 누워 있던 테이블을 일으키기 시작한다. 등장도 갑작스럽더니 행동마저 갑작스럽다. 그 기세에 움츠려있자 이내 명령을 내린다.

―너 말이야. 그런데서 멍-하니 서 있어서 될 일이 아니잖아? 도와야지.

아, 네. 하고 반응한 순간, 손에 쥐고 있던 『자서전』이 미끄러져 떨어졌다. 그러나 당황한 나는 그건 그대로 놔둔 채 여자가 일으키던 테이블의 네 다리 중 하나를 당기듯이 올리려고 했다. 그러자

―아, 너도 참. 그쪽이 아니라 이쪽이잖아 이쪽. 이봐. 그렇게 함부로 다루지 말라고. 이게 지금은 완전히 쓸모가 없어졌지만, 꽤 좋은 소재로 만들어진 고급품이었어. 상처 나지 않도록 해줘. 아니, 그게 아니라니까. 이렇게 다리를 살짝 들어 올리듯이 해서 가만히, 그렇지, 가만-히 가만-히……

이삿짐센터 조수로 취직한 기분이다. 물건이 고급이라는 둥 상처

를 내지 말라는 둥, 대체 그런 게 지금에 와서 무슨 의미가 있단 말인가. 이 테이블은 왜 이동시키며 나는 왜 이런 작업을 도와야 하는 것일까. 나는 의문과 불만을 꾹 억눌렀지만 팔과 다리만큼은 내 의지와 상관없이 열심히 움직이고 있었다. 불길한 예감이 점점 부풀어 오른다. 그 가운데 그녀와 나는 영차, 영차 하고 소리를 맞추어 가며 일을 하고 있다. 어렴풋이 밝은 가운데 흰 연기가 피어오른다. 갑자기 사무실 전체가 흔들리고 공간 자체가 어딘가로 벗어나는 것 같은 기분이 든다.

테이블은 4인 가족 식탁 크기 정도다. 재질이 좋은 탓인지 무겁다. 그것을 사무실의 거의 중앙까지 낑낑대며 옮긴다. 여자는 잠깐 고개를 갸웃거린다. 테이블을 놓은 위치나 각도를 궁리하는 모양이다. 그렇게까지 신경을 쓰는 이유는 무엇일까. 그저 성격 탓인 걸까. 눈치를 살피듯이 보고 있으니, 여자는 짝 하고 손뼉을 한 번 친다. 뭐, 이 정도라면 괜찮을 듯해. 이번에는 손을 허리로 가져가 등을 쭉 펴면서 다시 한 번 사무실을 빙 둘러본다. 그러면서 테이블을 사이에 두고 선 나에게 말을 던진다.

—이봐, 너, 여기를 어떻게든 해야지 않겠어?

—어떻게, 라뇨……?

—당연한 것 아냐? 청소, 청소 말야. 하자고 적당히. 먼지라는 게 문을 닫아두어도 문틈 사이로 들어온다니까. 이것 봐. 완전히 먼지 천지가 되어 있잖아. 여긴 꽤 넓지만 두 사람이 한다면 그다지

힘들지 않을 거야.

—……

—아, 그렇게 하자고 모처럼의 기회니까 모-두 해버리자고. 이참에 과거의 먼지를 하나도 남기지 말고 싹 털어버려. 그렇지 않으면 아무것도 시작할 수 없어.

그런 모양이다.

—아마도 청소 도구는 여기 사물함에……

일찍부터 잘 알고 있던 작업장인 까닭에 할 수 있는 말이다. 이 사무실에 과거의 먼지를 쌓이게 만든 건 내가 아니에요, 라고 대꾸하고 싶었지만 끝내 말하지 못했다.

여자의 엉뚱한 언동은 나를 당혹스럽게 만들었지만 어딘지 모르는 설득력이 있어서 자연스럽게 일이 진행된다. 입구 카운터 오른쪽 벽에 있는 사물함에서 부스럭 와르르 소리를 내며 여자가 꺼내 놓은 것은 틀림없는 청소 도구다. 대체 어찌된 영문인지, 빌딩용 대형 청소기가 나온다. 막대기 끝에 달린 것은 모포다. 플라스틱 양동이가 두 개나 있다. 한 양동이 안에는 대나무 비가 두 자루, 먼지떨이가 세 자루 들어 있다. 다른 양동이를 조심조심 들여다보니 딱딱하게 굳어져 내던져진 여러 장의 걸레와 다섯 종류의 세제, 쓰레기 봉투, 그리고 수세미까지 들어있다. 가볍게 먼지를 터는 정도로 그칠 일이 아닌 것 같다. 그렇게 겁을 먹고 있자 갑자기 사무실 전체가 하얗게 변한다. 천장 형광등에 불이 들어온 것이다. 먼지와 쓰레기로 가득한 휑뎅그렁하고 황폐한 사무실 안에 아무렇게나 놓인 크고 작은 잡동사니들이 모습을 드러냈다.

—이것 봐. 청소에 필요한 도구들은 전-부 갖추고 있다고

—정말 그러네요. 역시, 여자들만 사용했던 곳이라 그렇군요. 여러분들은 출판업에 종사하면서도 흔히 알려져 있지 않은 청소 비법까지 잘 알고 있었던 것이군요.

나도 모르게 여자의 말에 말려들어 맞장구를 치고 있었다. 여자는 조금 고개를 갸웃해 보였다.

—음, 그건 좀 다른데. 청소 도구를 갖추고 있는 것과 업무를 수행하는 것은 상관이 없어.

—그렇긴 하지만 이런 청소 도구는 프로들이나 가지고 있을 법한데요.

—그래, 미처 처분하지 못한 우리 회사의 재산 중 하나야. 이런 작은 규모의 기업에서 사무실 청소를 업자에게 부탁한다면 우리가 차지할 몫이 줄어들 뿐이잖아. 경비절감을 위해 마련한 도구나 마찬가지인 셈인데, 청소는 임금을 확보하기 위한 중요한 업무 가운데 하나였어.

화려해 보이는 무대 뒤에서 여자들은 남들 모르게 청소 같은 일은 하고 있었던 것이다. 경비절감을 위한 청소 도구를 꺼내놓을 때부터 여자는 어쩐지 불안하게도 즐거워하는 모습을 보이고 있다. 걸치고 있던 재킷을 벗어버리고 얇은 V넥 스웨터 소매를 걷어 올린

다. 재빠르게 노동할 채비를 갖춘 뒤 나에게 눈짓을 보낸다. 묻지도 따지지도 않고 일을 진행시키는 방식은 완전히 다카미자와 료코와 같다. <미둥밋챠이>의 여성 동료들은 매일매일 같이 일하면서 서로가 서로의 방식에 전염되고 있었던 모양이다. 다카미자와 료코에 비해 어딘가 이 여자가 더 어두워 보이는 것은 쉰에 가까워 보이는 나이 탓일까. 아니면 원래 그런 성격의 소유자인 것일까. 가벼우면서도 어느 사이에 피부에 달라붙어 좀처럼 떨어지려 하지 않는 거머리의 진득거림과도 닮은 기운이 있다. 몸의 곡선이 선명하게 드러나는 회색 스웨터가 마른 몸을 더 말라보이게 만든다. 가벼운 몸짓으로 여자는 사무실을 돌아다니기 시작한다.

창문을 열어젖힌다.

밀폐되어 있던 공간 속에 밤기운이 밀려온다. 몸을 채 가는 외부 공기에 이끌려 나도 모르게 창가 쪽으로 간다. 여자가 어딘가에서 접사다리를 가지고 온다. 거기에 올라타는 여자의 움직임에 따라 나도 창문이라는 창문은 모두 열어젖혔다. 후- 후- 하고 사무실이 호흡하기 시작하자 내 손발도 근질근질 부산해지기 시작한다. 그런 기분으로 먼지떨이를 손에 들고 열어 놓은 창틀의 먼지를 탁탁 턴다. 여자는 청소기를 돌리기 시작한다. 나는 청소기가 미처 빨아들이지 못한 쓰레기를 비로 쓴다.

이렇게 청소에 열중하다 보니 이상한 쾌감이 느껴진다. 무엇 때문에, 어째서 하는 의문도 사라진다. 이제는 비를 쓰는 팔다리의 움직임을 멈출 수 없게 되었다. 대나무 비, 때때로 마법사들이 타고 다닐 것 같은 이 작은 도구에는 도무지 이해할 수 없는 영혼과 같은 것이 깃들어 있기도 할 터이다. 갑작스럽게 전개된 이 노동의 끝에는 과연 무엇이 기다리고 있을까, 하는 생각마저도 일어나지 않는다. 일어나고 있는 것은 부지런히 기계적으로 움직이는 팔다리의 반응뿐이다.

약 한 시간 뒤, 노동의 성과로 과거의 먼지와 쓰레기는 완전히 사라졌다.

유언집

말끔해진 사무실을 둘러볼 여유도 없이, 나이 많은 여자는 던져 둔 가방을 가지고 온다. 그녀가 꺼내 놓은 것은 지금은 낡은 도구를 취급하는 상점이나 전당포에서만 볼 수 있는 대형 카세트 플레이어와 여러 개의 테이프다. 과장된 몸짓으로 그 『자서선』을 들고는 그것들을 깨끗해진 테이블 위에 늘어놓는다. 여자는 버릇인 마냥 팔짱을 끼고 늘어놓은 물건들을 물끄러미 보고 있다가 느닷없이 말을 꺼낸다.

─이것은, 다카미자와 료코가 남긴 거야. **아마**, 지금 네가 알고 싶어 하는 건 이걸 틀어보면, **분명**, 해답 같은 걸 **당연히** 발견할 수 있을 거야.

중요한 것을 언급할 때마다 답답한 어조로 말하는 사람이다. 애매함과 강조의 부사적 용법이 당연한 추측으로 귀결되고 만다. 기대를 가지게 만드는 깨나른한 화술에 낚이는 것 같은 예감이 든다. 몰아치는 단어들의 파도로 순식간에 사람의 마음을 사로잡아 버리는 다카미자와 료코의 화술과는 어딘지 모르게 조금 다르다. 나도 자세를 가다듬었다. 흔들리는 단어들의 그물망에서 **아마도 분명 당연히** 내가 도망칠 수 없을 것 같은 생각이 들었기 때문이다.

그러나 선수를 쳐 보았다.

—그 전에, 좀 가르쳐 줘요

나 역시 조금은 기세가 올라있다는 것을 보여주어야 한다. 상대방의 덫에 질질 끌려가는 것은 싫었다.

—어째서 당신은, 나에 대해 모든 것을 알고 있는 듯 행동하는 거죠? 내가 알고 싶어 하는 것이 무엇인지, 어째서 다 알고 있는 거죠? 또 당신은 왜 이런 시간에 여기에 와서 이런 일을 벌이고 있는 건가요?

그러자 여자가 눈을 부릅뜬다.

—너 말이야, 어째서, 왜라고 한꺼번에 그렇게 물어보는데, 나도 역시 넌 왜 여기에 있느냐고 되물을 수밖에 없는 처지야.

살갗을 얼어붙게 만들 듯이 차가운 표정으로 되받아친다면 방법이 없다. 이런 경우 내 성격상 항상 상대방에게 압도되어 뒷걸음질 치지만, 아까 그 이상한 나무 막대기와 벌인 옥신각신이 학습효과가 있었는지 기가 죽기는 죽었지만 나름대로의 반격은 할 수 있었다.

— 뭐랄까. 어느 틈엔가 오게 되었다고나 할까, 잘 설명할 수 없지만 꿈속에서 비몽사몽으로, 아니 비몽사몽 속에서 꿈꾸듯이, 아니 꿈속의 꿈처럼 그렇게 온 것이랄까 뭐랄까……

— 그렇지? 그렇지? 그건, 나도 마찬가지야. 영문도 모른 채 다카미자와 료코의 세계로 납치되어 순식간에 13년이 지났어. 숨 쉴 틈도 없이 활자 세계에 완전히 젖어들었었지. 정신을 차려보니 보다시피 이런 형편이 되어 있었다고 아니, 그러니까 말이야. 내가 말하고 싶은 건, 어째서, 왜, 와이? 라는 단순 의문형은 결국 어디에도 없다는 반어 표현으로 반전한다는 거야. 알기 쉽게 말하자면 정답 같은 건 어디에도 없다는 거지.

음-. 쉽기도 하고 어렵기도 한 이야기다. 억지스러울 뿐인 레토릭으로 이렇게 설복시킨다면 방법이 없다.

— 그래, 답 같은 건 어디에도 없어. 이렇게 아무 것도, 아무도 없어. 책임자에게 연락할 도리도 없으니 달리 방법이 없다고 온통 없는 것뿐이야. 있는 거라곤 잡동사니들과 청소도구들 뿐이지. 이런 <미둥밋챠이>의 상황을 나한테 남겨진 최대한의 재료로 일단 설명해 보려고 해. 단지 그것뿐이니 그렇게 집요하게 어째서, 왜, 왜라고 사물을 분별하기 시작한 아이처럼 묻지 말라고

급기야 아이취급을 한다. 입을 다물 수밖에 없어 잠자코 있다. 입술을 삐죽하며 그만 뚱한 얼굴이 된다. 나도 모르게 여자를 냉랭한 눈으로 노려보는 표정을 지었다. 당황하여 몸을 물린 것은 여자 쪽

이다.

—그, 그래. 이렇게 갑자기 내가 나무라면 너 역시 곤란한 건 마찬가지일 거야. 그건 그래. 나도 똑같다고.

또다시 그럴 듯이 공감하는 표정을 짓는다. 내 표정은 여전히 냉랭하다. 그러자,

—뭐, 서론은 이 정도로 해두고, 본론으로 들어갈까?

여자는 참으로 시원스럽게 화제를 바꾼다.

카세트 플레이어에 자연스럽게 손을 뻗어 앙상한 집게손가락으로 재생 버튼을 누른다. 미리 넣어두었던 것 같다. 찔꺽찔꺽 소리가 난다.

제대로 된 해설도 설명도 없이 소문만 무성한 공연을 보게 된 상황처럼, 긴장이랄까 불안이랄까 불편한 동요가 일어난다. 다음 순간, 막다른 골목에 내몰린 기분을 더욱 불안하게 뒤흔들듯이 허스키한 목소리가 낮게 울리며 흘러 나왔다.

미리 써둔 원고에 애드리브를 넣어 읽는 양, 테이프의 문체는 이렇게 시작되었다.

~~~~내가 <미둥밋챠이>의 동지로서 지금처럼 해 나가는 것은, 나 자신의 여러 사정에 의해, 아무래도 시간이 허락하지 않을 것 같아. 그래서, 이 목소리는, 지금까지, 바다에서 왔는지 산에서 왔는지 정체 모를 나와 인생의 특별한 시간을 함께 공유해 온 내

친구들에게 보내는, 소박하지만 감사의 뜻을 전하는 메시지라 할 수 있어. 그렇지만 이 목소리가, 내가 바라는 대로 친구들에게 전해 질 날이 올지, 유감스럽게도 나 자신은 확인할 수 없어. 이런 말을 하는 건 <미둥밋차이> 해산 후의 혼란 속에서 이 테이프가 쓰레 기로 전락해 버릴지도 모르기 때문이지. 또 누구도 모르는 사이에 이 테이프가 없어질 가능성도 없지는 않아. 이런 걱정과는 달리 다 행스럽게 이 목소리가 목적지인 친구들에게 전달된다 해도, 내 말 의 요지가 전해지지 않고 웃어넘겨질 가능성도 크다고 생각해. 쓰 레기가 되어도 좋고 일소에 부쳐져도 좋아. 어떻게 되든 그것은 모 두 내 이야기가 지닌 운명이라고 생각해. 나머지는 이것을 듣는 사 람의 섬세하고 관용적인 상상력에 모든 것을 맡길 수밖에 없겠지. 나는 그저 그만두고 싶어도 그만둘 수 없는 마음으로, 이 목소리를 남길 뿐이야.~~~~

이런 식으로 이어지는, 46분짜리 테이프 3개 분량의 목소리는, 한마디로 말하면 <미둥밋차이>가 기획한 책을 출판하는 가운데 끝내 빛을 보지 못하고 유산되어버린 책에 대한 편집자 다카미자와 료코의 무념과 집착을 구두로 엮은 것이었다.

원래 이해하기 힘든 여자 친구이기는 했다. 항상 일방적이었고 전화든 얼굴을 마주 보든 정말로 일 이야기만 했었다. 책 만드는 이 야기만 했던 것이다. 편집에 그치지 않고, 그녀는 <미둥밋차이>가

만든 여러 기획에서 그림자 작가로서 그 재능을 십이분 발휘하고 있었던 것을 나는 잘 알고 있었다. 그런 다카미자와 료코가 그만두고 싶어도 그만둘 수 없는 마음으로 늘어놓은 이야기들 가운데, 듣는 이의 몸도 같이 전염시켜버릴 듯이 긴박함이 감도는 이야기를 여기에 간접적으로 전해두려 한다.

수십 장의, 그것도 선별한 듯한 취재 사진과 함께 두꺼운 논픽션 원고가 <미둥밋챠이> 공방에 도착한 일이 있었다고 한다.『진흙 바닥으로부터―어느 할머니의 외침泥土の底から―あるハルモニの叫び』이라는 부제가 달린 상당한 야심작이었다.

거기에는 예를 들면 어두운 숲 속 한구석에 높다랗게 날아올라 있으면서도 그 울음소리가 전해지지 않는 고독한 야조의 부르짖음이나, 한계 영역에서 파열하여 날카롭게 끊어지는 피리 소리와 같이 들리는, 귀에 닿는 순간 가슴을 찌르듯 날카로운 고통을 동반하는 삐- 하는 소리가 고통과 함께 은밀함을 머금은 웃음마저 유발시키며 몇 번이고 나고 있었다고 한다.

사실 그 소리는 야조의 울음소리도 피리의 파열음도 아니었다. 그것은 목소리를 빼앗긴 채 어둠의 역사 속에 웅크린 여자들의 무리를 그 신체 부위로 상징하는 말이었다. 소리의 의미를 깨달았을 때, 소리의 울림과 함께 몸을 관통하는 고통의 끝자락이, 순간, 어둠을 찢고 폭발하는 여자들의 기괴하고 떠들썩한 웃음소리가 되어,

삐-잇, 삐뽀-옷, 비보오-ㅅ 하며 공명하고, 노골적으로 연속되는 파괴적인 큰 웃음소리는 몸을 갈기갈기 찢는 공포를 불러왔다. 그런 충격을 온전히 받은 자신의 몸과 마음을 모두 차갑게 바라보듯이 형용해 보인 것은, 다름 아닌 화자 자신이었다.

프리랜서 라이터라 자칭하는 저자는 30대 중반으로밖에 보이지 않는 젊은 남자였다. 희고 갸름한 얼굴에 선명한 외까풀의 눈, 은근히 지성을 자랑하듯 코에 걸린 말투를 사용하는 자기 현시적 태도나 이름 등은 굳이 묻지 않아도 이쪽 지방 사람이 아니라는 것을 대번에 알 수 있게 했다. 이런 사람이 왜 <미둥밋챠이>를 찾아온 것이지? 하는 수상쩍음과 거부감은 곧바로 일어났다. 도시에서 이곳으로 표류해온 다카미자와 료코의 입장을 아는지 모르는지 그는 사무적인 말투로 이야기를 하기 시작했고, 그러면서도 상대방의 기분이 동요하고 있다는 걸 간파하는 날카로운 시선을 가지고 있어 다소 부담스러웠다. 그러나 젊은 남자의 몸으로 여자들의 어두운 역사 속으로 들어가 무거운 주제를 다루는 것을 보니, 요즘 사람 같지 않은 귀중한 작가라는 생각이 들었다. 게다가 이런 종류의 글이라면 역시 우리 <미둥밋챠이>에서 내야지, 하는 평소의 강한 의욕이 일어나 그에게 긍정적으로 검토하겠노라 약속하고 묵직한 느낌이 드는 원고와 사진자료를 건네받았다.

400자 원고지로 978매나 되는 『진흙 바닥으로부터』는 굳이 한마디로 요약하자면 제2차 세계대전 중에 이 지역으로 강제 연행되어

온 후, 전후 지금까지도 이곳에서 살고 있는 어느 '종군위안부'의 은폐된 삶의 궤적을 본인이 직접 회고한 것이었다. 이 원고는 정력적인 취재와 더불어 더함도 덜함도 없이 사료를 인용해 종군위안부의 삶을 검증하고 있었다. 체험자의 몸에서 새어 나오는 말 속의 독이 자신의 몸을 끊임없이 아프게 만들며, 거침없이 토해내는 말과 외침은 역사의 암부를 도려내어 결과적으로 체험자의 이야기를 통해 국가 폭력과 전쟁 범죄를 규탄하게 만들고 있었다. 빈틈없이 짜인 다큐멘트라는 인상을 받은 다카미자와 료코는 오랜만에 제대로 된 원고와 만났다는 생각에 가슴이 두근거렸다.

그러나, 그러나 말이다. 그 컴퓨터로 작성한 문장의 흐름에 단숨에 빠져든 다카미자와 료코에게 그녀의 신경을 할퀴는 큐히히-, 큐히히- 하는 소리가 일어났다고 한다. 원고를 읽기 시작해 겨우 세 페이지를 넘겼을 때, 바로 그때 소리는 처음으로 일어났다. 문자를 따라가는 동안 그것은 계속 울렸고, 그럴 리 없다며 몇 번이나 머리를 흔들고 쳐들며 그 음을 부정하는 몸짓을 해보았지만, 큐히히- 하는 소리는 읽어 갈수록 점점 크게 부풀어 큐햐아햐아 하는 소리로 바뀌어 갔다. 몇 번이나 거듭 시도한 끝에 원고를 겨우 다 읽었을 때, 다카미자와 료코는 격한 이명과 구토에 시달렸다고 한다.

그 큐히히-에 대해서는 다소 설명이 필요할 것이다.

이는 오랜 세월 동안 편집 일을 해온 다카미자와 료코의 몸에 배인 습관으로 문체를 즉단하는 노이즈이다. <미둥밋챠이>에 투고 되는 산더미 같은 원고를 단시간에 처리할 필요가 있었던 다카미자와 료코는 이 신체 반응, 그러니까 노이즈를 원고 선별의 기준으로 삼아왔다. 그녀를 카리스마 편집자로 만든 것도 바로 이 기이한 문체측단능력이었다고, 나이 많은 여자 쪽은 테이프 소리 사이로 황급히 덧붙여 말해주었다.

그 노이즈의 기준에 비추어 볼 때, 『진흙 바닥으로부터』 문장에 반응한 큐히히-는 '진실 같은 거짓말 문체'와 조우했을 때 일어나는 위화감이라고 한다. 덧붙여 말하면 '거짓말 같은 진실다운 문체'는 큐시시-큐시-시-라는 소리를 내고, 진실과 거짓이 종이 한 장에 녹아 든 '진실 거짓 짬뽕 문체'는 큐헤-, 큐헤-, 흥시시- 라는 음을 낸다. 문체에서 들여다보이는 공동감이 읽는 이의 신경을 자극하고, 더욱이 그것은 목에서 위장까지 이르는 장기들을 죄어치거나 진동시키기도 한다고 한다. 이들 신체 반응은 문자와 문자 사이의 텅 빈 공간에 부는 틈새기 바람의 춤 상태를 말하는 것으로, 다시 말해 편집자 다카미자와 료코의 원고 체크 정도를 알리는 신호음인 것이다. 앞에서 말한 큐히히-는 그 가운데서도 가장 미묘한, 최상급의 주의를 요하는 신호로 잠시라도 긴장을 늦추면 놓쳐버릴 위험도가 높은 노이즈였다고 한다.

원고를 재독할 때, 삐걱거리는 소리가 들리는 곳은 더욱 구체화된다.

『진흙 바닥으로부터』는 논픽션임에도 불구하고 읽는 것을 좀처럼 그만두지 않게 만드는 유려한 문체를 가지고 있었다. 그러나 이 지나치게 미끈한 문체가 오히려 위화감의 화근이 되었다. 좀 더 자세히 말하자면, 빈번하게 삽입된 인물의 실명과 체험자가 자신의 무참한 체험을 직접 진술할 때 스스로를 멸시하듯 '삐-'라고 칭하는 문자 언어 사이에 어떤 불쾌한 불연속감이 일어나, 언어 배후에 숨은 틈을 침울하게 두드러지게 만들었던 것이다. 그것이 큐히히- 큐햐햐아-라는 바람 웃는 소리가 되었다고 테이프에서 나오는 허스키 보이스는 말했다.

그 큐히히- 큐햐햐아-라는 소리에 철저하게 구속된 다카미자와 료코는 이후 편집인으로서 과잉된 행동을 하게 되었고 최종적으로는 <미둥밋챠이>의 존속 위기와 붕괴를 불러왔다고 한다. 큐히히-라 울리는 소리에 내몰리듯 다카미자와 료코는 과거에 삐-였던 자신의 치부를 스스로의 혀로 도려내는 것처럼 본명으로 밝히고, 국가폭력의 희생자로 무참한 인생을 보낸 사실을 의도적으로 언급했다고 여겨지는 인물과 만나기로 작정했다. 그리고 실제로 행동에 옮겼다.

막상 찾고 보니 주인공은 의외로 가까운 장소에 있었다. 시내의 한 오래된 병원에 장기입원 중에 있었던 것이다. 이미 여든에 가까운 연령이 되어 있었지만 아직 다리 허리는 정정한 것 같았다. 그 할머니와 대면한 순간, 다카미자와 료코는 큐히히- 라는 신호의 근거가 분명한 것이었음을 확신할 수 있었다. 어찌된 영문인지, 할머니는 중증의 정신병을 앓고 있었다. 50년 이상 할머니를 담당해왔던 초로의 정신과 의사에 따르면, 다가가는 사람을 향해 발작적으로 울부짖거나 날뛰는 할머니의 언동은 습관적인 현상이고, 자신에 대해 표현하는 말조차도 이미 오래 전에 잃어버린 상태라 한다. 다카미자와 료코의 억지에 설복당해 환자의 비밀을 지켜야 하는 의무를 저버린 의사는 다소 주저하면서도 할머니의 증상을 이렇게 털어놓고 말았다. 담당 의사가 말하는 할머니의 병력은 프리랜서 라이터가 더듬은 여자의 인생 여정과 비교해 보아도 부족함이 없었다. 그러나 라이터의 글은 담당 의사를 거듭 취재한 것에 할머니의 임상적 병세를 참고하여 만든 전도된 인생 여정이라 여겨지는 기록으로, 다시 말해 할머니가 자신의 입으로 직접 인생의 일단을 발화한 적은 없었던 것이 실상이었다.

무슨 연구 목적이라도 있었던 것인지, 담당 의사는 50여 년에 걸쳐 할머니의 여러 증상과 변화를 극명하게 기록으로 남기고 있었다.

예를 들면, 하루에 특정한 시간이 되면 반드시 중얼거림을 토해낸다. 여름날의 해질녘이 되면 노래라고도 할 수 없는 높은 음조로 희한한 말을 빈번하게 내지른다. 그 가운데에는 반도의 것이라기보다 남쪽 섬의 신으로부터 신내림을 받은 것 같은 가락도 있다. 의미를 알 수 없는 잡다한 신음소리와 맥락 없는 혼잣말 등도 반복된다. 몇 번이나 최면요법을 시도해 보아도 할머니는 격한 신체의 경련만 보일 뿐, 중요한 체험의 기억이 부분적으로나마 말로 나타나는 경우는 없었다고 한다.

편집자적 사명감이 투철한 다카미자와 료코는 픽션이라면 몰라도 논픽션으로 『진흙 바닥으로부터』를 공개하는 것은 무리가 있다고 판단했다. 여성 일인칭 서사로 전개되는 문체의 박력이 『진흙 바닥으로부터』에 다큐멘트로서의 작위적인 매력을 더하게 만들었기 때문이다. 할머니의 어두운 역사를 어떻게든 기록으로 남기려 했던 한 젊은 남성 작가의 사명감과 기개가, 실제 당사자가 목소리를 갖지 못한 광녀푸리문였다는 이 하나의 현실 앞에 무릎을 꿇는 건 너무나도 아쉬운 일이었다고 다카미자와 료코는 말했다. 제 정신은 아니지만 어떤 관계를 계기로 언어를 되찾아 과거의 트라우마에 대해 이야기할 수도 있다는 담당 의사의 말을 믿고, 그녀는 단 몇 퍼센트의 가능성을 기대하며 할머니와의 접촉을 무턱대고 진행했다고 한다.

상복 차림의 다카미자와 료코가 한밤중에 공원 벤치에서 병원 응급실로 실려 오고, 이후 삼일 밤낮을 계속 잠만 잤던 것은 할머니와의 접촉이나 할머니의 죽음에서 비롯되었던 결과 같다.

(테이프의 허스키 보이스는 여기까지 이야기하고 난 뒤로 딱딱하고 단정적인 어조를 늦추었다. 준비한 원고를 다 읽은 듯 했다. 이후의 목소리는 밤중에 나에게 전화하여 직접 이야기하는 평소의 어조였다.)

~~~~그래. 불발로 끝난 그 기획에 쓸데없이 어마어마한 에너지를 쏟아 붓고 허탈감에 빠진 나를 너희들은 애정을 담아 비난했었지. 또 일 뒤치다꺼리도 도맡아 해주고 아픈 나를 돌보아 주기도했어. 그에 대해선 고맙게 여기고 있어. 정말로.

그런데 한 가지 보고하는 걸 잊은 게 있어. 그것을 여기에 덧붙여 말해 둘게. 나에게는 너무나, 너무나도 중대한 일이라서 말이야. 나의 업무방식을 포함하여 그 일에 대한 나의 독단적인 행동이 <미둥밋챠이>의 해산을 초래했고 현실적으로 실패를 맛보게 했다는 점은 전적으로 인정해. 그러나 결과는 결과고, 그 행동의 모든 것이 헛된 수고는 아니었다는 걸 여기에 조금은 이야기해두고 싶어.

그래, 사실 나는 최종적으로는 목소리를 잃어버린 그 할머니로부터 맥락이 있는 말을, 두 마디, 그래 두 마디나 들을 수가 있었어. 그게 어떤 말인지 듣고 싶지. 지금에 와서 무슨 소용이 있겠냐고 하겠지만, 일단 전달해 둘게. 여자 친구로서 의리가 있으니까 말이야.

그 두 마디란 말이야. 잘 들어 봐, 너희들. (숨을 깊게 들이쉬는 모양)

'조선 삐, 조선 삐, 바보취급 하지마쵸오세-엔, 삐-, 쵸오-센, 삐- 빠가니, 시루낫.'

라는 갑작스런 말이었어.

그렇게 말하고서, 그 할머니는 희한할 정도로 매끌매끌한 집게손
가락으로 내 볼을 찌르며 다시 이렇게 말하는 거야. 아주 또렷하게.

'너, 류큐 토인, 더욱 더럽다호마에., 류우츄우 도진, 모호-웃또 기타나잇.'

이봐. 그런 말을 들은 내 기분이 어땠을지 상상이나 가니? 상상이
안 될 거야. 너희들은. 난 말이야, 나도 모르게 몸이 떨리더라. 채찍
을 맞은 것 같았어. 나는 할머니를 침대에 뉘어 마구 뒹굴었어. 통
쾌하고 또 통쾌해서. 왜 통쾌하냐고? 그거야, 너, 잘 생각해 봐. 몸
과 마음이 모두 지칠 대로 지칠 때까지 찾아다니다가 결국 이해할
수 있는 말과 만나게 되었으니 통쾌할 수밖에. 게다가 '너, 류큐 토
인'이라는 말까지 들었잖아. 그런 말 이상으로 통쾌한 말이 어디 있
겠어. 생각해보면 난 말이야, 이 지역에서 십여 년을 살기는 살았지
만 어디에서 온 누구인지 모른다는 사실이 유일하게 나를 나답게
만들었는데, '너, 류큐 토인, 더욱 더럽다'라는 말을 듣게 된 거야.
그 말 덕분에 결국 이런 마음을 가지게 되었어. 그러면 이참에 '류
큐 토인' 같은 것이 되어 볼까? 하고.

뭐, 이런 내가 토인이 될 수 있을지 없을지, 토인이 된다는 것은
대체 어떤 것인지, 이제 와 정체성 찾기 같은 촌스러운 주제는 차치
하고라도 '너 더럽다'라는 나에 대한 할머니의 지탄은 적어도 분명
하게 받아들여야 한다고 생각했어. 실제로 내가 할머니를 대상으로

하고 있는 행위란 그 할머니의 음부를 파헤쳐서 증거라는 둥 언질이라는 둥 하며 책을 꾸며내 결국 돈을 벌려고 하는 것이니까~~~~

(여기에서 갑자기 튀는 소리가 난다.)

닷닷닷닷닷……

거친 숨을 쉬면서 입구 문 앞에 서 있는 자는 <미둥밋챠이>의 나머지 멤버인 통통한 여자이다. 전체적으로 따뜻한 색감의 꽃무늬와 프릴이 달린 긴 치마에 물색 카디건을 걸치고 있다. 시선을 빼앗는다기보다 기겁할 정도의 밝은 모양으로 상쾌하게 등장한다.

눈이 아찔하다. 통통한 여자는 <미둥밋챠이>가 해산한 뒤 백화점 매장 근처에서 손님을 모으는 일이라도 하고 있는 것일까. 아니면 원래 이런 취향을 가진 것일까. 어느 쪽이라 하더라도 이런 시간과 장소에 이런 모습으로 나타나는 것은 이상하다. 이렇게 생각한 것도 잠시, 이 정도의 이상함에는 마음의 동요가 일어나지 않을 정도로 나는 이 이상한 세계에 익숙해져 있었다.

뒤를 돌아 본 나이 많은 여자도 의외라는 표정을 짓지 않는다. 고개를 조금 갸웃할 뿐, 흠- 하고 콧숨을 내뱉는다. 그리고 두세 걸음 다가가 말한다.

—여전히 요령이 좋은 아가씨로군. 적당히 시간을 보다가 마지막에 등장하다니. 네가 기대한 대로 고생스러운 일은 전부 나와 이 사람이 다 했어. 그러니까 전-혀 문제없어.

나이 많은 여자 쪽의 말투에는 빈정거림이 잔뜩 묻어 있었지만 그래도 자연스럽다.

—뭐, 그닥. 당신들과 특별히 약속하고 내가 여기에 온 건 아니잖아요

통통한 여자 쪽도 천연덕스럽게 반격한다. 그 특유의 말투로 나이 많은 여자 쪽을 되받으면서 곧장 이렇게 쏟아붓는다.

—나한테 그렇게 빈정거릴 여유가 있다면, 당신이야말로 자기반성이나 해요. 당신이 다른 사람 뒤치다꺼리나 떠맡을 정도로 요령이 나쁜 것은 내 탓이 아니라고요

그 말에 대해서는 나이 많은 여자도 반응을 하지 않는다.

통통한 여자는 의상 때문인지 나보다 12살, 아니 24살이나 젊어 보이고, 말하기 시작하면 유난히 둥근 눈이 뱅글뱅글 어지럽게 움직인다. 아가씨라 불리는 만큼 세련되고 사랑스러움이 가득 배어 있다. 그 풍부한 표정을 더욱 진하게 만들며 통통한 여자는 말한다.

—그냥, 왠지 오늘 밤은, 도무지 잠이 안 와서 밤길을 설렁설렁 배회하다 보니 이렇게 이 길까지 와버렸어요. 올려다보니 불이 이렇게 켜 있잖아. <미둥밋챠이> 간판을 보고 있자니 어쩐지 생각나는 일이 있어서 말예요.

—그래? 너도 아직 그 양반 그림자에서 못 벗어났군.

—응, 뭐, 그럴지도. 아니 그렇다기보다 사실은, 이거.

통통한 여자가 내민 것은 이번에도 역시 녹음테이프 하나였다.

— 계속 신경이 쓰이기는 했지만 혼자서 들을 용기가 없어서 지금까지 놔두었어요.

테이블 위의 테이프를 내려다보며 두 여자는 이렇게 대화를 나눈다.

— 아마, 이건 그 사람이 남긴 유언일거예요.

이렇게 말한 것은 통통한 여자 쪽이다.

— 설마, 죽었을 리 없잖아.

— 시체 같은 것이 어느 바닷가에서 떠올랐다거나 하는 뉴스나 소문은 못 들었지만요.

— 그래도 여기에는 더 이상 나타나지 않을 것 같은 기분이 들어. 어쩐지…….

— 응. 나도 그런 기분이 들기는 해요.

— 뭐하는 사람이었던 걸까? 그 사람.

— 글쎄, 뭐하는 사람이었던 걸까요? 그 양반…….

통통한 여자는 자신에게 어울리지 않게도 차분하다.

— 그러고 보니 그 사람은 어디의 누구도 아닌 것이 자신을 자신답게 만든다고 입버릇처럼 말하곤 했어. 그 괴물과 같은 활동 에너지는, 그런 의식의 구멍에서 분출되는 것 같은 느낌이 들어. 왠지.

— …….

— 자, 이쯤에서 일 이야기로 돌아가자.

나이가 많은 여자는 자연스럽게 화제를 전환시켰고, 세 사람은 모두 레코더로 시선을 옮겼다. 앞에 들던 테이프가 끝이 났는지 찔꺽찔꺽 소리를 내기에 바로 눈앞에 있던 테이프로 바꾸어 넣었다. 거기에서 흘러나온 것은 목이 잠긴, 피로에 젖은 허스키 보이스였다.

~~~남은 시간이 얼마 없어. 이렇게 내가 다른 사람들처럼 말할 수 있는 것도……. 나는 지금 내가 말하고 있는 이 목소리조차 내 귀로 확인할 수 없어. 나의 청각기능은 완전히 파괴된 모양이야. 원래대로 돌아갈 수 없다는 것을 운명처럼 느끼고 있어……. 왜 이런 사태에 빠진 걸까. 이런 나를 설명할 말을 찾을 수 없어. 알 수 있는 건 단 한 가지. 이게 바로 다른 사람의 메시지에 기생하며 살아온 사람이 짊어져야 할 짐인 걸까. 자기표현의 곤란함이라는 거 말이야. 다른 사람의 언어에 관계되는 일을 하는 가운데 자신의 언어를 잃어버리고 만 여자, 아마도 그것이 바로 나……. 소리로부터 격리된 소란스러운 세계에, 지금 나는 와 있어. 혼탁의 한가운데 서서 마지막 말을 내 친구들에게 남긴다.

그 '삐- 사건' 뒤, 이 지역에서 내가 '류큐 토인'의 길을 모색하기 시작했을 때, 마치 수취인을 토인으로 만들기 위함이라고 말하고 싶은 듯이 어떤 물건이 우리 <미둥밋챠이>에 도착했어. 이 기괴한 사건의 경위를 일부 여기에 말해두려 해. 말하자면 그 물건은 원고라기보다 두루마리, 통나무 막대기라고 표현하는 것이 적당한 그런 물건이었어. 박물관의 어두운 창고에서 몇백 년이나 자고 있던 비장의 골동품을 꺼내 놓을 듯한 물건이었지. 노랗게 변색된 일본 종이에 먹물로 쓴, 일단은 일본어로 보이는 원고 두루마리가, 세상에나, 12개나 되었고 이를 누군가 <미둥밋차이>로 보낸 사건이 일어난 거야.

이봐. 상상이나 가니? 흰 통나무 막대로 보이는 두루마리 원고 뭉치가 12개나 데굴데굴 굴러들어온 거 말이야. 편집자인 난 기겁했다고나 할까, 미쳐버렸다고나 할까. 깜놀이라는 말은 이런 내 마음을 표현하기 위해 존재하는 것일 거야, 분명. 12개나 되는 두루마리 원고를 눈앞에 두고 정말로 나는 아연실색하고 말았어. 너처럼은 아니지만 한동안 멍하니 정신이 나간 상태로 있었다니까. 제정신으로 돌아오기까지는 꽤나 시간이 걸렸어. 아무리 나란 사람이라 해도…….

여기에서 통통한 여자의 손이 쓰윽 하고 들어오더니 잠시 레코더를 중단시킨다. 고개를 한 번 흔들더니 가만히 나를 쳐다본다. 그리고는 말한다.

—그 사람의 이 메시지, 당신이 받았어야 했는데 나한테로 잘못 왔다는 생각이 들어요

—왜, 나, 인가요?

아차, 또 말실수를 하고 말았다. 어째서, 왜 라는 촌스러운 질문을 하고 만 것이다. 그러나 나이 많은 여자는 이번에는 어름거려 넘기지 않고 제대로 대답을 해주었다.

―있잖아, 이런 말이야. 지금 다카미자와 료코가 말하려는 두루마리 원고 뭉치의 경위에 대해서는 우리들도 그 자리에 있었기에 이미 다 잘 알고 있거든. 그러니까 우리 두 사람에게 일부러 그 이야기를 들려 줄 필요가 없는 거지. 그런 말이야.

―게다가, 이 사람은 들을 사람을 딱 지정해두고 있잖아요. '너처럼은 아니지만 멍하니 정신이 나간 상태'라 말하고 있죠. 미안하지만 우리 둘은 당신처럼 멍하니 정신 줄을 놓는 사람들은 아니에요.

어째서 이 두 사람은 나의 비밀스런 습관까지 파악하고 있는 걸까. 나는 수상한 표정을 지어 보였지만 철저하게 무시당하고 말았다. 이야기는 곧바로 다카미자와 료코의 이야기로 되돌려졌다.

―우선, 그 일로 혼이 난 것은 그 사람만이 아니었다고 정말 대소동이었지. 그러나 그 사람은 진지하게 두루마리 원고를 활자화하겠다고 말했어. 뭐가 어떻게 되든 하겠다고 말했었다고.

―이 물건을 다 해독하면 어쩌면 틀림없는 류큐 토인이 될 수 있을지도~하면서. 바보 같은 망상에 빠져 있었던 거죠.

―어떤 충고도 협박도 전혀 듣지 않았어. 뭐, 원래 다른 사람 말을 듣는 성격은 아니었지만 말이야.

―내가 무슨 말을 해도 무시했어요. 화가 치밀어서 주먹다짐으로 번질 뻔한 일도 있었지만 내부 갈등을 폭력 사건으로 만들어 <미둥밋챠이>의 간판을 내릴 수는 없어서 들어 올린 주먹을 몇 번이나 다시 내렸는지 몰라요.

─무턱대고 시작된 사투를 옆에서 지켜보는 게 얼마나 괴로운 일인지 몰라. 보이지도 않는 적에게 달려드는 돈키호테의 망령이 여기에서 부유하고 있는 걸까 하는 생각이 들었다니까.

　훌쩍 나는 일어섰다. 두 사람의 대화에서 드러나는 다카미자와 료코의 애달픈 모습을 떨치기라도 하듯이. 나의 움직임을 눈으로 쫓던 두 여자의 시선을 등 뒤로 하며 나는 테이블에서 멀어지고자 했다. 길가 쪽으로 열린 창문 바로 앞까지 가서 걸음을 멈추었다.

　창문에 비친 등 뒤의 사무실 모습이 기묘하게 밝혀져 있다. 두 사람이 선 테이블 주위는 이상하리만큼 진득한 주황색 빛이 번지고 있다. 천장 가까이를 투명하게 밝히는 옅은 파란색은 사무실 전체를 감싸듯 부유하고 그곳만 비가 그친 저녁 무렵의 풍경처럼 뚜렷하다. 발밑이 불안정하게 흔들린다. 사무실 바닥에는 다 쓰고 버려진 잡동사니가 나뒹군다. 될 대로 되라는 듯이 널려져 있는 무기질의 물건들. 파괴된 도시의 폐허에 서 있는 것 같다. 천장을 올려다본다. 끝없이 펼쳐진 벽이 아득하고 희멀겋게 느껴져 거리감을 느낄 수 없다. 대체 여기는 어디인가? <미둥밋챠이>란 실제로 무엇이었던 것일까?

　친근한 여자 친구의 목소리로 밤낮없이 편집공방에 대한 일방적인 보고를 듣다 보니, 현실에서는 단 한 번도 와 본 적이 없는 장소에 대한 생각이 짙어져 이런 환상 공간으로 날아 들어온 것은 아닐까? 종잡을 수 없이 펼쳐진 미로로부터 과연 나는 벗어날 수 있을까? 뒤쪽으로 고개를 돌렸다.

테이블을 사이에 두고 선 두 사람도 고개만 돌려 나를 바라본다. 목 두 개가 조금 사이를 두고 비껴나더니 흔들, 흐은들 하고 흔들린다. 그 흔들림에 이끌린 나는 두 사람이 있는 곳으로 돌아갔다. 나이 많은 여자가 옥죄는 목소리로 이렇게 말한다.

─도망치면 안 돼. 마지막까지 제대로 들어주는 게 그 사람과 인연이 있는 우리들의 의리가 아닐까.

이럴 때 나이 많은 여자가 말하는 의리라는 의식은 희한하게 설득력이 있다. 맞은편에 선 통통한 여자는 부드러운 미소를 건넨다. 이상한 감정이 흐른다. 나도 가까스로 여자들과 동지가 된 듯하다.

테이프 목소리가 재생되었다. 목소리에는 다시 활기가 넘쳤다. 아니, 남은 힘을 죄다 쥐어짜 최후의 변을 말하는 것처럼 비창한 목소리였다.

~~~~몇 주간이고 몇 개월간이고 그 두루마리 원고 뭉치를 공방에 나뒹굴게 내버려두었어. 해독하기에는 방대한 에너지와 시간이 필요할 듯했고 활자로 만들려면 그것을 쓴 사람과 구체적으로 교섭도 해야 해서 말이지. 아무튼 그건 신원 불명의 발송인이 상자로 부친 비상식적인 불온한 물건이었어.

있지, 나 그것을 보고 이렇게 생각했어. 겐지모노가타리源氏物語 원고 두루마리도 이렇게 어마어마하지는 않을 거라고 뭐, 이런 이상한 비교론은 세계의 자랑거리인 일본국 전통문학에 대한 엄청난 실례겠지만, 그렇지만 말이야, 누가 뭐라고 해도 그 원고 두루마리 자체는, 뭐랄까 어마어마한 양이나 압도적으로 두꺼운 종이, 영묘함이 깃든 묵 냄새는 그것이 단순한 두루마리가 아니라는 걸 분명히 말하고 있었어. 원고라는 단어 자체가 완전히 의미가 없을 정도로 물론 이런 충격적인 외관보다 더 중요한 건 두루마리에 쓰인 문자 세계지. 그래. 바로 그것이 나에게는 외관 이상으로 더 큰 문제였어…….

12개의 두루마리 원고가 상자에 담겨 공방에 도착하고 며칠이 지난 후, 허둥대고 있던 나에게 한 통의 편지가 따로 도착했어. 그것은 간단한 메모였지. 읽기는 읽었지만 글자 자체가 어딘가 모르게 기분을 찜찜하게 만들었고, 혹시 피로 쓴 것은 아닌가 여겨질 정도로 붉은 색을 띠고 있었어. 사정이 있어서 신분을 밝히지는 못하지만 보낸 물건만큼은 어떻게든 세상에 남길 방편을 모색해주길 바란다, 그런 취지의 글이 정중하게 쓰여 있었지. 그 메모를 단서로 발송인을 찾아보려 했어. 동료 두 사람의 반대를 무릅쓰고서. 그들은 이런 정체불명의 물건을 활자화시킨다는 건 제정신으로 할 일이 아냐, 꼭 해야 한다면 천벌 받을 각오로 하는 게 좋아, 우리들은 같이 할 수 없어, 라며 일방적으로 말을 퍼부어 댔어. 지금 생각해보면 그 두 사람이 내뱉은 말은 어떤 의미에서 현재의 나의 신상을 꽤 정확하게 짚고 있는 것인데, 그래 그 시점부터 <미둥밋챠이> 멤버 관계는 수복이 불가능할 정도로 분열 상태에 이르고 말았지. 다른 사람들에게는 비밀로 하고 있었지만 그 이후 <미둥밋챠이>는 세 여자라는 의미와는 달리 나 혼자가 되어 있었어. 거짓말과 위선 없이 편집공방의 실태를 고백하자면 말이야, 개업한 지 3년째 되던 해부터 이미 경영상의 위기는 시작되고 있었다고 사실은.

아, 몇 권 정도 유행했던 베스트셀러 매상은 어떻게 된 거냐고 묻고 싶은 거지? 너란 참, 아무 것도 모른다니까. 이런 한정된 지방 시장에서 베스트셀러가 된다 한들 기껏해야 3천 부에서 3만 부가 고작이지……. 세상인심은 변덕스럽고 그때그때 임시변통으로 하다 보니 어쩌다 그런 매상을 올리기는 했지만, 공방을 유지하고 독립한 세 여자가 먹고살기는 그리 쉽지 않았어. 그럼 지금까지 어떻게 이어왔냐고? 그래, 그건 말이지, 사실 운 좋게도 내 뒤에는 스폰서라고 할까, 그러니까 은행원인 남자 친구가 뒤에서 후원을 해주었던 거야…….

뭐, 그런 것은 일단 놔두고, 그 두루마리 원고의 발송인을 찾는 것, 그건 극도의 난항이었어. 정말로.

나 말이야, 오로지 편집 일만 해왔을 뿐, 탐정 같은 걸 해본 적이 없잖아. 그러니까 정말 힘들더라고. 이 지역에서 장사하면서 인맥도 웬만큼은 쌓아왔다고 자부했는데, 신원을 숨긴 사람을 찾는다는 건 정말이지 가을바람에 흘러가는 구름을 잡는 느낌이랄까, 사막에 기어 다니는 개미를 쫓다가 개미지옥으로 들어가버린 느낌이랄까, 점점 일이 그렇게 흘러가는 거야. 물건 포장지라든가 종이상자의 출처, 우편 소인을 단서로 삼을 수밖에 없는데, 그렇다 하더라도 대량 생산된 포장지나 봉투, 상자를 어디의 누가 어느 판매처에서 입수

했는지 단정하는 것도 쉽지가 않아. '이런 사람을 찾습니다'라고 미디어의 힘을 이용해 광고를 내면 오히려 역효과가 날 테고.

아무튼 이 지방권역만 한정하여 살피더라도, 그래 이 지방이라는 건 바다를 사이에 둔 섬들의 집합이라 좁은 듯 보이지만 사실은 말도 안 되게 넓잖아. 그냥 넓은 게 아니라 바다 여기저기에 끝없이 펼쳐진 느낌이지. 게다가 우체국 관계자는 개인 정보 보호다 비밀이다 하는 그럴싸한 논리로 문전박대해버려. 사실은 귀찮아서 그럴 뿐이면서. 또 난 경찰에 대해서도 잘 모르잖아. 살인 사건과 관련된 중대한 조사입니다 라고 둘러대며 소심한 공무원에게 서류를 만들게 할 권한도 없고. 결국 이러지도 저러지도 못해서 두루마리 원고를 보낸 사람이 원고를 쓴 사람, 즉 저자라고 상정했어. 그렇게 상정한 저자와의 대면은 일단 중단하기로 하고, 우선 중요한 원고부터 해독하자 싶었어.

(계속 고양된 톤으로 흐르던 허스키 보이스가 여기에서 부르르 하며 몸서리치는 듯이 떨렸다.)

……그것은 이루 다 말할 수 없는 기괴한 문자 세계였어. 내가 편집자 생활을 하는 동안 쌓아왔던 해독 능력을 총동원해 눈을 크게 뜨고 보아도 역시 괴로움에 몸부림칠 수밖에 없었지. 큐히히-인지 큐시시-인지 쿠헤- 큐헤-인지 전혀 구분하여 알아들을 수 없는 문자들의 진창이었다고 둘둘 말린 일본 종이 표면에 묵으로 장장하게 쓰인 춤추는 글자 세계. 그 세계로 나의 온몸은 빨려 들어가고

말았어…… 뛰어 오르는 글자, 구부러진 글자, 비뚤어진 글자, 주물럭대는 손과 모으는 손, 미는 손과 되미는 손, 허리에 힘을 주고 마음을 담고, 누글누글, 누그르르…… 점점점점점점점텐텐텐, 테테텐텐, 테테텐테테텐, 텐, 테테테테, 토토토토, 텐, 텐, 테테텐, 토토톤, 톤, 테테, 텐텐, 테테테테, 텐텐, 텐텐텐텐, 점, 점, 점점점점텐테테, 텐텐…… 넘어지고 엎어지는 매우 힘든 고비가 이어졌어. 두루마리 원고를 굴리고 뒤집고, 종이를 넘기고 또 넘기며, 때로는 마구 핥거나 빰에 부비며 기괴하게 춤추는 글자에 몸을 맡긴 채 눈을 맞추고 있는 사이…… 대체 이 어찌된 일일까, 묵으로 쓴 그 글자 모양처럼 내 허리와 손목, 팔목은 비틀어지고 모아지며 주물대고, 떨치고 밀치는 것을 반복하는 거야. 뒤틀어지기 시작하는 내 몸의 뜻밖의 모양새에, 자각을, 하고 만 거지…….

생각해봐, 꿈인지도 생신지도 모르고 그런 모양이 되어가는 사람의 기분을. 상상이나 할 수 있겠어? 그야 물론 어렵겠지, 너에겐.

두루마리 원고에 쓰인 기괴하게 춤추는 글자에 밤낮 묻히어 비틀어지고 주물럭대고 허리에 힘을 주고 마음을 담고 하는 사이에 조금씩 알게 된 것이 있어, 나.

먼저 이것은 한창때를 지날 즈음에 돌연 신들린 체험을 한 여자의 언어들이다, 하는 것을. 뭐, 이런 말을 하면 그건 단순한 자기 투영적인 읽기가 아니냐는 지적이 돌아오겠지만 그래도 어쩔 수 없어, 역시. 한창때를 지난 여자의 신 내린 상태란 수수께끼투성이에 알 수 없는 물건과 밤낮으로 격투하는 광녀 같은 나 자신도 마찬가지니까. 제삼자가 보면 반론의 여지가 아주 없기도 하지.

그런데 말이야, 내가 편집자 인생을 걸고 기묘한 두루마리 원고에 빠져든 것과, 12간지干支를 거듭 돌며 몇백 년 동안 엄청난 분량의 문자를 두루마리에 쓸 수밖에 없었던 이 어두운 정열을 가진 사람의 마음 사이에는 아무래도 메워지지 않는 틈이 가로놓여 있다는 걸 잊어서는 안 돼, 역시. 자기 투영이라는 간단한 말로 단순화시켜버린다면, 그 두루마리 원고는 그저 환상이자 공소하고 허황된 이야기로 정리되고 마니까 말이야. 나 말이야, 내 몸에 일어난 기괴한 사건을 이렇게 말하게 된 이상, 듣는 사람에게 그런 허무한 인상을 주는 바보 같은 짓은 아주 피하고 싶어.

그래서 말인데, 내가 선택한 길은 단 하나. 제삼자가 자기 투영이라 생각하든 허황된 이야기라 생각하든 나의 이 감각적인 읽음을 철저하게 믿기로 했어. 어차피 난 고고학자도 아니라 고대 문자나 다를 바 없는 희한한 문자를 해독하는 훈련도 받지 않았고, 게다가 역사적인 읽기 따위 개나 줘버려 하는 기분이 어딘가 있기도 해서. 그래서 말이야, 나는 내 신체가 감지하는 세계를 그저 믿고 두루마리 원고 뭉치와 뒤엉키며 에이얏, 우리햣 하고 높다란 구호를 외치며 스스로를 격려했어. 그런 가운데 꿈에서도 나도 모르게 꾸물꾸물하며 손과 발을 꿈틀대는 버릇이 생겨버렸지. 그러니까 있잖아. 기독교 신자는 아니지만 믿음은 기적을 부른다는 말을 나도 하고 싫어지는 거야. 두루마리 원고와 뒤엉켜 격투를 벌이기 시작한 후, 아마 13개월하고 며칠이 더 지난 시점일거야, 헤아려 보면. 세상에, 그 즈음에 갑자기 읽을 수 있게 된 거야. 읽을 수 있게 되었다고. 그 기괴한 모양의 묵으로 쓴 글자 세계를. 마구 갈겨쓰고 둘둘 말아 버린, 히얏 히얏 하며 춤추는 몸처럼 구불거리듯 보이기만 하던 그 뛰는 글자, 뒤집은 글자, 구부러진 글자. 주물거리는 손과 모으는 손, 미는 손과 되미는 손에 글쓴이가 담아두었던 마음이 다 읽히는 거야. 말로 다 표현하지 못하고 망각 저편으로 내쫓긴 사람의 몸에 담긴 갖은 원망과 원한, 한탄과 슬픔, 고민과 격분의 주름, 그리고 부침하는 극상의 유열까지 모두 읽을 수, 읽을 수 있게 되었다고…… 정말, 정말로…… 아아, 뭐라 말할 수 없는 한없는 쾌락의 세계! 언어 따위 필요 없는 쾌락 지옥! 그것을 온몸으로 감지한 순간, 봐봐, 나, 사람, 이 아닌, 것, 같은 완전 다, 른, 모습으로 변, 해, 버렸, 어…… 아, 아, 아앗, 아, 아아…… 뿌, 뿌오, 뿌뿌오오…… ………

갑작스레 대나무 통을 부는 것처럼 바닥을 긁어대는 소리가 스치듯 일어났다. 어떤 음역을 돌파하고 휙 스치고 지나가는 비통한 목소리를 마지막으로, 허스키 보이스는 안개처럼 흩어지듯 사라졌다. 모든 세계가 소리 배후로 빨려 들어간다. 나는 당황했다. 레코더에 머리를 들이박듯이 하면서 외쳤다.

—기다려, 기다리라고!

책상 위에 있는 『자서전』을 집어 들었다.

—이봐, 가르쳐 줘. 이 『자서전』의 공백 페이지를 메우는 작업이 네가 나에게 남긴 업무상의 인수인계라는 거야? 이봐, 뭐라고 말을 해, 좀-.

테이프는 회전음만 낼 뿐이다.

세 사람은 각자의 시선으로 일제히 『자서전』에 담긴 웨이브 머리를 한 여자를 보았다. 여자의 얼굴에는 유영遺影과 같은 분위기가 더욱 짙게 감돌았다. 이쪽을 바라보던 『자서전』의 여자의 표정이 흐늘거리며 뒤틀리더니 희미하게 웃어 보인다. 그런 기분이 든 것은 나 혼자만의 착각이 아니었던 모양이다. 나이 많은 여자와 통통한 여자는 서로 시선을 마주치며 몸을 떨듯이 어깨를 움츠리더니 동시에 갑자기 책 표지에서 눈을 뗀다. 테이프에서는 더 이상 어떤 음성도 들려 올 것 같지 않다. 찔꺽찔꺽 하는 소리만이 날 뿐이다. 아니 가만히 귀를 기울이면 어떤 소리가, 틀림없이, 들려온다.

~~~~~~~~~~~~~~~~~~~~~~~~~~~~~~.

아주 무거운 침묵이 흐른다. 이윽고 그것은 우르르르응 하는 벼락 소리와 같은 박력을 띠기 시작한다. 야단스러운, 그야말로 위험한 소리가 긴박하는 가운데, 갑자기, 녹아내리기 시작한다. 요란하고도 삼엄하게 그리고 사납게 짖어대기 시작한다. 이런 울림이 온 공간을 가득 채운다. 파열하기 직전의 긴장감을 지닌 채 나뒹굴며 돌아다니던 이 격렬한 울림은 휘황찬란한 밝음을 대상으로 고독한 싸움에 도전하는 듯하다.

우르르릉 쿠르르르릉~~~

양손으로 귀를 막는다. 결국 소리로 변해 버린 듯한 내 여자 친구와의 영원한 이별을 감당하기 위해서 말이다. 머릿속이 멍해지기 전에는 항상 관자놀이가 마비되곤 하는데, 이런 고통과 함께 방금 큰 울림이 찢어지는 순간부터 나는 은밀하고 친숙한 허스키 보이스가 나를 부르고 있다는 걸 느낄 수가 있었다.

소리가 사라지자 시계에도 이변이 일어났다.

두 여자의 모습이 갑자기 무너지는 것이다. 두드러지게 눈에 띄는 각각의 윤곽이 마구 이동하더니 사무실의 공기를 휘저어 어지럽히고, 서로 겨루듯 혹은 서로 다가가듯 하면서 소리를 내지른다. 두 몸에서 나온 여덟 개의 팔다리는 흔들, 흐은들, 흔드을 하며 흔들리기 시작한다. 부유하고 흔들리며 형태를 잃어 가는 것이다. 가슴이 찔리는 듯, 아아, 하고 나도 모르게 소리를 내뱉었다.

무너져가는 두 여자를 나는 그저 올려다볼 뿐이다.

각각 음영과 색조가 대조적인 복장을 한 두 사람은 서로 끌어안으며 얽히고설키고 흔들리고 펄럭이며 무너져 간다. 그렇게 형태를 잃어가면서도 여전히 원래 윤곽에 집착하는 끈질김을 보이며 불에 달구어져 늘어나는 파이프처럼 얼굴과 목이 너울거리고 있다. 배와 등은 완전히 뒤집히고 뒤로 젖혀져서는 포개어진 상태다. 이런 움직임을 반복한다. 포개어진 채 비틀어지고 구불거리며 또 서로 얽혀 *꾸불꾸불* 떠오른다. 여러 개의 비틀린 원형 고리가 흐르는 구름이 되어 천장까지 날아올라 간다. 거기서 빙- 빙- 하고 소용돌이를 일으킨다. 정확하게 내 머리 바로 위다. 뭐라 표현할 수 없는 슬픔에 가득 찬 소용돌이 춤이다.

이윽고 여자들은 솜털처럼 부드럽게 갈래갈래 찢기더니 열어 둔 창문을 통해 시내 밤거리로 떨어져 간다. 망설이듯 잠깐 멈추고 있다가 급격히 떨어진다. 갈래갈래 찢어진 마지막 솜털 하나가 홀연히 창문 밖의 어둠 속으로 사라진 순간, 무언가에 홀린 것 같다. 안과 바깥의 경계에 푸르고 깎아지른 듯이 선 기둥이 부옇게 보인다.

동시에 즛즛즛 하는 파동이 사무실 바닥을 기어 다닌다. 발밑이 흔들린다. 파동은 흔들리며 어긋나더니 짧게 끊어지며 소리로 변한다. 거친 날숨 소리가 연이어 들린다. 이 세상의 모습을 조롱하듯, 어찌할 도리가 없는 마음의 응어리를 조금씩 뱉어내 날려 버리듯, 또는 서투른 랩 리듬을 따라 어둠 속을 헤엄치듯 하는 댄스 리듬과도 비슷하다. 듣기에 따라서는 끊어지듯 사방으로 튀는 한없이 밝게 고조된 섬 노래시마우타 박자로도 들린다. 그런 소리의 편린들이었다.

푸푸푸푸, 풋, 펫, 풋풋풋, 포포포포, 풋풋,

풋풋포포, 푸, 붓, 포포포, 풋풋, 풋포포, 풋풋,

푸푸, 페, 풋, 포포포, 쿠포, 쿠풋풋, 포풋, 풋풋포,

포펫, 풋풋, 푸푸푸푸푸풋, 페페페페포포포포……

『자서전』의 여자

5월 초순, 한낮의 밝은 직사광선을 쬐고 있다. 어둠의 기억이 희미해지고 어둠 속의 꿈이 급속도로 힘을 잃어가는 시간대이다. 참으로 오랜만에 바깥세상을 본다. 최근의 나는 줄곧 다카미자와 료코가 남긴 물건들에 둘러싸인 생활을 하고 있다. 그녀의 업무를 인수하는 조건이 달린 이 아파트에 살면서. 당초 맺어졌던 그 좋았던 조건은 반년 후에 자동적으로 소멸되고 말았지만, 내 여자 친구 다카미자와 료코와 만나 온 13여 년의 친밀한 듯하면서도 소원하고, 인연이 먼 것 같으면서도 뜨겁고 가까운, 꿈속의 또 다른 꿈과 같은 인연은 오로지 이 일을 인수하기 위해 존재했던 것은 아닐까, 하는 생각이 들 정도로 나는 『자서전』 작성에 온 힘을 쏟고 있다. 실마리를 찾기 위해 다카미자와 료코가 사라지기 직전에 남긴 소리들의 의미부터 밝혀보자고 생각하기는 했지만, 그보다 나에게 필요했던 것은 알 수 없는 무거운 짐을 지고 시시포스 산에 오를 각오였다. 무엇보다 그것은 신들린 40대 여자가 소멸하기 직전에 남긴 환혹의

세계라고밖에 상상할 수 없는 기묘한 사건이었기 때문에.

우선 내가 시작해야 했던 것은 『자서전』의 주인공인 화자를 특정하는 일이었다. 일단 처음 상정한 화자는 표지에 있는 웨이브 머리의 여자였다. 그렇다면 그녀는 어디의 누구란 말인가? 그 수수께끼를 풀 필요가 있었다.

그러나 시작하는 단계에서 나는 이러지도 저러지도 못하는 상황에 처하고 말았다. 다카미자와 료코는 그 인물에 대한 경력이나 간략한 기록, 또는 화자의 목소리 녹음 등, 인물을 조사하거나 상상하는 데 필요한 물질적 자료를 일절 남기지 않았기 때문이다. 그 뿐만 아니라 추적의 실마리가 되는 표지의 검은 틀에 담긴 사진 속 인물도 이미 이 세상 사람이 아니라는 것을 암시하는 부분이 있었다. 그러나 틀림없이 실사로 보이는 인물 사진 자체를 잘 살펴보면 뭔가 기괴한 모습을 드러내고 있다는 것을 알 수 있다. 이런 부분은 상황을 한층 더 이해하기 힘들고 곤란한 사태로 내몰아 일의 흐름에 극심한 곤란과 정체를 초래하는 원흉이 되었다.

그렇기는 하지만 대체 어떻게 프린트 처리를 한 것인지, 그 얼굴 사진에는 이상한 모자이크 장치가 되어 있어 내가 바라보는 각도나 위치, 그것이 놓인 장소, 방 안에 드는 광선의 상태, 시간대, 마침내는 내 심리 상태에 따라 표정이 어지럽게 변하고 온갖 도깨비로 바뀌는, 뭐라 형용할 수 없는 불가사의한 모습으로 비치고 있었다.

예를 들면 오전에 일어나 칫솔을 입에 문 채 멍하니 무거운 머리로 방안을 돌아다니며 업무용이자 식탁으로도 쓰는 테이블 옆에 걸린 사진을 슬쩍 볼 때, 여자는 감색으로 물들인 앞치마가 잘 어울릴 듯한 부드러운 미소를 가진 중년 여성이 된다. 꽤 미인이다. 지금에라도 당장 그 주변에서는 된장국 냄새가 날 것만 같은 분위기다. 불화가 없는 한결같은 일상을 보내 온 여자는 된장국 냄새가 나는 온화한 미인이 된다, 고 말하고 싶은 듯이.

때때로 바깥 공기가 방안을 뜨겁게 만드는 한낮, 그 무더움에 안절부절못하며 무심결에 테이블에서 책장 구석으로 『자서전』을 옮겨 세워 놓으면, 여자는 입술을 꾹 다물고 예리한 눈으로 나를 바라본다. 마치 거래처 사람이나 컴퓨터를 노려보듯 제대로 된 커리어 우먼의 눈이 되어 견딜 수 없는 인생의 적적함을 기백 넘치게 제압하는 것이다.

술을 마시고 밤중에 멍한 상태로 있어서는 일이 진행되지 않는다 싶어 마음을 고쳐먹을 때가 있다. 기호품을 맥주에서 커피로 바꿔 아침부터 식사 대신 인스턴트커피를 블랙으로 연거푸 벌컥벌컥 들이키는 날, 커튼을 흔드는 조금은 시원한 바람이 반쯤 열린 새시 문 사이로 들어오는 저녁 무렵에, 오늘은 빈속에 커피를 너무 많이 마셨나 하고 위를 움켜쥐듯 하며 눈을 치뜨고 책상 옆에 옮겨 놓은 사진의 여자와 무심결에 눈이 마주칠 때면, 여자도 역시 조금은 나를 노려보듯 날카롭고 어두운 기운을 눈에서 내뿜는다. 돌연 원한이 서린 눈초리로 눈을 번뜩이며 가시 돋친 감정을 내던지기 때문에 나도 모르게 찌르듯이 아프기 시작한 위를 부여잡고는 신음 소리를 내게 된다. 나의 연약함을 이용하는 것이다. 그런 가운데 아무리 여자를 바라보아도 그녀의 연령은 도무지 짐작이 되지 않았다. 어딘가 반도 같은 곳의 농촌 여성을 상상하게 만드는 얼굴이기는 하지만 확정할 수는 없다.

예를 들면 때때로 이미 한밤을 지난 시각인 새벽 세 시 직전, 종이들이 쌓인 벽과 벽 사이에 몸이 끼인 채로 한숨만 쉬고 있으면 내 옆얼굴을 쓱 하고 만지는 기운이 느껴진다. 뒤를 돌아보면, 어쩜, 여자는 입을 떡하니 벌리고 눈은 하얗게 뜬 채 노려보고 있다. 그리고는 당장이라도 소리를 내어 노래를 부를 듯한 얼굴이 된다. 인생사를 노래하듯이 당겨진 미간에는 주름이 모이고 우울한 표정이 된다. 늙어서도 변두리 술집 무대에서 계속 노래하는 섬 마을의 가수처럼 말이다. 나는 이런 노래에 들어있는 시답지 않은 후렴구의 고양된 박자가 너무나도 불편하여 무심결에 눈을 내리고 만다. 다시 한 번 조심스럽게 눈을 떠보면 여자는 떡하니 입을 벌린 채로 있지만, 눈물을 머금은 듯한 눈동자는 일순간에 말라 버리고 이번에는 정말이지 잔인하게 상대방의 슬픔이나 동정심을 꿰뚫어버릴 것 같은 싸늘한 눈초리가 된다. 그런 여자의 눈이 나를 응시하고 나 역시 그녀를 응시하노라면, 여자는 분명 나에게 무언가를 호소하고 있다는 느낌이 든다.

그래서 나는 때때로 말을 걸어보곤 한다. 이봐요, 당신은 대체 누구시죠? 라고 그러면 여자의 표정은 부드러워진다. 이 분위기를 놓칠세라 이거 봐요, 당신은 도대체 누구시냐고요오? 라고 다시 물어본다. 내가 생각해도 어색하기 짝이 없는 어리광스러운 말투다. 그러나 아무리 내가 그런 말을 반복해 보아도 사진 속의 여자는 어떠한 반응도 보이지 않는다. 남겨진 테이프가 말해주는 것 가운데 가장 신경이 쓰였던 '할머니의 외침'도 마찬가지다. 그것에 온 정신과 혼을 바친 다카미자와 료코는 완전히 피폐해졌고 그것이 결과적으로 <미둥밋챠이>를 해산시킨 계기가 되었다는 사실만 알 뿐, 그것을 계속 추적할 수 있는 관련 자료가 어딘가에서 도착한다거나 어느 움막에서 발견된다거나 하는 일은 유감스럽게도 일어나지 않았다. 불발로 그친 다른 책에 대한 단서도 전무하다.

이리하여 내가 최근 수개월 동안 혼자 틀어박혀 지내면서 한 일이라곤 오로지 수동적으로 자료를 읽는 일뿐이었다. 좁은 원룸 벽 공간을 점거하고 있는, <미둥밋챠이>가 발행한 책을 한 권 한 권 공들여 읽었던 것이다. 지루하고 우울한 작업이었지만 그 속에서 어쩌면 『자서전』 작성의 실마리를 찾을 수도 있을 거라는 거품과 같은 소망을 가지고서 나는 끝까지 책을 읽어나갔다.

괴롭고 끝이 보이지 않는 나날을 견디면서 나는 『자서전』이란 무엇인가라는 단 하나의 물음에 도달하게 되었다. 자신을 없애 버리듯이 다른 사람의 언어에 매몰되어 다량의 지방한정 출판물을 만들어온 떠돌이 편집자가 사라지기 직전에 완성하고 싶었던 『자서전』

이란 무엇이었을까.

문득 마음에 짚이는 게 있었다.

바라볼 때마다 변화하는 그 사진의 여자는, 어쩌면, 존재했을지도 모르는 다카미자와 료코 자신의 시뮬레이션 이미지는 아니었을까. 도산에 직면한 편집공방 <미둥밋챠이>에서 동료 두 사람도 떠나고 혼자 남은 그녀는 헤어날 수 없는 고독감을 느끼면서도 저돌적으로 공백으로 점철된 『자서전』을 만들고 만 것은 아닐까. 그렇다. 다카미자와 료코는 직접 자신에 대해 이야기하는 것을 여자 친구라 자인하던 나에게 부탁한 것은 아닐까. 어떤 경위에서인지 도심에서 지방으로 흘러들어와 정착했다가 결국 사라질 수밖에 없었던 한 여성 편집자의 여러 경험담을.

나 말이야, 천성적으로 편집자인 것 같아. 하고 그녀는 자주 말하곤 했다. 편집자 업이라는 건 말이지, 어떤 대의나 사명감을 내세워도, 아니 사명감을 내세울수록 결국은 그저 눈에 띄고 싶어 할 뿐인 작가의 자아를 자극해주면서 있는 것 없는 것 모두 꺼내놓게 해 세상에 알리는, 그런 본분을 가진 것인데, 사실은 말이야, 그들이 작가들의 영역이라 여기고 있는 세계란 우리들이 뒤에서 조미료를 가득 뿌려주기 때문에 성립하는 것이고, 그러기에 독자들이 먹어주고 있다는 감각을 몰래 느끼는 것이 편집자 업의 묘미야. 글을 쓰고 싶어 하는 야심가란 아주아주 평범한 문재文才일지라도 어떤 자극이나 조건만 주어지면 자기도 모르게 그 나름대로의 것을 꺼내놓게 돼.

본인도 깜짝 놀랄 만한 것을. 세상이 알아주는 작가란 말이야, 야성은 잊어버리고 사람이 주는 먹잇감에 조건 반사하는 개와 같은 거야. 내 방식으로 표현하자면.

괴물 같은 카리스마 여성 편집자로 이름이 알려져 있던 내 여자 친구 다카미자와 료코는 막 나온 신간 도서를 나에게 내밀면서 히죽거리는 표정을 숨기지도 않고 그런 지론을 펼쳐 보인 일이 있었다.

그런 기억의 음성에 자극을 받은 나는 방 한쪽 벽면을 가득 메우고 있는 <미둥밋챠이>의 발간서 앞에 자주 주저앉게 되었다. 고개를 똑바로 들고 자세를 바르게 잡고서 종이들이 만든 대열과 마주하다 보면 시간이 어떻게 가는 줄도 모르기 일쑤다. 그렇게 우두커니 있다 보면 점차 깊어가는 밤의 밑바닥에서 종이들이 숨을 쉬기 시작한다. 그런 기분에서 도망칠 수 없게 되면, 나는 지그재그로 쌓인 책등의 글자를 작은 소리로 읽기 시작한다. 중얼중얼 중얼중얼…… 중얼중얼 중얼중얼…… 하고

……우무이의 풍토, 이레이 고타 지음. 아빠 찾아 삼천리, 히가 미도리지음, 하프라 불리며, 미셸 시로마 지음. 기지 거리에서 놀다. 고쟈 십자로 원경. 흑인과 백인 사이에서. 얀바루 마을에 눈이 내리던 날. 들판에 핀 꽃. 야카 마을에서 야가지 마을로. 화이트 비치에 선 검은 그림자를 따라. 요시하라 정사사건의 진실. 파크 에비뉴에서 뒹굴기, 팔미라 거리에 앉은 어느 남자의 혼잣말, 뒷골목 연구회. A사인

과 D사인을 오가는 여자들. 하프와 아메라시안의 차이와 동일성. '고자 폭동'을 준비한 청년들의 술집 회의. 아와세히가타를 지키는 사람들. 사진으로 보는 기쿠 마을의 역사. 하에바루 마을의 역대 촌장들의 얼굴. 우루마 시 탄생 비화. 구시카 무용회 50년사. 에이사 삼매경, 헤시키야 청년회 활동사. 잔상의 바다를 향하여, 무엇을 생각하는가, 미도리마 마유 자신의 역사를 말하다. 이별의 연기를 따라, 하와이로 가는 길. 돌아오지 못한 귀환자들. 바다를 건넌 노래 소리, 가쓰미 우루카 지음. 산을 오르면 바다로 나오는 섬. 농부와 어부의 대담. 시만츄 노트, 피해와 가해를 넘어, 오에 겐지로 지음, 오키나와인의 조건, 한나 아렌토 지음. 우치난츄는 일본 사람이 될 수 있는가……

……다큐멘트 이사하마 토지투쟁의 기록, '한 방울이라도' 모임 활동 역사. 작은 대학의 거대한 도전, O대학 60년사. R대학 사건의 진정한 희생자는 누구인가. 가마에 관한 100가지 거짓과 진실, 전후사를 걷는다. 미군 병사를 습격한 용감한 여성의 쾌담. 보름달 밤에 귀를 기울이면 역사를 잃은 사람들의 목소리가 들린다, 아이린 시루바아 브라토 지음. 3,000명의 증언 전쟁 전야에 내가 본 기이한 풍경. 오키나와 反권력론의 기원. 60년대를 말하다, 오키나와 청년동맹 청춘의 기록. 정념의 폭력론, 기요타 세이신 지음. 오키나와 전쟁을 다시 배우다, 야카비 오사무 지음. 백기를 흔드는 아저씨는 어디로 사라졌나, 전후 풍경을 기록하는 11미리 회. 수다쟁이 아주머니의 전중 전후 이야기. 침묵으로 말하는 사람들의 목소리를 듣

다, 지옥 귀 모임. 달이 푸르게 빛날 때, 트린민하 사적 투쟁기. 선량한 이웃의 잔디밭은 검었다. 66년째 고백, 언제나 펜스에 서 있는 남자. Y양을 죽인 것은 다름 아닌 나였다, 석방된 성폭력범의 반전 인터뷰 기록. 미군 병사에게 애인을 빼앗긴 남자를 위한 보복법 교수 강좌 시리즈, R신문사 문화센터 기획 편. 웃음과 땀의 미군기지. 전쟁의 세상 각각의 싸움, 하와이·필리핀·수마트라·사이판 편. 바다 저편에서 스러진 사람들을 만나는 여행, 유골 수습 자원봉사자 단체의 보고. 전쟁에서 웃은 사람들의 그 뒤를 쫓다……

……산신을 품은 하마치도리, 산토스·고시가와 방랑기, 남미 편. 이야기 속의 여자, 온나 나비를 찾아서, 가와무라 미나토 지음. 뼈가 가챠시를 춤출 때, 오도라냐 촌민 공동 환상담. 후루야 치루 괴기 전기집. 유녀들의 행렬 재현 무대 뒷이야기. 마키시 코다로의 빛과 그림자. 언덕 위 소나무 한 그루의 유래. 기타무라 스미코 일인 연극 걸작선. 오키나와 락, 적赤과 자紫의 시간. 캰 마리안느 부활 라이브 전곡 수록판. 요괴의 랩 히트곡 집, 가리마타의 이사미가 지음. PW 애가. 본토를 기대해서는 안 된다, 군고용원의 원한을 담은 류큐 가요집. 강물은 흐르고 산은 울었다, 나카소네 미미 그 시대를 말하다. 마이클 잭슨을 노래하는 핑거 파이브 가메지로 찬가. 가성으로 노래하는 아마미 시마우타. 숀카네-를 콧노래로 부르면. 아야구 절규. 윤타쿠를 노래하는 여자들. 두바라-마 애가. 絶唱定繁節. 중얼거림의 林昌節. 데루린의 류큐국 독립찬가. 노래해서는 안 되는

노래를 부르는 모임의 활동 기록. 도-가니와 나-구니의 원형을 찾아서, 다마키 마사야 지음. 8886의 세계. 오모로는 오모시로이까. 해 뜨기 전의 섬, W. B. 예이츠 지음. 초쿤과 초빈은 동일 인물이었다. 오키나와 예능계 내막을 파헤치다. 오키나와 예능을 타락시킨 범인을 찾아라, 국보에 탈락한 예능인들의 투쟁기⋯⋯.

⋯⋯세상에서 가장 기묘한 도서 백선. 이제는 옛일이 되었지만 기겁할 만한 이야기. 100세까지 유유한 청춘, 꿈같은 섬 생활 르포, 미둥밋차이 편집부. 일본 제 일의 장수는 거짓이었다. 여자의 자립을 방해하는 유이마루. 오키나와 걸의 내력. 달과 태양의 투쟁사. 이민자의 고향은 어디인가. 불상화가 피는 언덕에 서다, 일곱 개의 무덤의 유래. 구부라 마을 공동 매점 300년사. 맛차의 안가지음. 호타라지마 재방문기. 이케마 대교를 새벽 세 시에 건너다. 남국의 파라다이스 체험기. 성스러운 섬들의 탐욕스러운 사람들. 복서가 되지 않았다면 바다를 걷고 있을 사나이 이야기. 바다 용사의 자손들. 해저에 잠긴 환상의 제국. 앗파와 안나와 오바-를 교환하는 섬 말에 집착한 마이너 시인의 일기. 먀-구니 왕래기. 다라마 시치 축제의 뒷이야기. 섬으로부터 도망친 사람들. 두난츄 원정기. 바다를 달리는 여자와 하늘을 헤엄치는 남자가 사는 섬. 디스토피아로의 여행. 야포네시아의 저편, 시마모토 게이이치 지음. 게리 오시로의 모험 일기. 고도보 바다 사람 항담집. 아코-우쿠로우의 기도, 저녁 무렵의 문화론. 안데스·히말라야·오키나와, 고원과 바다의 민족을 잇는 기제가 남은 섬. 닛폰 문화

론, 타로와 도시코의 구다카 유행기. 무녀와 마녀의 역사, 섬에 드리워진 서양의 그림자를 밟는다. 니라이카나이 항해기. 소와 타조와 노래의 섬, 구루구루섬으로 섬의 끝에서 세계를 볼 수 있는가 없는가. 아프리카나로의 여행. 남쪽으로 다시 남쪽으로, 파이파티로-마 저편으로⋯⋯.

⋯⋯구자에서 도스토예프스키를 읽다. 헤노코에 선 사이드 아Q정전과 자무자가 대담하면, 아수라연구회보고 시리즈 어둠의 만다라, 아사토 레이지 지음. 북쪽의 맥貘, 남쪽의 아수라, 도시의 안고, 하나다 순이치로 지음. 소리의 여로, 동쪽으로 서쪽으로 물총새가 우는 저 숲으로 진흙탕 거리를 걷다. 돌격 빙의대, 다이라 세쓰코 지음. 사탕수수밭에 숨은 샐린저. 보이지 않는 거리에서 웃는 얼굴로 안녕, 사강 지음. 잃어버린 장소를 찾아서, 마르세이유 시마부쿠 지음. 야나와라바 일기, 아고타 오시로 지음. 삼천년의 유락, 나카이마 겐지 지음. 육조六調를 춤추는 인형, 아무로 미쓰히로 지음. 이름이여 일어나라, 그렇다면 구원되리라. 나카 고이치 유고집. 터무니없고 당치도 않은 이야기, 엘리자베스-이즈미 지음. 가드를 감싼 남자의 전기, 우루마 타로 지음. 오모로소우시, 나카소네 우조 지음. 백주기에 모인 8인의 미녀와 요괴의 수다 모음. 오키나와에 '문학'은 존재하는가. 오키나와 소녀, 히가시미네코 지음. 단디가-단디는 사요나라 대신. 멘소-레와 이미소-레의 차이에 대하여. 오키나완 아나키즘의 계보 처형장에 피는 푸른 히비스커스 교쿠류카이를 지탱한 7인의 남자의 싸움.

비법 전수, 맨 손으로 적을 쓰러트리는 필살기 33, 다카미야기 고이치 지음. 남자는 전쟁의 선도 사요나라 미국, 바이바이 일본, 또 만나 오키나와……

……나의 푸리문의 길을 간다, 다이라 가나의 반생. 무녀의 철학 담의談議. 이야기하지 못할 세계를 이야기하는 사람들. 나의 무녀 인생, 사마부쿠 요시의 환시 체험기. 일곱 개의 다리를 건너지 못한 우둔한 자들의 후예. 비밀 축제 뒤에서 우는 여자들. 넋들이기에 실패한 유타가 꾼 꿈. 지닌 카니메가, 천년 미래를 점치다. 여자가 '어머나' 하고 중얼거릴 때, 세계가 변한다. 유타의 트위터를 읽다. 나는 바보지만 너는 누구냐? 나는 나고 너는 너다. …… 잠을 자도 잠에서 깨어나도 꿈인지 생시인지…… 무엇이 어떻게 된 것인지, 어떻게 되고 있는지, 이 세상은 …… 이것저것 시끄럽다 …… 이러하다 저러하다, 이 세상은 …… 재미있다. 히야 삿사, 푸리문의 세계는…… 'あ'와 'ん' 사이에 선 그림자는…….*

…… 어슴푸레하게 어두운 6조 다다미방 안에 문자가 날아다닌다. 히라가나 가타가나 한자 알파벳이 서로 섞이고 대문자 소문자

---

* '나'가 중얼거리는 책 제목과 지은이는 실재하는 일부 서적이나 저자를 이화시킨 경우라 볼 수 있다. 예를 들면 작품 원문의 『시만츄(섬사람) 노트- 피해와 가해를 넘어』 오에 겐지로(御於慧賢次郎)는 오에 겐자부로(大江健三郎)가 쓴 『오키나와 노트(沖繩ノート)』를, 『오키나와 소녀』(히가시 미네코比加志峰子)는 히가시 미네오(東峰夫)가 지은 『오키나와 소년オキナワの少年』을, 『오키나와인의 조건』(한나 아렌토半那阿蓮戶)은 한나 아렌트의 『인간의 조건』을, 『오키나와 전쟁을 다시 배우다』(야카비 오사무野家尾長武)는 오키나와 연구자 야카비 오사무(屋嘉比収)의 『오키나와 전쟁, 미국점령사를 다시 배우다(沖繩戰、米軍占領史を學びなおす)』를 빗댄 것이다.

가 주변 가득히 날아다닌다. 그 글자 투성이에 내 몸은 물들어 간
다. 문자에 이마와 뺨을 내리누르고 홀린 듯이 나는 계속 소리를 지
른다. 다다르지 않는 기도를 읊는 신가민츄의 노래처럼.

그런 밤에 눈을 뜰 때에는, 반드시, 몇 권인가의 책을 갓난아기처
럼 안고 테이블 밑에 웅크려 있는 자신을 발견하곤 한다.

다른 사람과 평범한 대화도 없이 혼자 틀어박혀 지내는 세월이 길
어지고 있다는 사실도, 괴롭다는 감정도 느끼지 못하게 되었다. 그저
지나가는 시간의 공허함에 몸을 맡기고 있자니, 몸 속 가득 채워진 고
독의 막이 뿌직뿌직 소리를 내며 찢어지는 것 같기도 하다. 스스로가
스스로를 부르는 소리를 천장 벽이나 책장 사이에서 듣기도 했다. 드
디어 광기의 경지로 들어가는 것인가 라고 생각하기 시작한 그런 찰
나였다. 누군가에게 내쫓기어 문 밖으로 뛰쳐나간 것은.

돌제[*]

먼지로 가득한 한낮의 시가지를 걷는다.

부는 듯 불지 않는 듯한 바람이 가로수를 흔들고, 남국南國에서는
자라지 않은 것 같은 조록나무인지 녹나무인지 아무튼 그런 나무들
의 엷은 이파리 그림자에서 새어나오는 햇빛이 깨나른하게 떠도는
거리다. 가로수 왼편을 바라보면서 조금씩 걸음을 옮기다보면 해안

---

[*] 바다 쪽으로 돌출된 둑.

가 도로가 나올 터이다.

그야말로 살풍경 그 자체다. 얼마나 걸었을까. 방파제 일부가 눈에 들어왔다. 회색으로 물든 크고 작은 창고가 들쭉날쭉 줄지어 선 공간 저편으로 내 걸음은 향한다. 거기에 하얗게 빛나 보이는 것은 테트라포드 더미의 정점. 바다 수면은 보이지 않는다. 왼쪽 옆으로는 어린 싹이 트고 있는 구와디-사- 가로수가 흔들리고 있다.

발밑은 옅은 오렌지색과 그레이색이 격자를 이룬 타일 길이다. 색감이 있는 해안 풍경이 차츰차츰 나타난다. 그러나 보이는 건 전경뿐. 돌제로 다가가 발끝으로 서서 키를 늘려 바다를 바라본다. 이미 개장했을 터인 뒤편의 해변공원을 돌아보거나 하는 움직임을 자연스럽게 취하기까지는 얼마간의 시간이 필요했다. 나는 돌제를 수십 미터 앞에 두고 멈추어 서서 바닷바람을 맞으며 바람벽을 멍하니 바라보고 있었다. 그러고 있자니 경직된 몸이 바다 냄새에 조금씩 누그러진다.

천천히 주변을 돌아보았다. 호안 같은 그곳은 기묘한 공간이었다. 불쾌하게 뒤틀린, 알지 못하는 풍경이다. 홀린 듯 공원 옆쪽으로 이어진 벽으로 슬금슬금 다가갔다.

반대편으로 고개를 내밀어 본다.

생각했던 대로 그곳에서는 바다가 보이지 않았고 갑자기 부풀어 오른 거대한 풍선 속에 머리를 처박은 기분이 되었다. 비틀어진 뫼비우스 띠를 더듬듯이 한 바퀴 고개를 돌려 시선을 이동시키는 가운데, 공간의 뒤틀림에 눈이 익숙해진 것인지 초점이 맞춰진다. 장장하고 그저 넓기만 한 라이브 무대를 연상시키는, 넓게 펼쳐진 아무것도 없는 광장이 눈에 들어온다. 가만히 쳐다보니 아무것도 없다고 생각한 광장의 여기저기에는 한 무더기의 흔들리는 그림자가 떠 있다. 고원에서 흔들리는 풀처럼 보이는 그 무리를 자세히 바라본다. 그것은 제각각 찔끔거리듯이 작게 움직이고 있다. 공간의 갈라진 틈으로 기어 나온 작은 동물들의 무리 같기도 하다. 그러나 정체는 알 수 없다. 한기를 느낀 나는 고개를 움츠린다.

몸을 휙 돌려 해변공원 입구 앞까지 갔다.

철망으로 빙글 둘러싸인 공원 바깥에서 사열횡대로 선 무리들과 부딪혔다. 앞이 가로막혀 옴짝달싹 못하고 서 있었을 때, 옆에서 손이 불쑥 나오더니 갑자기 나를 잡아챈다. 차가운 손이다. 동시에 사각사각하며 꿈틀대기 시작하는 전후좌우의 움직임이 내 어깨를 흔든다. 이런 소란 속에서 마른 풀을 태우는 듯한 탄 냄새가 희미하게 풍겨온다. 부식토가 발효하는 냄새와 같은, 이상하고도 너무나 그리운 냄새다. 등 뒤를 지근거리는 움직임에 밀려 나왔다. 고개를 돌려 보니 주변에 서 있는 사람들의 윤곽이 조금씩 시야에 들어온다.

사람들이 서 있다고는 하지만 그들 존재는 딱히 무어라 특정하기 어려운 인간들의 무리다. 여자인지 남자인지, 노인인지 어린이인지 젊은이인지 모르겠다. 그 가운데는 고양이처럼 등이 굽은 아가씨 같은 이도 있고 흔들리는 대나무 같은 청년도 있으며 아장아장 걸음마하는 어린아이로 보이는 이도 있다. 절반쯤 일그러진 모습을 한 이들은 멍한 그림자 몸을 이끌며 습하고 검은 오라를 주변에 내뿜고 있다. 무슨 일인지 검정 일색의 옷을 예외 없이 입고는 서로 아무런 사이가 아닌 것처럼 모른 척을 하면서도 신묘한 표정을 짓고 있다. 누군가의 죽음을 정중하게 애도하는 것 같다. 끝없이 비스듬하게 사열횡대로 줄 선 묵묵한 사람들의 무리였다.

숨 막힐 것 같은 분위기에 압도당하고 말았다. 나도 모르게 발밑으로 시선을 떨어트려 황급히 몸을 되돌렸다. 청바지에 얇은 터틀넥 스웨터를 입고 그 위에 내가 좋아하는 옅은 쑥색 재킷을 걸친 차림이 이 장소와 어울리지 않는 것 같아 묘하게 신경이 쓰였다. 그래도 전후좌우로 밀치락달치락하는 가운데 내 몸도 상복 색깔로 물들어 가는 듯했다.

조금씩 등이 흔들리며 이동한다. 검게 이어지는 엄숙한 웅성거림에 휩싸여 좌우로 흔들리며 밀려 나아가는 것이다. 웅성거림이 어느새 소리가 되었다. 각각 홀로 떨어진 듯 보였던 사람들이 슬며시 모인다. 이들이 주고받는 웅성거림이 가만히 들려온다. 사람들은 이동하면서도 세상 이야기를 하듯이 끊임없이 말을 주고받는다.

—나, 마음치무 아파 죽겠어.

—그래, 속상해 하지 마.

—아무리 우리가 마음 아파한들 이렇게 된 이상은 어쩔 수 없어.

—맞아, 어쩔 수 없지. 이건 누구에게나 닥쳐올 일이야.

― 하지만 여기에 있는 우리들은 모두 비슷한 처지에 있는 거야.

― 그래, 그래.

서로 이마를 맞대듯이 하면서 그래얀요, 그래도얀도, 그래그래, 하며 고개를 끄덕인다. 그 목소리를 따라 눈을 돌리니 몸집이 작고 마른 여러 명의 그림자 사이로 키가 큰 사람이 불쑥 끼어든다.

― 난 말이지, 야밤에 화장실에서 갑작스럽게얏타니도 죽어버렸어 하앗사. 아아, 혼자 외롭게 말이야, 죽어버렸다고 정말 어이없이.

― 아이고, 너 참 외로웠겠다.

― 용변 보는 일이란 뭔가 힘든 거잖아. 뒤처리가 신경 쓰이는 법이지.

― 뒤처리가 어떻다는 둥 그런 말을 할 때야? 우리는 원래 가족이란 것과 인연이 없는 몸이라고 지금도 마찬가지고.

― 이야, 변기에 앉은 채 썩어서 뼈가 되었다는 거야?

― 그렇다면 당신은 성불할 수 없겠는 걸.

― 아냐이란도, 나는 똥 속에서 깨달음을 얻어 성불한 사람, 세 사람이나 알고 있어.

― 설마, 햐 똥 속에서?

― 거짓말 하지 마. 유쿠시무누이산케-

― 그런 더러운 이야기가 어디 있어. 히야.

― 정말이래도 거짓말 아니야.

― 그래도 생각해보면 살아있는 동안에는 어떤 일을 당하더라도 마지막에 그렇게 죽는ㅅ 것은 역시 행복한 일일지도 몰라.

─그럼, 그럼. 너 같은 경우는 그나마 행복한 편이야……

여기에서 말을 더듬는 가냘프고 어두운 목소리가 들어온다.

─나, 나 말이야. 그, 그래. 나 같은 건 말야……

살펴보니 이상하게 부푼, 당장에라도 그 자리에서 곧바로 주저앉을 것 같은 그림자를 가진 사람이 느릿느릿하게 말하기 시작했다.

─아, 너 말이야. 이제 겨우 말하기 시작하는군. 아까부터 그 터질 것 같은 배를 내밀고 화난 얼굴로 노려보고 있어서 정말 신경이 쓰였다고

─이봐, 너는 어떤 식이었어? 할 말 있으면 해봐.

─…….

─아, 거 잠자코 있지 말고, 아까 무슨 말을 꺼냈었잖아.

─그래. 속에 담긴 더러운 마음우무이은 뱉어버려야 해. 봐봐. 또 점점 배가 불러 오잖아.

─그래 그래. 우리들의 여행은 아득히 머니까, 하다못해 마음만이라도 가볍게 하지 않으면 견딜 수가 없어.

─…….

─아이고, 또 입을 다무네. 말해 보라잖아.

─모처럼의 기회라고 말하면 될 것을. 들어준다니까, 우리들이.

─그래. 우리들은 친구라고안도-, 왓타 - 야 - 두시야도아사니.

여기에서 이상하게 히스테릭한 목소리가 들어온다.

─헷, 헤엣, 헷헷, 뭐-가 친구라는 거야. 너 말이야. 좋은 사람인

척하지 마. 제대로 죽지도 못한 혼령 주제에.

　―주, 죽지도 못했다 해도, 역시, 사람이라고

　―헤엣, 헷헷, 사, 사람이래. 아-핫 하하하하…….

　―그렇게 박장대소우후와레이-할 건 없잖아…….

　―이게 웃지 않고 될 일이야, 봐봐. 저쪽에서 촐랑거리며 차분히 있지 못하는 아이들의 행렬을. 저 아이들이 어떤 일을 당해서 여기에 무리지어 왔는지 너는 알기나 해?

　―알아. 부모가 학대해서 버려진 아이들이잖아…….

　―그래, 태어난 보람도 없고, 살아남았더라도 사람 취급 못 받는 아이들이지.

　―불쌍하기도 하지.

　―오-, 네가 다른 혼령을 동정할 처지는 아니지. 듣자하니 너, 이국 병사에게 당한 여자라던데.

　―무, 무슨 말을 하는 거야. 그렇게 말하는 너야말로 무슨 일이 있었는지 모르지만 가주마루 나무에 스스로 목매단, 말라빠진 남자 이키가잖아.

　―뭐 말라빠진 남자? 너같이 사람 죽이는 병사히-타이한테 당한 것과 비교하면 누가 더 비참한 꼴인 거냐?

　여기에서 위엄이 있는 듯한 큰 여자의 그림자가 불쑥 들어온다.

　―에힛, 너희들잇타, 혼령이 된 몸으로 싸우지들 좀 마. 이렇게 되어버린 이상, 무엇을 어떻게 말해 봐도 피차일반이잖아.

—……

　슬금슬금 시작된 웅성거림은 이렇게 풀 길 없는 울분 넘치는 목
소리가 되어 시비조의 말싸움이 되었다. 계속 듣다 보니 이들의 소
리는 웃음소리인지 울음소리인지 구분할 수 없는 쿡, 쿡쿡, 쿡쿡,
큭큭큭 하는 소리가 되어 갔다.

　혼령들의 수런거림이 바람의 속삭임으로 바뀌어 저편으로 사라
지는가 싶었더니, 역풍이 불어닥쳐 갑작스런 소용돌이를 일으킨다.
기세 좋은 목소리가 다시 몰려든다. 소란스럽다. 소란스럽기는 하지
만 어딘가 고요하고 뜨겁다. 끊임없는 대화의 소용돌이가 내 고막
을 간질인다. 쿡쿡, 큭큭큭. 소리는 입속 웃음을 머금은 고백이 되
기도 하고 파열하는 조소가 되기도 하며 설교가 되기도 한다……

　—아, 그러나 나의 가난한 인생이여, 헷, 헤헷.

　—그러게, 힘들었겠구나. 그러나 너 같은 경우는 시대가 좋지 않
았던 거야.

　—그래. 미증유의 불황으로 제대로 된 일도 하지 못하고 격차사
회에서 밑바닥 생활을 하는 건, 어지간히 힘든 일이었을 거야.

　—그렇지만 아무리 힘들어도 용서할 수 있는 것과 용서할 수 없
는 게 있어. 너, 고생만 시키던 아내와 다섯 명이나 되는 어린 아이
들을 놔두고 자존심도 뭐도 내팽개치고 거지가 되었다지?

―이야, 그렇구나. 네가 숨기고 있는 사정이란 건.

　―아무리 시대가 좋지 않았다 해도 그건 아니지. 가족을 버리는 것은. 여기서는 그걸 무차별 살인과 같은 죄라 말한다고

　―그래그래. 그건 남자가 할 일이 아니지.

　수 명의 여자 혼령이 퉁퉁하게 살찐 남자 혼령을 향해 슬금슬금 천천히 다가간다. 그런 기색에 뒷걸음치면서도 거지였다는 남자 혼령은 기가 죽지도 않고 자조 섞인 웃음을 멈추지 않는다.

　―헤헷, 헷, 그러니까 벌 받았지. 보기 좋게.

　―벌, 이라고?

　―그건 그럴지도 모르지. 네 최후는 동네 폭주족들에게 당첨되어 뭇매질당해 신원불명의 변사체가 되어 처분당했다지. 그야말로 벌 받은 것야. 나도 그렇게 생각해.

　―헷, 나도 그렇게 생각해.

　―그래. 벌이야. 인과응보라고

　―어이, 너 말이야, 자세히 보니 여자인 것 같은데, 남자가 말하는데 젠체하며 깔보는 말투로 이야기하고 있네. 그런 너는 누구냐?

　―나? 내가 누구든 간에 거지 출신인 너에게 그런 말을 듣고 싶진 않은데.

　―킷, 케케케케, 나는 알고 있지, 네가 어디의 누구인지를.

　희한하게 얼굴이 큰, 얼굴이 크다기보다 평평하게 늘린 것 같은, 이 역시 성별을 명확히 알 수 없는 혼령이 추궁했다.

—뭐, 뭐야, 너는 또…….

—나? 내가 누구든 상관없잖아. 지금은 네 이야기를 하는 중이야.

— 아, 아니 내 이야기가 아니라 네 얼굴치라 말이야. 너는 왜 그런 얼굴을 하고 있는 거야?

—켓, 내 얼굴 따위는 아무래도 좋다고 말 바꾸지 마. 그렇게는 안 된다고

—아냐, 네 얼굴이 더 큰 문제야. 찌그러진 대야 바닥 같잖아, 네 얼굴 말이야. 대체 무슨 일이 있었던 거야?

—케켓. 이건 부모님이 물려주신 거지. 너 같은 놈이 이러쿵저러쿵 말할 자격은 없어.

—부모 탓을 할 작정이로군. 세상 사람들은 서른 살이 넘어가면 얼굴이든 마음이든 자신이 만드는 것이라 말하잖아. 그러고 보니 너, 무슨 벌을 받아 얼굴이 그리 된 거지? 역시.

—시끄러. 뭐가 역시라는 거야? 자기 일은 뒷전에 두고 말이야. 이 여자남자 같은 자!

—여자 남자가 뭐 어때서? 이 괴물 얼굴아!

—뭐, 괴물?

자연스럽게 시작된 대화는 아무래도 이렇게 싸움으로 번지고 마는 모양이다. 거기에 별안간 큰 고함이 끼어든다.

—그래, 그래 그래. 너희들은 아직 혼령 세계에 살 자격이 없어.

—아니, 왜?

―얼굴이 어떻다는 둥, 어디의 누구냐는 둥, 급기야 남자냐 여자냐는 둥, 아이고-, 아무 상관없는 걸 가지고 싸움오- 예-의 불씨로 삼는 것은 저쪽 세계에서나 할 이야기잖아.

―저쪽……

―그래. 외모나 지위, 인격, 아니 혼격을 결정하는 것은 저쪽 인생의 더러운 사람들이나 하는 짓이라고 혼령으로서는 수행이 부족한 거야.

―……

―혼마부이으로서의 마음가짐이 없는 자들은, 그래, 저쪽으로 돌아가. 돌아가야만카이, 케- 레.

―아이구……

―돌아가라 한들……

―정말, 어디로 돌아가라는 거야.

―진짜 심한데 지- 말이야.

―이쪽이든 저쪽이든야마니모 구마니모 돌아갈 곳이 어디에도 없으니까 우린 이렇게 여기에 있는 거잖아.

―그래, 그래.

―정말이지 그래.

―참으로 심한 말이야.

―맞아 맞아……

―그래, 그래……

이쪽저쪽에서 연쇄반응을 일으키는 맞장구 소리가 다시 바람에 흐른다. 멀리서 소용돌이가 일어나 소리가 작아진다고 생각했더니 이번에는 다시 고조되어 바람에 흩어져 버린다. 그저 소음이 되어. 건조한 목소리들의 여운이 끝없이 이어지는 그 무리들 속에 어느새 휩쓸려버린 내 몸이란 얼마나 미덥지 못한 것인가. 재킷의 옷깃을 모으며 내 몸을 움켜쥔다. 그렇게 하면서 다시 발끝으로 서서는 무리들의 흐름을 바라본다.

정신이 아찔해질 정도로 기나 긴 혼령들의 행렬이다.

버려진 그림자 혼령들은 뒤틀린 호안 가장자리 이공간異空間 속에 조용히 되살아난 듯 했다. 새까맣고 엄숙하게 이어지는 혼령들의 무리 속에서 숨 막힐 듯이 타는 냄새가 더욱 더 자욱하게 일어난다. 나는 타오르는 혼령들의 따뜻한 훈김에 휩싸여 앞인지 뒤인지 모르게 천천히 밀려 나아간다. 연기와 같은 혼령들의 웅성거림에 떠밀리고 되밀리는 사이, 나는 조금씩 이해하게 되었다. 이들 이형異形의 사람들이 어디에서 온 것인지를. 둥글게 말고 있던 등을 한껏 펴고 다시 한 번 천천히 혼령들의 행렬을 멀리 내다본다. 그리고 다시 불안하게 흔들리는 소용돌이 속에 몸을 낮추고 가만히 귀를 기울인다. 어쩌면 소식이 끊긴지 오래된 내 여자 친구 모습이 그 어딘가에 섞여 있을지도 모른다는 생각이 들어서.

참으로 바람이 습하다.

호안 거리 벽을 앞에 두고 나는 그냥 서 있다. 얼마간 그렇게 있으려니 해 질 녘 해안가에서 부는 바람이 희미한 적막감을 몰고 온다. 바람이 머금은 투명한 슬픔의 기억을 나는 더듬지 않을 수가 없다. 획획 하고 바람 소리가 거세진다. 휘익 획획, 바람 소리는 점점 더 나를 혹독하게 몰아세운다. 그 바람 소리의 어마어마함에

　뭐 이런 여자 친구가 다 있단 말이냣

　나는 나를 향해 토해내듯이 말해 보았다.

옮긴이의 말

사키야마 다미는 한 글에서 오키나와 문학의 특징과 문제점을 다음과 같이 언급해 보인 바 있다.

> 히가시 미네오(東峰夫)의 아쿠타가와상 수상은 복귀를 앞둔 오키나와에 대한 본토의 '정치적 배려'라고 말하고들 한다. 그러나 그것은 「오키나와 소년(オキナワの少年)」에만 국한된 일이 아니라 '오키나와 문학'이 중앙의 시선에서 비평받을 때 반드시 따라다니는 논의들이다. 지금도 유타, 오키나와적 정신세계, 토착, 민속, 신화 등의 시대착오적인 용어로 작품을 읽으며 치켜세우거나, 혹은 기지, 전쟁과 같은 표층적인 정치 상황과 연동시켜 해설하기도 한다. 오키나와 쪽도 거기에 응답하듯이 그런 소재에 기대어 작품을 쓰고 있다. 오키나와의 문학 상황과 중앙의 시선은 어딘가에서 이어져 있는 것이다. 즉 '어떤 정치적인 배려'하에서 오키나와를 가두어 넣고 대충 과대평가하거나 과소평가하는 비평 방식이 이루어지고 있다고나 할까.(崎山多美,「「シマコトバ」でカチャーシー」,『21世紀文學の創造 2-「私」の探求』, 岩波書店, 2002.)

일반적으로 오키나와는 푸른 하늘과 에메랄드빛 바다, 하얀 모래사장, 산호초 등으로 이상화된 자연 풍광을 연상시키는 장소로, 혹은 미군기지라는 세계적인 군사적 폭력 시스템을 연상시키는 장소로 기억되곤 한다. 현재 오키나와가 거대한 미군기지를 떠안게 된 사정은 오랫동안 지속되어왔던 오키나와에 대한 일본의 차별에서 기인한 것이지만, 마치

그러한 역사적 사실을 은폐하듯이 일본 본토의 자본은 오키나와를 거대한 리조트로 변모시키고 말았다. 이러한 구조적 차별이나 지배와 더불어 문제가 되는 것은 본토가 만들어 놓은 재현 프레임에 오키나와 스스로가 기투하고 있다는 점이다. 오키나와 스스로가 남국의 밝고 건강한 에너지를 몸소 체현해 보이고, 일본 본토에서는 자취를 감춘 오래된 정서들이 넘치는 곳으로 자기규정하며 일본 내의 타자를 자처하는 사정은 이미 오래전부터 시작되고 있었다. 사키야마는 이러한 본토의 오키나와 정의와 거기에 순응하는 오키나와에 대해 의문을 제기하는 것을 자신의 소설적 책무라고 여기고 있는 것 같다.

1954년 오키나와(沖繩) 이리오모테 섬(西表島)에서 태어난 사키야마 다미는 열네 살 때까지 이리오모테에서 지냈고, 이후 또 다른 섬인 미야코 섬(宮古島)으로 이주한다. 그 뒤 오키나와 본섬에 있는 고자 시(コザ市)로 옮겨갔다가 이리오모테 섬, 이시가키 섬(石垣島) 등으로 이주를 거듭한다. 섬에서 섬으로의 이동은 작가로 하여금 섬에 대한 상상력을 증폭시키게 만들었고 오키나와 언어의 다양성에 대해 주목하게 만들었다. 사키야마의 초기 작품 가운데 '섬'을 모티브로 한 소설이 다수 발표된 것은 이러한 사정 때문인 듯하다. 예컨대 「수상왕복(水上往還)」(1988), 「섬 잠기다(シマ籠る)」(1990), 「반복하고 반복하여(くりかえしがえし)」(1994) 등은 '섬'을 주제로 삼은 작품으로 꼽을 수 있는데, 여기에서 '섬'은 오키나와의 구체적인 장소를 의미한다기보다는 실체가 모호하거나 환상적인 공간, 말하자면 '쓰기 위한 공간'으로 존재하는 경우가 대부분이다. 때문에 그녀는 섬을 작품 속에 표기할 때에도 島이라 쓰지 않고 シマ(시마)라고 쓴다. 한 에세이에서 사키야마는 14년간 지내왔던 이리오모테 섬을 떠난 것을 참회하는 심정으로 섬에 천착하게 되었다고 밝힌 바 있다.

이후 사키야마는 작가 특유의 '섬 말(シマコトバ)'이 난무하고 청각적인 묘사에 치중하는 「무이아니 유래기(ムイアニ由來記)」(1999), 「유라티쿠 유리티쿠(ゆらてぃくゆりてぃく)」(2000) 등과 같은 작품을 발표했다. 사키야마 다미는 오키나와 방언, 다시 말해 섬 말을 로컬 아이덴티티 재현을 위한 전략으로 사용한다기보다는 표준어(일본어)와 방언(오키나와 섬 말) 사이의 언어적 헤게모니 자체를 뒤흔들고 어지럽히기 위한 전략으로 사용한다. 그녀의 작품에는 일본어 같지 않은 일본어, 오키나와 방언 같지 않은 섬 말 등이 난무한데 이렇게 불안정하고 혼종적이며 부자연스러운 언어야말로 오키나와의 현실 언어를 가장 잘 대변하는 것이기도 할 터이다.

한편, 2000년대에 들어와서는 오키나와 본섬에 위치한 고자 시(コザ市, 현재의 오키나와 시)를 배경으로 소위 '구자(クジャ, 고자를 일컫는 오키나와 방언) 연작물'을 써왔다. 「고도의 꿈 속 독백(孤島夢ドゥチュイムニ)」(2006.01), 「보이지 않는 거리에서 숀카네가(見えないマチからションカネーが)」(2006.05), 「아코우쿠로우 환시행(アコウクロウ幻視行)」(2006.09) 등이 이에 해당한다. 아시아태평양전쟁 이후 고자 시에는 광대한 미군기지 시설이 배치되는데, 사키야마는 군사기지가 안고 있는 폭력 구조와 갈등, 오키나와의 현실 등을 특유의 언어 감각으로 풀어내고 있다. 구자 연작물에는 여성들의 삶이 이야기의 구심점을 형성하고 있는 것이 특징이다.

2012년에는 오키나와의 조선인 위안부 문제를 다룬 「달은, 아니다(月や、あらん)」를 발표했다. 이 작품은 위안부의 삶을 구체적으로 묘사하고 있지는 않지만 위안부에 관한 재현과 표상의 정치성을 중점적으로 다루고 있으며 위안부 서사를 어떻게 수용할 것인가라는 측면에서도 커다란 시사점을 제시하고 있다.

오키나와의 푸른 하늘과 에메랄드빛 바다, 오래된 정서와 기억을 기대했던 독자들이라면 크게 당황할 수도 있을 것 같다. 이 작품집에는 푸른 하늘대신 새벽 세 시의 밤하늘이 펼쳐지고, 한없이 밝고 건강하기만 한 남국의 에너지대신 시궁창 물과 곰팡내가 풍겨올 것이기 때문이다. 그러나 사토, 다카에스 마리아와 같은 혼혈 여성과 어느 할머니와 마주하며 바람소리와 ■●△□×◎……를 듣는 일은 예기치 못한 또 다른 오키나와를 만나는 일이 될 것이다.

사키야마 다미의 소설을 번역하는 내내, 옮긴 말보다 옮기지 못한 말, 옮길 수 없는 말이 더 많다는 것을 절실하게 느끼게 되었다. 작가에게 한없이 송구스러운 일이자 독자에게도 부끄러운 일이다. 그러나 작가의 '더듬거리는 말'을 같이 더듬으며 불명료함과 불편함을 떠안는 것이야말로 '사키야마 다미를 읽는 일'이지 않을까 싶다.

이번 번역으로 특별히 더 많은 걱정을 끼쳐드린 원광대학교의 김재용 교수님, 변덕스러운 교정 과정을 함께 해주신 글누림의 문선희 과장과 이태곤 편집이사께도 진심으로 감사의 말씀을 전해드리고 싶다.

2018년 10월
옮긴이 조정민

사키야마 다미 崎山多美

일본 오키나와(沖繩) 이리오모테 섬(西表島)에서 태어나 어린 시절을 보냈고, 14살 때 미야코 섬(宮古島)으로 이주한 이후 오키나와 본섬에 있는 고자 시(コザ市)로 다시 이주하였다. 이후에도 거듭 섬에서 섬으로 이주하고 다시 본섬으로 이주하게 되는데, 이러한 이동은 작가로 하여금 오키나와 언어의 여러 층위에 대해 깊이 고민하게 만들었다. 류큐대학(琉球大學) 법문학부에 진학하면서 소설 집필에도 관심을 가지게 되었으나 일상적으로 말하는 언어와 글로 쓰는 언어 사이의 괴리가 소설 집필을 어렵게 만들기도 했다. 1979년「거리의 날에(街の日に)」가 신오키나와문학상 가작에 당선되면서 작가 데뷔하였고, 1988년「수상왕복(水上往還)」으로 규슈예술제문학상 최우수작을 수상하였다.「수상왕복」과「섬 잠기다(シマ籠る)」(1990)는 각각 제101회, 제104회 아쿠타가와상 후보에 오르기도 했다.『반복하고 반복하여(くりかえしがえし)』(1994),『무이아니 유래기(ムイアニ由來記)』(1999),『유라티쿠 유리티쿠(ゆらてぃくゆりてぃく)』(2003),『달은, 아니다(月や,あらん)』(2012) 등의 소설집을 발표하였으며 에세이로는『남도소경(南島小景)』(1996),『말이 태어나는 장소(コトバの生まれる場所)』(2004) 등이 있다.

조정민

일본 규슈대학에서 일본 근현대 문학 및 문화연구를 전공하였다. 패전 후 전후 일본문학이 연합국의 일본 점령을 어떻게 기억하였는가에 대해 연구하여 박사학위를 취득하였으며, 이를 토대로『만들어진 점령서사』(2009)를 펴냈다. 최근에는『오키나와를 읽다-전후 오키나와 문학과 사상』(2017)을 통해 전후 오키나와 담론의 전형화, 정형화의 메커니즘을 전후 오키나와 문학을 통해 점검하고 오키나와의 지(知)의 경험이 근대, 혹은 탈근대 담론에 어떻게 개입할 수 있는지 살펴보았다. 번역한 책으로는『나는 나가네코 후미코 옥중 수기』(2012),『화염의 탑-소설 오우치 요시히로』(2013),『오키나와 문학의 이해』(공역, 2017),『영화장화』(2018) 등이 있다. 현재 부경대학교 일어일문학부 조교수로 재직 중이다.

글누림비서구문학전집 11

달은, 아니다(원제 : 月や,あらん)

초판 1쇄 인쇄 2018년 10월 23일
초판 1쇄 발행 2018년 10월 31일

지 은 이 사키야마 다미
옮 긴 이 조정민
펴 낸 이 최종숙
펴 낸 곳 글누림출판사

책임편집 문선희
편   집 이태곤 백초혜 권분옥 홍혜정 박윤정 임애정
디 자 인 안혜진 홍성권
마 케 팅 박태훈 안현진

주   소 서울시 서초구 반포4동 577-25 문창빌딩 2층(137-807)
전   화 02-3409-2055(대표), 2058(영업), 2060(편집)
팩   스 02-3409-2059
전자메일 nurim3888@hanmail.net
홈페이지 www.geulnurim.co.kr
블 로 그 blog.naver.com/geulnurim
북트레블러 post.naver.com/geulnurim
등록번호 제303-2005-000038호(2005.10.5)

정가는 뒤표지에 있습니다.
ISBN 978-89-6327-534-5 04830
        978-89-6327-098-2(세트)

* 이 도서의 국립중앙도서관 출판시도서목록(CIP)은 서지정보유통지원시스템 홈페이지(http://seoji.nl.go.kr)와
  국가자료공동목록시스템(http://www.nl.go.kr/kolisnet)에서 이용하실 수 있습니다.(CIP제어번호: CIP2018033531)